家 门

苏 贞 ◎ 著

北京日报出版社

图书在版编目（CIP）数据

家门 / 苏贞著. -- 北京 : 北京日报出版社，2025.
7.--ISBN 978-7-5477-5170-1

Ⅰ.I247.5

中国版本图书馆CIP数据核字第2025XU0959号

家 门

出版发行	：北京日报出版社
地　　址	：北京市东城区东单三条8-16号东方广场东配楼四层
邮　　编	：100005
电　　话	：发行部：（010）65255876
	总编室：（010）65252135
印　　刷	：济南精致印务有限公司
经　　销	：各地新华书店
版　　次	：2025年7月第1版
	2025年7月第1次印刷
开　　本	：880毫米×1230毫米　1/32
印　　张	：8.125
字　　数	：202千字
定　　价	：68.00元

版权所有，侵权必究，未经许可，不得转载

目 录

寒 春

立 春 ……………………………… 2
雨 水 ……………………………… 14
惊 蛰 ……………………………… 28
春 分 ……………………………… 48
清 明 ……………………………… 57
谷 雨 ……………………………… 65

炎 夏

立 夏 ……………………………… 70
小 满 ……………………………… 80
芒 种 ……………………………… 90
夏 至 ……………………………… 100
小 暑 ……………………………… 115
大 暑 ……………………………… 130

凉 秋

立 秋 ················· 144
处 暑 ················· 154
白 露 ················· 166
秋 分 ················· 175
寒 露 ················· 184
霜 降 ················· 193

暖 冬

立 冬 ················· 204
小 雪 ················· 212
大 雪 ················· 223
冬 至 ················· 233
小 寒 ················· 240
大 寒 ················· 247

寒　春

立 春

陈厝窝在两座小山丘中间，稀稀拉拉地蹲着几户人家，几块勉强耕种的瘦田，周边野草疯长。荒石与杂草之间，只有一条长长的羊肠小道通往外界，连土匪都看不上的村子，也竟偶有挑担的小贩经过，卖些粗盐、洋火、麦芽糖，一群孩子会跟在担子后面欢快地跟着学叫卖，直到小贩走出村子。

那个动荡的二十世纪四十年代初，对于陈厝人来说，走出去面临的是战火、兵痞，留下来面对的是衰败、饥饿。

"快两年了，黑狗一分钱也没有寄回来，信也没有，恐怕人已经没了。"

腰治挑着满满两袋干草刚进家门，就听到坐在门槛上的婆婆有气无力地念叨着。从去年年底开始，这样的话她每天都要念上几遍。

黑狗是前年九月初十去的南洋，腰治只听说那里是赚钱的好地方，坐船要坐很久，至于具体是哪里她也不知道。

如今快两年了，丈夫杳无音信，腰治心里惶恐不安，听别人议论纷纷，泪水硬生生地往肚里吞，婆婆经常近乎绝望地猜测，她也只能装聋作哑。

她甚至希望黑狗是因为赚不到钱没脸回来，而不是如别人说的那样，在南洋赚到钱之后不想回来了，找了当地的女人组建了家庭。这样的话，还不如遇上台风翻船死了算了。

黑狗在的时候，婆婆从来没有给过她好脸色，一直是一副婆婆挑儿媳妇刺的姿态，不时地找儿子念叨媳妇的坏。腰治每时每刻都小心翼翼，却还是经常被尖酸刻薄地嘲讽几句。

黑狗走后，婆婆才稍改了脸色，即使三餐都是草根和一点地瓜粉熬成的汤粥，也没有什么怨言。

细细想来，今年唯一一次吃肉，还是村头那户人家宰了头病死的猪，她拿两个芋头换了一小块猪腿肉。

大儿子春山实岁还不到八岁，瘦得跟竿子似的，身上的衣服已经补得连原来是什么布都看不出来了，脚丫长年都这么光着，脚底的皮是厚厚黄黄的一层。他跟黑狗越来越像，连吃饭端碗时五个手指扣碗的动作都一模一样。

小儿子春水比春山小两三岁，还总是流着鼻涕，稍不顺意就哭闹，路也不愿意自己走，一出门就得趴在春山背上。"他的性子是随了他奶奶了。"腰治心里想。

"黑狗如果回不来了，山仔和水仔就得给别人家做儿子去了。"婆婆又喃喃道。

腰治明白她的意思，要么养不起送别人，要么养大了也讨不上媳妇，得给人家做上门女婿去。她也想过这些问题，一想就心如刀割，但是如果不是真到山穷水尽，不论有多苦，她都会坚持下去。毕竟春山已经大了，多多少少能够帮忙干点活；春水虽然是个破烂性子，但就是得她的心，无论她承认不承认，内心到底还是向着春水。人家说"公嬷疼大孙，父母疼小儿"，也确实有道理。

"去抱个媳妇仔来养，大了跟春山。春水小，送人了还有人要来着，万一长大了真给别人做儿子更难听哪。"

给别人做儿子就是上门女婿了,还不如女子出嫁。女子出嫁是天经地义,男子上门那是谁都瞧不起的。腰治想。

下午的阳光暖暖地铺在婆婆身上,可以清晰地看到穿了近一个冬天的黑袄子上泛着白色的皮屑。上眼睑像帘子一样,盖住了她的眼睛,偶尔能从小小的缝里看到她眼里的光。脸上的褐斑像白云碎在湖面的影子。她似乎想咳一咳,清一清嗓子,但又没有足够的气力,于是用力地扯着喉咙,可声音还是不大,只是又哑了些:"这屋子是木板夹着田土和芦苇屑夯起来的,不牢固啊。等春山要娶媳妇了,得再整一整。咳,未完成的事情还有这么多……黑狗怎么就不回来呢?"

腰治没有理她,径自往灶间去了。

台阶下,几株菊花绽放得灿烂,春山和春水各摘了一朵,抽几瓣相互喂到嘴里嚼了嚼,再把剩下的渣从嘴里吐出来。等玩腻了,跑到奶奶的身边想扒开她的眼睛吵一吵她,但是这次她却没再像往常一样挥着拐杖恶狠狠地骂"夭寿"。

春山觉得诧异,赶忙跑到灶间,腰治正在往灶坑里添着柴火,那口烧得发黑的铝锅里翻腾着翠绿的地瓜叶。

"阿嬷好像死了。"春山有些慌张。

"不要乱说,等下拿针把你的嘴巴缝起来!"腰治白了他一眼,心里想,刚刚不是还听着她念念叨叨的?她胡乱往灶里加了一把干叶子,双手在裤腿上擦了擦,才往外走。

婆婆斜靠在门框上,头歪向肩膀,嘴巴紧紧地闭着。

"阿母!阿母!"腰治摇了摇她,身体还是热的,但没有反应。她又慌忙地用手探了探她的气息,已经没气儿了。

是过身了,无病无痛地去,还真是好命!她心里想。

婆婆以前是岛上的绑脚小姐。后来几路军队进了岛，三天两头就是枪战，稍不留神就会被流弹要去性命。为了活命，父母慌慌忙忙裹着年幼的她逃到了岛外山村亲戚家里。后来听人家说岛上军队慢慢撤了，可能战争要结束了，她父母便偷偷摸摸地潜进岛，打算带点家用出来，结果这一去就再也没有回来。

亲戚让她早早地嫁给了黑狗的父亲。按照她绑脚小姐的脾气，长得一副远近闻名的美丽容貌，还识得几个字，怎么能嫁了父母早亡、又黑又瘦、一张嘴还有一股恶臭的男人？

原因是，黑狗的父亲祖上还算有钱，传下来一间大屋子，至少可以遮风避雨。而她的亲戚，一家十一口人，挤在一个房间的两张木板床上，根本容不下她这张多余的嘴了。

之前身世再好，再有素养，再漂亮，在山村里也不能当饭吃。

嫁给黑狗的父亲后，她一连生了五个女儿。在怀第六个的时候，黑狗的父亲找人算了一卦，听说又是女娃，他顿时黑了脸。

那一夜他没有回家，再接回他时已经是一篮筐的碎肉，还是一位远亲姑父挑回来的。

黑狗的父亲怎么死得这么凄惨？

原来那天晚上，他去了山的另一头，想偷走一个熟睡的男婴。

但他的运气不怎么好，那孩子一到他怀里就大哭起来，而且是个天生的大嗓门。哭声惊动了那个村里的人，他没跑多远就有人追了出来。

他拼命地逃，一声枪响，右腿被子弹穿过，血像小孩拉尿一样喷了出来，但他还是舍不得放下怀里的男孩子。

村里人循着血迹与孩子的哭声，找到了躲在甘蔗地里的他，不由分说先把他打得屎尿和着血水涂了一地，又用一把铁钩嵌进他的腰,从甘蔗地拖到村边的大石磨边。五六个大汉把他抬起来放到石磨上,再压上动盘,几个人推着磨,一边磨一边质问他是哪里的人。他突然微微地笑了,模糊地应了一声:"死了好睡。"

因为他死之前的这一句话,让一个叫作司口圳村的小村庄隔了几天后被放火烧了。因为"死了好睡"和"司口圳"发音相似。

婆婆在后山找了个坑埋了她的男人,在一个小土堆前插了一块瓦当算是墓碑。没几年,那墓便寻不到了。

同一个月,她生下了黑狗,是个男孩,承袭了她的模样,干干净净的样子。

婆婆小时候养尊处优,长得又是一副白白净净、弱不禁风的模样,农活更是没做过。黑狗的父亲死后,一堆孩子每天就像是在巢里等她喂食的小鸟,她实在没办法,只能把女儿一个一个送人,再把男人留下来的几块地贱价卖了,到处去挖草根、摘树叶,维系着她和黑狗食不果腹的生活。但房子是万万不能卖的,她还是有底线的。虽然好几次饿到发晕时,她也动摇过,但房子卖了,黑狗肯定找不到媳妇了。头可断,香火不能断。

有一顿没一顿的,那么多年竟然也活了下来,直到黑狗长大能干粗活了,才偶尔能吃上一顿饱饭。

而如今,用她睡的稻草席子一裹,她的一生算是结束了。

还是埋在了后山,那是村里绝大多数人的归宿。

村里沾亲带故的几户人家都穿上丧服,男的抬尸,女的像唱歌一样地哭出调子,等下葬后再围着她的小土堆呜呜地象征性地号了几声。

"她早点死也好,长一断掌,克父克夫克子的,全部都死无全尸哪。"菊花说。她是跟腰治最要好的邻居，嘴唇特别薄，甚至几乎没有。腰治受了婆婆的苛责之后，总会在她面前倾诉一番。

说这话时，她显然是没有经过脑袋的，什么叫"死无全尸"，黑狗不是还生死未卜吗？腰治心里不舒服，但是也没表现得太明显，只不过又增添了几分忧愁，万一真像菊花说的那样，克父克夫克子的，那黑狗不真是凶多吉少了？

"对啊，她要是还活着，我都有点担心春山、春水呢。腰治，你不要太伤心，就当少了一个碗的负担。况且她又帮不了你什么忙，嘴巴还刁得很，这些年你也忍得够辛苦的。

"春山一转眼又得相媳妇，黑狗又不在，担子都在你身上，就怕到时候没有人肯到你家来啊。

"大头的妹妹阿梅不是嫁到了东村了吗，那婆家听说穷得没法形容，大头原本硬是反对，说她嫁过去会被饿死。可阿梅当时才十七岁，被那小伙子一勾，铁了心要跟那小伙子走，大头气得和她断绝了往来。那婆家还真是穷得连屋子都没有，只在半山腰弄个茅草亭子，全家哆嗦地住在里头。大前年生了个女娃，到现在还站不太稳，怕养不活，现在到处问谁家要。干脆你捡来养，养活了跟春山过，将来后代也算有着落；万一没养活，也不怪咱们。"菊花提议。

"阿梅呢？她怎么舍得？"

"阿梅也真是命苦，孩子都还没完全生出来，她就死了，听说身上的血都快流干了。她男人也不干活，到处偷东西，后来被人家抓了，打到脑子了，变得疯疯癫癫的，到处跑到处闹，也不知道疯到哪里去了，活不见人死不见尸的。"

腰治沉默了好久，想起了自己生春山时，也是疼得死去活来，恨不得撞墙死了，一了百了。过了好一会儿，她才说："两个男孩子都快养不成了，再捡个来，那不是让他们吃土去吗？"

"咱这村穷，要娶个媳妇都没人愿意来的。现在苦一点，以后少操点心哪，总比自己的娃养大了再给别人做儿子来得强吧？"

见腰治不再说话，菊花又说："梁家又扩一片地，正在找孩子去帮忙放牛，一天包一餐，还是米汤呢。听说月末有时候还能再给点米。春山虽不大，但个儿比别人高，说不定去跟那家人求点事做还有得成的，就当是他养活他自己，你也减轻点负担。我可是他这个年龄就到海边去拖海藻的，那可比放牛苦多了，从天还没亮出得天黑了才回得来，一天得见两次星星。"

腰治心里不是滋味，一想到往后的日子，更觉得迷茫。周围的人还在有一句没一句地聊着，两个孩子靠在她的身后，早就饿过头，打起盹了。

一群飞鸟掠过，落下几声清脆的鸣叫，浑然不觉世间的沧桑，反正地上的烈火烧不到空中的羽毛……

天刚蒙蒙亮，腰治就让春山穿上了补丁最少的衣服，再套上新编的草鞋，自己背上还在呼呼大睡的春水，一路小跑，穿过几条小路到了梁家。

梁家是大户，田多地大。房子是规整的九格子，半个大人高的白色花岗岩上砌的是红色清水砖，屋脊两端翘得十分高傲，仿佛蓄势待飞一般，敞开的两扇黑色大门上各漆了红色方块，方块内是金色的大字，一方是"吉祥"，一方是"如意"——春山猜是这样。大门两边精雕细刻的镂花窗，约有簸箕大小，颜色颇为艳丽。

梁家是腰治的认知里最优渥、最阔绰的人家了。她听黑狗说过，梁家逢年过节都会请戏班子过来唱戏，他们的餐桌上顿顿有肉，吃剩了也不留着，直接分给长工。夏天的衣服是冰凉的绸缎，冬天从里到外厚厚的袄子想穿几件就几件，家里淘汰的衣服，丫头、厨娘先挑完，再剩下的，佃农还都抢着要。住的更不用说了，眼前这规模宏大的红砖大厝已经颠覆了她所有的想象，她知道梁家有很大的房子，但没想到这么大，而且只是其中的一处而已。

"只是这一砖一土得是多少佃农的血汗。"腰治心里闪过这样一丝念头，但很快又被满心的迫切给覆盖了。

跨过高高的门槛，看到一个五十来岁的老汉，满脸横肉，脸像老蛤蟆的背部，起起伏伏长满了疙瘩。他正在天井捣花生仁，那花生仁想必是刚刚炒好，味道甚香，春山偷偷咽了几次口水，想着要是能吃一口该多好。春水也似乎被香醒了，眼睛瞪得大大的，两腿左右开踢："阿母，我要吃，我要吃……"

腰治整个人被春水晃得差点站不稳，她顾不上和老汉说话，只得左右晃动着他："好了，好了，回去再给你吃。"但春水没有停止的意思，腰治越哄他，他闹得越凶。

"再闹就把你捆了扔井里。"老汉吼了一声，肉颤得厉害。春水吓得立刻不闹了，眼泪和鼻涕糊得满脸都是。

"是来找活儿的吧？"老汉依旧低着头捣着花生。

"是了，是了。"腰治上前几步，"孩子大了能做点事，帮忙分担一些。"

"几岁了？"

"九岁了。"春山响亮地回答。这是腰治教他说的。

"有九岁？虚岁吧？看这个头，恐怕还是年尾生的，实岁八岁不到吧？牛绳能拉得住吗？"他用怀疑的目光打量着春山，"这些天来要活儿的人多了去了,小爷可一个都没看上。他这会儿刚抽完大烟,睡个回笼觉,你们还是先回去吧。"

腰治连忙说:"不急,不急,我们不急,就在这儿等。这来回的路不短,等爷醒了看不上眼,我们再走。"

老汉没再说什么,自顾自捣着花生。腰治这才注意到老汉捣的手法很轻,而且十分有规律,应是怕吵了爷的回笼觉。她刚想退到屋外找个地方坐,就听到里屋传来了带痰的咳嗽。老汉立刻站起来到里屋通报去了,不一会儿就出来了,对着腰治说:"带进去看看吧。"

腰治赶紧拉了拉春山,让他跟着进去。

屋里有一股奇异的味道,那是大烟的味道。小爷躺在摇椅上,半眯着眼睛。和春山想象的肥头大耳不一样,他蜷缩着瘦巴巴的身躯,显得摇椅特别大,脸色也黄黄的,倒像个穷人。

"哪家的?"他问,声音有气无力,像没吃饱似的,和春山想象的有钱人不一样。

"黑狗家的。"腰治说,"这大的孩子九岁了,能干活。"她推了推春山。

那小爷微微睁开眼睛,打量了一下春山,似乎还有些眼缘,于是说道:"黑狗在农忙时也曾来我这儿干过一段时间,人勤快,不计较,是干活的好手啊。你家里的事情我也听人说过了,其他的我就不多说了,这娃就跟了我老父去吧,中饭我管下了,和其他人一样月末再给斗大米。你同意吗?"

"同意,同意。"腰治心里一阵欣喜。春山就算是被留下了,东家管个饭她就少负担一双筷子,再养个小的,勉强可以活下去了吧?她心里顿时像卸下了块大石!

她叮嘱了春山几句，让他一定要听主人的话，要勤快，不可贪玩。又说一遍回家的路，问春山记住了没有，春山使劲地点点头，她才放心地离开。

告别梁家，她又背着春水朝着东边去。一路问着到了大头的妹妹家，已是近中午。

她没见过这么穷的人家。

几根腿粗的木头上盖着一片茅草，围了一圈红土拌着碎石子砌成的墙，墙高大概两米，离茅草盖头还有半米的距离，墙体已经裂开了。

这刮风下雨完全挡不住啊。腰治心里想着，又往前走了几步。

茅草房旁用石块搭了灶，一口铁锅孤零零地架在上面。她走近那口锅，想看看里面煮了什么，却只映出她的脸，那是半锅没有油星的地瓜汤。

她忍不住发出"啧啧啧"的声音。突然，灶边有一个东西在挪动，着实把她吓了一跳。她仔细一看，一个包着一件大人穿的单衣的小女孩子贴在灶旁，浑身上下黑乎乎的，看不清五官，头发一缕一缕地贴着头皮。小女孩怯生生地看了一眼腰治，又赶紧把头埋到膝盖里。

竟是个活人！

腰治忍不住空出一只手来捶了捶自己的胸，压一压被吓得怦怦跳的心脏，而后才对着茅草屋里喊道："我是陈厝黑狗家的，听说这家的孩子要给人是吧？"

有个老头探出头来，没等腰治看清他的脸，又缩进去了。只听那人喊道："就你脚旁边那个，抱走吧。"紧接着是一阵急促的咳嗽声，带着浓浓的痰音。

这恐怕是肺痨，难怪把娃扔在外面，自己又不出来。腰治想着，没敢再上前。

她把春水从背上放下来，一把把小女孩抱了起来。"亲家啊，这孩子多大了？叫什么名字？"腰治问。

"我们是叫她怨花，名字不好，你再给重新取个吧。前年春天生的，具体时间也给忘了。"屋里面的人说。

实岁都两三岁了，还跟只猫咪一样，这抱回去能养得活吗？腰治想着。

"不嫌弃就赶紧抱走吧。"里面的咳嗽声更严重了，像要咳出血来了一样。

"亲家，我也得跟这孩子的爹说一声吧，往后好走动啊。"

"他们出去干活了。"他停了好一会儿又说，"要不要走动随你们家了。"

腰治心想，要想孩子和自己亲，不走动还更好些，也省得麻烦，于是说道："我和大头是同一个村的，往后阿梅家的要是回去，可以来看看孩子。我自己没生女儿，肯定当她是亲女儿来疼的，但我家里也不好过，养黄了千万不要怪我们。"

虽然知道大头和阿梅已经不往来了，但是客套话还是得说。她站了一会儿，屋子里传来几声咳，却没有任何言语的回应。

春水看腰治怀里抱着其他孩子，吵着也要阿母抱，见腰治不理睬，立刻号哭起来，蹲在地上不肯走。腰治用脚踢了他一下，让他赶快起来，他却索性在地上打起滚来了。

"再不走，让你留在这儿，饿死你！"腰治咬着牙，压低了声音说。

腰治想，肺痨最容易互相传染了，又没钱医治。这孩子得感激她把自己抱过来养着，否则说不定也死了。但是她又担心这孩子遗传那种病，心里不是很好受。

后来这户人家都病死了，听说尸体都堆在那茅草房里，没有人敢靠近，也没有其他人去收尸。

那个地方很长一段时间只有野狗去过。

雨 水

春山跟着梁家老人放牛,叫他阿公。阿公个子不高,有些清瘦,头发已经花白了,下巴留着一小撮羊尾巴胡子,喜欢边捋着胡须边说话,声音不大,但穿透力很强。

阿公是前清秀才,是春山见过的最有学识的人。他原本是想通过科举考试谋个一官半职,但这个梦想很快破灭了——清朝没了。他又不喜欢冒着枪林弹雨在战场上建功立业,最后还是从他父亲手上接下了几百上千亩良田,当了个家族的守成人。等儿子长大了,他就迫不及待地将家业传给儿子去经营——原本他就是生性淡泊之人,喜欢看看诗词、写写字,和几个老儒聊聊之乎者也,反正家里不愁吃不愁穿的,他就想当个闲人。但是事与愿违,乡野之地大部分人为生计奔波,食不果腹,哪有人来谈论学识?

六十八岁的他已是这附近村子里最长寿的了,老,似乎也意味着孤单。他的老伴为他生了两儿三女,在二十几年前就过世了。大儿子成婚后就分家了,现在家业经营得还可以。当时小儿子还没成婚,他和小儿子住在一起;后来小儿子娶了媳妇,他还是继续和他们一起吃。为什么说一起吃?因为自古以来在村里把一起生活叫作"一起吃"。原本日子过得还算滋润,可自小儿子抽上大烟,还娶了细姨,大厝里天天到处都是这样那样的闲话,家里打打骂骂也是常有的事，烦得他这淡泊无用之人实在是待不住了。孙子们小时候喜欢他，听他说书讲故事；等大了，听他说话也是满满的不耐烦，他也不知为何。

"那大烟真不是好东西！"他看到儿子每天沉浸在烟雾缭绕当中，也苦口婆心地劝过，但无济于事，儿子根本不听他的。而且儿子也越来越冷血刻薄，长工们稍有不慎，他不知道还好，一旦知晓，便非打即骂。更别说那些收成不好，来说情请求宽限租钱的佃农了，儿子根本连眼皮都懒得抬，往往只是让一群地痞出面"料理"，那些地痞哪有什么人性可言？拖人、砸屋、扒粮，手段之多之狠之毒，连阿公看了都心惊。

在阿公眼中，儿子的行径与畜生无异。他看不惯，却管不了。因为他也曾试图端起父亲的威严厉声制止，换来的却是冰冷冷而又恶狠狠的回应："轮不到你一个吃闲饭的老东西指手画脚。"

趁儿子又增了些田地，他要了几头牛来养，一面打发时间，一面也让儿孙们别轻视他。他打算学着和其他老人一样，余生的任务就是帮年轻一代养好牛，把这农家人最主要的伙伴伺候好了，就算完成了最重要的事情。哪怕在所有人的眼里他不是普通的老人——家大业大，衣食无忧，有着几辈子都吃不完的财产。

幸好放牛也不是一件复杂的活儿，唯一的困扰是附近的地里连草根都被挖得精光，牛得赶到远远的山坡上去，来回要走上一个多时辰。对于老人和小孩来说，长时间走路是一件特别吃力的事情，所以每天只要把牛赶到目的地，然后往坡地里一放，他们就找个阴凉地儿坐下来，先好好地歇上一会儿。

这个时候，阿公会滔滔不绝地给春山讲故事。春山经常边帮阿公捶腰背，边听得津津有味。再后来，阿公索性手把手教春山识字，春山也是个好学的孩子，学得十分认真。阿公常常感叹道："我那些孙子要是有你一半好学就好啦！"

放牛的地方离家远，中午就不回去吃饭了，主人家说好的管中饭也就没法兑现，干脆到月末再多给半斗大米。这对春山来说求之不得，因为换来的米可以带回去供全家省着吃，这样他也真正算是家里的劳力了。

一般腰治大清早会给春山准备一个地瓜，千叮咛万嘱咐，让他不可以在中午前吃掉，不然下午那么漫长，是挨不过去的。但是一大早只喝了点米汤就着急赶路的孩子，很快就饥肠辘辘了，哪里还留得住怀里的地瓜。当然，阿公也是舍不得让春山饿着的，他每天变着花样地带着烙饼、烧卖、麻花粿等，老人家吃得不多，大部分都进了春山的肚子。一段时间下来，春山竟圆润了不少，阿公经常捏着他鼓起来的脸颊说："真是好养哪。"

春山成了阿公最忠实的听众，阿公的满腹经纶也终于找到了去处。他们走在一起的时候，路过的人都以为他们是亲爷孙。阿公也乐于被这样误会，有这样一个聪明乖巧的孙子，何乐而不为呢？

有一天，阿公讲到赵明诚与李清照时，春山突然问："我能带春云一起来吗？"

阿公早就听说过春云。他顺口道："那每天我得再多带点大饼过来喂你媳妇哪。但是你可不能和其他人讲，万一你家主人知道了，得扣你粮食了。"

春山兴奋地点点头。

"春云"是春山取的。但除了春山，大家都叫她"新妇仔"，那是童养媳的意思。

他记得母亲把春云抱回去的时候，跟菊花商量着要取个什么名，菊花说叫"怨花"的话和她重名，是绝对不可以的，因为村里都是叫单字的多，到时候村里出现两个叫"花"的，谁知道叫的是谁。春山在旁边插嘴道："就叫春云吧。"

那天云层特别厚、特别白，像刚采摘下来的棉花一样。

菊花说这名字和春山一样带"春"，那是兄妹才这么叫，以后要做夫妻的这样叫不合适。腰治对取名这件事也没多少心思，只要取个和别人不重名的，别犯了其他人的忌就行了。之前村里的翠红因为另外一户人家刚出生的女孩子取名为"巧红"，跟人家吵了一架，那户人家只好把名字改了。"红"这个字在这个村就不能有人和她共用了，这就是"忌"。

村子里的人识字有限，也实在取不出多有花样的名字，大多听别人说什么好听，就跟着叫了。

腰治在脑海里过了一遍，村里还真没有叫"云"的，倒是自己的娘家村里有一个，但前年已经过世了。于是她说："反正到时候也是叫'山'啊、'云'啊的，一个小妞仔名字就随便吧，依春山的。"

春云吃不好穿不暖，瘦瘦小小的，讲话还不利索，走路一颠一颠的，见人就躲起来。

她经常挨春水的打。

春水看她不顺眼的时候，总是冷不防地一巴掌甩过去，又或是一脚踢到她腰上，疼得她趴在地上挣扎着。就连吃饭，不小心发出一点声音，他也直接将碗里的汤泼到她的脸上，又或是往她碗里吐口水，以至于她只要看到春水就开始打哆嗦。

刚开始被春水欺负，她总是号啕大哭，然而无济于事，她越哭他打得越凶。腰治听到她的哭声，更觉得烦，一把撩起细竹条就往她身上落去，一下就是一条细细的血痕。

要是春水毫无节制地打春云，腰治也会哓一下春水，但也仅是吓唬吓唬。她也知道春水是有样学样，她不也是经常不问青红皂白，想打就打，想骂就骂，村里不少媳妇仔不都是在棍棒底下活过来的？反正又不是从自己身上掉下来的肉，打了也不心疼。再说了，不把她打怕了，以后怎么让她听话？

渐渐地，即使挨打，春云也总是躲在屋角，不做任何反抗，因为这是快速消除春水和腰治怒气的方法。等他们打腻了，疼的那阵子过了，她才慢慢地挪出来。

她永远都感觉到饿，所以也期盼春山赶快回来。每次春山回来的第一件事就是偷偷地塞给她一小块零嘴，而且要看着她狼吞虎咽地吃完。也只有春山回来，春水才不敢打她，腰治也不会骂她，那个时候她的胆战心惊才能暂时被安全感取代。

春山和腰治说，田里的活儿需要她，春水也还不会照顾人，春云在家没人照看，干脆让他带着春云去放牛，顺便看着她。腰治瞟了春云一眼，春山说得没错，让他带走，自己也少操点心，天天看春水打骂她也是心烦，就当春山多放了一头牛犊，反正一头也是放，一群也是放，于是就同意了。

春山说要带她出去，这句话春云听懂了，高兴得手舞足蹈。春山把她抱到怀里，觉得她比刚出生的小牛犊轻多了。

春云真的还是个小不点儿，套着春水穿小的衣服，像苍蝇罩着龙眼壳。她的脚掌又薄又小，踩在山路上，整个身体摇摇晃晃。春山和阿公在前面赶牛，她努力地跟在后面小跑，一会儿就气喘吁吁了。当然，大部分时间还是阿公和春山轮流背着她。

阿公教春山读书的时候，她靠在一旁望着蓝天上白云流动，微风徐来,不一会儿便打起瞌睡,最后索性躺在草地上呼呼大睡。阿公还笑着说:"一看就不是读书的料。"春山回答:"哪个小孩能天不亮就起来呢?"等到日上三竿,她睡饿了,醒来向春山讨点干粮吃,再去喝几口山泉,肚子也就鼓鼓的了。

那天,阿公家里祭祀,让春山放一天假,那几头牛伺候点稻草就可以了。春山说库里存的稻草不多了,留着下雨天喂牛,天气晴朗,还是拉出去坡地里吃草。阿公说:"这三大两小(三头大牛,两头小牛犊)你一个人能搞得定?"春山自信地回答:"它们跟我可熟了。"阿公哈哈笑了起来:"你别到时候被牛给放丢喽!"顺手往他口袋里塞了四个肉包。那包子真够烫的,一下子把春山的肚皮给烫疼了。他要伸手进去抓,被阿公给制止了。阿公看了看四周,又往他另一个口袋塞了两条大麻花,然后大声嚷道:"快走快走!别跟其他人说。"等他们走远了,阿公又追上来,叮嘱道:"千万别上牛背去坐,滑下来的话那是得断胳膊断腿的。"

春山两手抓着四条牛绳,绳末四个尖尖的铁坠子不断地碰撞,发出叮叮当当的声音。一头大牛在前面领路,两头大牛并排跟在后面,走得规规矩矩,另外两头牛犊穿梭在它们之间,路显得拥挤了。春云吊在春山的脖子上,少了他托屁股的手,她不断地往下滑,又自己往上提了提,双脚钩在春山的腰上。

就这样,春云吊一阵,自己走一阵,好不容易到了山坡。春山早已经大汗淋漓,找了个有树荫的地方,拿起石头用力把四个铁坠子钉进地里,这才松了口气,接下来等下午再换个地方放就可以了。

春山拉着春云坐到一棵大树下,从口袋里掏出肉包,递给她一个。春云从来没有吃过这么多馅的包子,菜很香,肉也很嫩,她大口大口地把馅给吃得精光,剩下一片包子皮递给了春山。春山问:

"你不吃皮啊？这可是甜的。"春云说："我还想吃肉。"春山说："等中午再给你吃。"他想了想又说："中午你只能再吃一个哦！因为我们得留两个给阿母和春水，他们也没吃过这么好吃的包子。"春山说完咽了咽口水，把剩下的皮吃完了。

春山也学着阿公讲故事，他想让春云当他的听众，可是她静静地听着听着，不一会儿就又睡着了，安静得像一只吃饱了的幼鸟……

等牛群吃饱了肚子，春山便可以收工回家了。几头牛的肚皮两边圆鼓鼓的，走起路来一颤一颤的，连肋骨都被顶得异常明显。春山索性把牛绳放在地上，让牛拖着，反正牛吃得这么饱，想跑也跑不动。他背起春云一路往回走，缓缓的丘陵，凉凉的清风，夕阳的斜晖把他们的影子拉得很长很长。

"哥，以后我跟你放牛好不好？"春云趴在春山的背上，在他耳畔轻轻地问。

"这么喜欢放牛啊？"春山不经意地问。

"出来放牛的话，阿母和春水就打不到我了。"春云说。

春山心疼了一下，又把她往上托了托。

"我们要是可以不用回家就好了。"

"不回家的话，阿母和春水怎么办？"

听了春山的话，春云若有所思，双手环抱住他的胸口，手臂还短，只能抱个半圈，她的头靠在他的脖子上，暖暖的。

"你可不可以让阿母和春水别打我？"她问，声音震动着他脖子上的皮肤，仿佛是要说到他的心里去。

"好。你也要乖乖听话。"

山风吹过，一棵空心了的大榕树满树枝叶沙沙地响。

忽然间，一阵轰隆隆的声音由远及近，仿佛要剖开天空的肠肚，三四只灰黑的如大鸟般的飞机飞过，往西边抛下几团硕大的丸子，紧接着又是几阵要裂了人间的巨响，地像要炸开一般。本来慢悠悠走在前面的几头牛吓得四处逃窜，春山也顾不上它们，一个跨步钻进树洞里。春云早已经吓傻了，瑟瑟发抖。

等春山把春云从背上卸下来抱在怀里，才发现自己全身也在颤抖，十只手指毫无血色，两排牙齿激烈地打着战。他想开口安慰春云，但嘴唇都不听他的使唤了。恐惧已经完全支配了他的躯体。

春山心里想：完了，那方向炸的不就是陈厝吗，这下子阿母和春水是要死了吗？他恐惧又担心，哇哇地哭起来，但又不敢哭得太大声。春云看春山哭，也号啕大哭，春山把她揽到怀里，捂住她的嘴巴。

两个小孩抱着哭到了天黑，见四处都没有了声响，才战战兢兢地走出来。牛都不见了，春云哭累了，趴在春山的背上睡着了，夜幕里，蛙声一片。

周遭已风平浪静，春山的内心却狂乱不已，他感觉自己的心脏就要从胸腔里跳出来了。他想赶紧回去看看阿母和春水怎么样，同时也担心阿公，但是又怕因为把牛给弄丢了而被责怪。

回去的路似乎和平时没有什么两样。远远地看到村庄还在，春山心中一阵狂喜，忍不住把春云给摇醒了："你看，咱们家还在！"春云奋拉着眼皮，之前哭太久了，眼睛肿得睁不开了。

春山远远地看到村口有个人蹲着，影子好似阿母，于是试着叫道："阿母啊！"

果然，那个影子听到声音立即狂奔而来，抱住春山，撕心裂肺地哭起来："我的心肝啊，我的心肝啊！"原来腰治看炸开的方向像是春山放牛的地方，而左等右等不见人回来，以为春山和春云没命了。天黑了,她也不知道该往哪里去找,只能蹲在村口着急地等待着。

第二天听村里人说,那几个大丸子落到了八里外的县城,死了很多人。春山把家里的米缸刮得干干净净,也不到一斤的米。他用一块纱布把米包好,捧在胸前,早早地赶往阿公家,这是他丢了牛唯一能弥补的方式了。如果主人家还愿意让他继续放牛"将功补过"就好了,最怕主人家从此辞了他。

经过阿公家的牛栏旁,春山便听到了熟悉的叫唤声,那不是丢掉的牛吗?怎么都回来了?他一阵欣喜,连忙凑上前去看,果然是那"三大两小"。

阿公说过"老马识途",老牛竟然也是识途的。

虽然这样,主人家还是把春山叫去训了一顿,并扣了一个月的大米。但阿公每天抓两三把米装在衣袋里,偷偷地给了春山,一个月下来,和之前拿的也不相上下。

第二年农忙的时候,腰治和春山商量着,家里里里外外都是她一个人,根本忙不过来,让春云待在家里分担一些家务事。春山看了一眼在一旁咬着指甲的春水,微微叹了一口气。春水虽说也能下田帮忙干活儿,但做事情吊儿郎当的,经常到处瞎逛,见别人地里有什么就折腾什么,到头来还得腰治去赔不是。

所以春云得留在家里料理家务了,虽然她还得垫着小凳子才能够到洗碗的水池子。烧水做饭刷锅洗碗搓衣倒尿盆子她都得干,做完家务,还得背个小破竹筐到后山捡些干柴。

腰治有时候从田里回来,活儿干累了,找个碗没洗干净之类的理由,对春云又是一顿骂。春水被春山警告了几次,也不太敢打春云了，但是骂得却更凶。煮饭米放少了，说是她偷吃了；放多一点点，又说她不会顾家，迟早大家得饿死。偶尔她再出个小差错，那更是被一整天不停地数落。

有一回，春水还偷偷把春云的尿盆子藏了起来。春云半夜被尿憋醒，起来却找不到尿盆子，外面又漆黑一片，她不敢往外走，只好憋着。憋着憋着也就睡着了，梦里她感觉自己蹲在尿盆子上面，于是就放心地尿了下去。一大早腰治过来叫她，发现席子上湿了一片，又是一顿打，把她的大腿拧得青一块紫一块的。

稍稍又大了一些后，孩子爱玩的天性开始显露出来。春云也想玩，但发现自己没有玩伴。她经常在后山遇到村里几户人家的女孩，但是她们从来不会跟她说话，一见到她走过来就窃窃私语一番，然后赶紧散了。

有一次遇到女孩子们正在玩跳格子，春云远远地站在旁边看了一会儿，实在是想玩，就慢慢地凑过去。

女孩子们立即发觉了。一个小女孩大叫道："媳妇仔，你不要过来，不要跟我们玩。不然让你阿母知道了，你又得挨骂了。"

"还有，你们家春水也太坏了，老是欺负我们！"另外一个女孩也说，"你不要来，我阿母叫我不要跟你玩，你来我们就走喽。"

春云愣愣地站了一会儿，然后弯腰捡起一块小瓦片，悻悻地转头离开，自己找了一片空地，画了几个格子，自己跳了起来。

跳了好一会儿，她才猛然发现天快黑了，而自己的竹筐里什么都没有。后山的干柴也是僧多粥少，经常转好几圈都捡不到半筐，更何况自己玩着玩着给忘了，现在哪里还有柴火呢？她只好胡乱地折些上面还挂着绿叶的枝条，再弄一些还长着刺的干草枝——干草枝会扎人，所以其他人不到迫不得已，一般都不会去捡。胡乱弄了不到一筐，就急急忙忙往回赶。

心急吃不了热豆腐，她在下坡时一个踉跄，滑出去七八米远，背后的竹筐本来就已经要垮了，这下子全坏了，里面的枝枝叶叶散了一地。

她站起来，尽管裤子屁股上的补丁都被磨破了，屁股生疼生疼的，但比起她心里的害怕，这些已经可以全然不顾了。不知所措的她一下子哇哇大哭起来，本想把干草枝捡起来，但刺实在太尖了，手根本就拿不住。

春云只好背着破筐边哭边往回走。一到家，看到腰治和春水已经回来了，在门口的那一丛菊花旁的空地上，一个抓着竹竿的一端，一个正在另一端绑着稻草人。两人听到春云的哭声，不约而同地抬起了头，春云立刻站住了，不敢再往前踏一步。

腰治立刻明白了怎么回事！家里一小块田地种了些稻谷，好不容易挨到秋收了，却被一大群麻雀给吃了大半，本来心里就不爽快，那媳妇仔又把筐给弄坏了，气不打一处来，抓起旁边的竹条就冲到了春云的面前。

春云吓坏了，赶紧往外跑。春水蹦起来，一把把她抓住，钳住她的胳膊往屋里拖："你还敢跑！"

腰治扔了手里的竹条，抄起门边的扁担进了屋子，顺手把门关上了。

春山正往家里走，兜里揣着阿公给他带的一点米香（爆米花）。隔壁的小孩匆匆地跑来，上气不接下气地说："山、山哥，赶快回、回去，媳妇仔快被打死了！"

春山一听，拔腿就跑。

家门口已经围满了人，大家伸长脖子透过门缝往里看。但大门紧闭，谁也进不去，只听见腰治几乎崩溃的骂声，以及扁担打到身上沉闷的声音，还有春水偶尔的几句煽风点火："打断腿，让她再跑！"

几个人见春山推不开门，七手八脚地帮着把开裂得乱七八糟的门给卸了。

"不能再打了，都快打死了！"春山一个跨步横在腰治的面前，他的身后是抱头蹲着缩成一团的春云。扁担没有再落下。

"这个败家的媳妇仔，吃要吃一大碗，捡柴火只能捡半筐，还捡得不情愿，竹筐都给摔坏了！"春水说。

春云微微抬起头，看了春山一眼，满脸惊恐，眼角余光里腰治还绷着狰狞的脸，她赶紧又低下了头。

"她就是在你面前装可怜。"腰治重重地把扁担摔在一旁，徒手扇了几下春山的手臂，"现在你就护她，让你护她！你越护她她越觉得自己了不起，都要骑到你老母头上了！"

一个佝偻着背、满脸皱纹、包着黑色头布的老女人慢慢地挪过去。她算是腰治的表婶婶，丈夫打了她一辈子，直到前年过世，她才解脱。她拉开了春山，对着腰治说道："听婶一句劝，你不要打春山，他这么懂事，这么小就帮你做这么多事了。大家都知道你苦啊，但不能这么打孩子，就算是媳妇仔也不能这么打哪！不说打死，万一打伤打残了，你拿什么跟人家生父生母交代？"

"还回去呗。"春水在一旁嘟囔了一句。

"哇……"

突然间，春云像开了闸的水库，哭得歇斯底里，仿佛要没气了一般，她的头没有抬起来过，娇小的身躯不停地在颤抖。旁边的人也忍不住偷偷地拭着眼泪。春山俯身下去抱了抱她,眼泪也跟着掉下来。

"这倒好了,像死了人似的。"春水说。

那老女人瞪着已经浑浊的眼睛,指着春水的头骂道:"你这个不懂事的孩子,当心被雷公给劈死!"

"你才被雷公劈死!"春水还嘴道,腰治做出要扇他巴掌的动作,他才闭了嘴。

那天晚上,大家都没有吃饭。

春山默默地把春云睡的稻草席子铺开,这席子又薄又脏,还是去年的稻谷打下来后,春山帮她编的。那席子就铺在厅边,她每天起来的时候卷好放到旁边,晚上睡觉前再铺开。还有那陈年破烂的被子根本御不了寒,但也没有办法,能有间遮风挡雨的屋子已是福气,怎么还能去计较那被子。

他把春云抱到席子上。因为地上都是凹凸不平的泥土,所以刚把她放下,她就疼得叫了起来。天很黑,他看不到春云身上到底伤得多严重,其实他也不忍看。

他只好又从自己床底抽了些稻草铺在席子上。

"还很疼吗?"

"嗯。"

"哥,你可不可以跟我一起睡?你说,阿母会不会又来打我?"

她轻轻地说,手伸过去抓住他。他的手满是茧子,那是长期牵着牛绳给勒出来的。

"不会。"

"那就好。"她苍白的脸上纠结在一起的眉毛渐渐散开了。

春山这才想起口袋里还有一把米香,他把春云的手放到自己的口袋里。

"你猜是什么?"

她半眯着眼睛想了一会儿,然后眨了一下眼睛,表示不知道。

"拿起来吃吃看呗。"

"我没有力气了!"她可怜巴巴地望着他。

春山急忙把米香全部倒出来,捧到她的嘴边。她伸出舌头粘了两三颗到嘴里,嚼了嚼,又把舌头伸了出来,一下子粘了七八颗,不一会儿就吃完了。

"我还想再吃。"

"可是我只有这么多。"

"那你还会帮我带吗?"

"会。"

"嗯。"她似乎是在想问题,想着想着,眼睛就闭上了。

春山坐在她旁边,望着腰治房间的门帘,也就是一块绣着牡丹花的布,那是她的嫁妆之一。那个房间里四周都是大缸,放着各种各样的杂物,中间是一张小小的木板床,也只能睡下腰治一个人。他和春水的房间里只有一张黑色的桌子,桌脚不齐,垫着几块石子,那是他偶尔学写字的地方。两个人睡的木板是父亲在的时候钉起来的,还算结实。床底下堆着一些地瓜、南瓜之类耐时间的粮食,半夜的时候,他总能在迷糊之中听到老鼠啃地瓜的声音。可是,他们至少还有床板,春云自从来到这个家后,一直睡在地上。

春云像是睡着了,可是身体还在微微颤抖。

他抽开手,听到了她的啜泣声。

就这样又过了些日子。

惊　蛰

战火燎原，终究还是烧到了闭塞的陈厝。溃散的残兵慌不择路，翻过山丘踏入这个偏僻的小村，而后四处奔逃。

傍晚，夕阳的余晖均匀地涂染了半个天空，质地细腻，就像看不到晶体的黄翡。一连几天，噼噼啪啪的枪声像过年时小孩玩的摔炮，稀稀落落，但时不时地响起。能躲的也就只有像是随时会倒塌的房子了，躲在里面的人连呼吸都不敢太用力。

床底下的地瓜都被啃光了，腰治饿得眼前直发黑，春水看春云的眼神仿佛想把她的肉撕了生吃一般。春山的脸已经煞白，恨不得把墙上裸露的芦苇梗挖来充饥。

半夜，那枪声就像夏天雷雨将停时雷声渐小一样。这场仗不知道什么时候会结束，出去找吃的可能会死，但不出去一定会饿死，还不如趁着天黑到地里偷挖些能填入肚子的东西。

春山一边想着一边挪到门后，偷偷地透过门缝往外看：一个满身是血的士兵吃力地弯下腰，拾起农户赶鸭子的竹竿，拄着它一瘸一拐地走了，他的身后是一条血痕。

瑟瑟了许久，他才试探着打开门，倏的一声，一颗流弹从他的额头擦过，钻进墙里，他吓得又缩了回去，飞快地把门一关，用背顶住门闩，嘴唇都黑了。

过了好一会儿,似乎枪声没了,他又开了门,拿起搁在门外的破斗笠套在头上,蹑手蹑脚地摸了出去。

长在地上的庄稼几乎都不见了,长在地里的也被刨开了。他转了几圈,隐约看到几颗马铃薯暴露在田地里,在漆黑的夜里显得惨白惨白的。大概是挖出来以后人家嫌小,没带走又或是没来得及带走。他一阵欣喜,赶紧把这几颗马铃薯捡起来装到斗笠的凹槽里,然后又猫着身子偷偷摸摸地赶回去,刚想跨过水沟,就见一小队士兵跑了过来。

他一下子跳到沟里,水没到他的胸口,冰凉冰凉的,一条游蛇从他脚底划过,再用尾巴甩了甩他的小腿肚,他甚至可以感觉到自己的心跳得能让旁边的水泛起一圈又一圈的涟漪。

等那脚步声跑远了,他才爬出来,双腿麻得发硬,还好斗笠里的小马铃薯一颗都没少,还被水洗净了。他顺手拔了一大把水草铺在斗笠上,偷偷摸摸地潜回了家。

靠着吃马铃薯又多挨了三四天。春水吃得最多,所以他原本饥饿的胃有点适应不了,胀得难受,于是躺在床上直打滚,但也不敢发出声音。

幸好,这样的日子没有再持续多久。枪声远了,甚至好几个时辰也没听见枪响,大家都像经历了大浪后从礁石、海沙里钻出来的海货,又开始窸窸窣窣地到处挪动了。

陈厝本就是穷乡僻壤,枪声之后除了墙上多了些弹孔,似乎也没有什么损失。梁家就不一样了,田里能收的都"贡献"给了逃散的官兵们,所有的牲畜也被搜刮得一干二净,春山养得肥肥的那几头牛也未能幸免。

春山去了梁家又悻悻地出来,满脑子都是阿公唉声叹气的样子。阿公想当个守业的人，没想到家还是败了。

没得牛养了，接下来家里吃什么？春山忍不住叹了一口气。

度过了一阵风平浪静而又忐忑不安的日子，突然有一天，从远处传来几声敲锣的声音，敲一下，唱一句，再敲一下，再唱一句。直到声音近了，春山才听清："国民党反动派跑啦，我们胜利喽！"他试探地打开门走出去看，那敲锣的原来不止一个，后面还跟着一小队人，臂膀上还别着一圈手掌宽的红布。

带头的大爷问道："你是黑狗家的春山吗？"

"是！"春山回答，隐约记得这似乎是邻村的蔡伯公，矮胖矮胖的，皮肤又白，和又黑又瘦的村里人不太一样，倒像城里的读书人。陈厝虽然不大，只有百来户人家，但又分出了泉里、土丘、树仔亭之类的小村，蔡伯公就是泉里的。这些小村合并起来对外统一称为陈厝，但村里人交流的时候还是会做一下区分。这些小村里，人口最多的村叫作陈厝，又叫作正陈厝，以和对外的统称做下区分。土生土长的陈厝人基本都姓陈，蔡伯公却姓蔡。春山听母亲说过原因，大概是蔡伯公儿时，他母亲从外地带他过来一起嫁给了陈姓人，因为后面又生了男孩，所以蔡伯公的姓氏一直沿用原来的，没有改姓陈。春山为什么得叫他伯公，相当于是他爷爷的兄弟？还是听母亲说的，那是因为当年春山爷爷和蔡伯公的关系处得相当好，两个人差点结拜。

"不用再躲了，这天地变了！"蔡伯公对春山说，"还有你，也不用再去放牛了，那梁家接下来没好日子过喽！"

春山还没反应过来，愣了愣，刚想问问阿公怎么样了，腰治从屋里跑了出来，赶紧拦住了他，一边抓住他的胳膊往身后拉，一边笑得有些夸张，忙不迭声道："是、是、是！"

"黑狗家的,你要看好你的孩子,千万不要在这个时候再去梁家,不然到时候乱糟糟地把他也给处理了可不好!"

"什么处理?"春山问。腰治把他拉到身后,连忙对着那群人说:"小孩子不懂,什么也不懂。"

蔡伯公又捏了捏春山的脸蛋,一副心疼的表情,临走时还交代腰治,日子慢慢会好起来的,到时候多煮点肉给孩子吃。

春云从屋子里挪了出来,摸到厨房开始起火了。火焰不时欢腾地探出灶口,听到春山不用再去放牛,她便觉得格外踏实,火苗也像知道了她的心事一样,调皮地伸舌头舔了舔她的刘海。

平静的陈厝像退潮的滩涂,每一个人都如螃蟹一般走出了不太坚固的巢穴。

而后,春山家分了两亩五分地,还有零散的几把农具,还比别人多分了一头小牛犊,说是蔡伯公帮忙向上面争取来的。"上面"具体是哪里,春山也不懂。

只是,那头牛他总觉得眼熟。

虽然没有正儿八经地念过书,但春山已经是村里识字最多的人了,毕竟跟阿公放牛的那几年,心思都放在听书写字上了。只要从田里干活儿回来,他就到处去借书;只要书上有字,即使破烂不堪,他也能看得津津有味。他还一有空就帮人念念书信、看看标签、写写字,十分乐意做这些识文断字的事。

等到村里筹建起了小学,他便被推荐当起了教书先生。

他跟腰治商量着也让春云去读书。腰治摇摇头:"你当了先生,春水一丁点事都不愿意干,地可得我一个人折腾。春云除了帮我,还能摸摸家里的活儿。再说,她一个媳妇仔读书做什么?要读也是春水去读,你带带他,看他能不能学乖点,不然他迟早得饿死。"

"我才不去嘞。烦死了。"春水跷着二郎腿坐在一旁,不时地甩甩搭在上面的右腿,手上夹着卷烟,有些呛鼻。

"不去上学那你得干活儿呀,你都十几岁了。你才跟春山差几岁?春山在你这个年纪都做了多少事了。"腰治说。

"我不干!我不干!"

"小心我扇死你!"腰治做了一个要打他的动作,却没有真的打下去,"跟你那不讲理的阿嬷一模一样!"

春水长得又矮又瘦,黑得像只猴子,眼睛成天骨碌碌直转,鼻子又大又扁,净挑父母不好看的地方长,当然整体看还是承了腰治的模样。

他成天叼着一嘴卷烟,见了大点的女孩子就吹吹口哨,见到小一点的就捣蛋一下,真把人惹哭了,就打到人家不敢哭为止;尿急了,往裤裆里一掏,随地撒个图案出来;见人家地里什么熟了他就摘什么,要是人家说了他,必定找个三更半夜,往人家瓦片屋顶扔石子,或者往人家晒场上的谷子撒几把沙子;见了猪狗在村子里跑,也是追上去狂踢几脚。以至于女孩子看到他就绕道走,其他人家也是整天到腰治面前告状。后来见腰治也管不了他,只能防着、躲着,哪天碰上他耍无赖只能自认倒霉。都说村里几百年来一直出的都是老实人,现在竟然养出了这样一个泼皮。

有一次,腰治让他下田割把韭菜回来,他不情愿地拽着镰刀到田里,恰巧遇到一头黑公猪,不知道为什么性子又起,竟追着黑猪,把猪鞭给割了。

那黑猪恰好是大头家的。大头说来还算是春云的舅舅。当初妹妹死活要嫁给那个男人,他是极力反对的。他和妹妹相依为命长大，受尽了疾苦，他希望妹妹能够找一个好一些的人家。他不止一次地劝妹妹，那个男的家连个正经的屋子都没有，自己好吃懒做，父母又都是一副病恹恹的模样，如果跟了那人迟早会被饿死。但妹妹就是听不进去，他越是反对，她和那个男人走得越近，也不知道她到底看上他什么了，最后竟然跟那个人跑了。大头气得要命，但还是到那个人家里劝妹妹回来，让她等男人上门提亲后，办完婚礼再住到人家家里，以免被别人看轻了。可那男人竟说提亲就别想了，要是回去就别过来了，一句话把妹妹又镇住了。大头气得差点当场吐血，他对着妹妹立誓：兄妹情断，死不往来。打那以后，妹妹真的没有回来过。

大头好几次听说公婆对妹妹并不好，丈夫依旧好吃懒做，她怀着孕上山挖野菜，回来还得洗衣做饭……

大头看到春云就想起自己苦命又叛逆的妹妹，心里不免又伤又气，所以也不喜欢和腰治一家打交道，不然春水打春云的事他早该知道了。原本没什么大事，大头也是睁一只眼闭一只眼，但这次实在忍无可忍，竟有人这么闲着没事干把猪鞭给割了！他操了把斧头，气呼呼地冲到了腰治家，说要砍死春水。幸好春水逃得飞快，没正面跟他碰上。

腰治拼死拖住了大头，她取出春山的所有教书钱赔给了他，又让他看在春云是她养活的份上，放过她家这一回，要是有下次，她肯定会亲自打死春水。

大头也没数手上的钱到底是多少，放到衣袋里，收起了斧头，板着脸走了。

不过有一个人春水是不敢惹的，那就是刚从城里调到村里的女老师李婉玲。

她总是穿着时髦的花色短衬衫,加上直筒的布裤,辫子梳得十分利落,圆圆的脸蛋白里透红,嵌着一双内双的杏仁眼,见到人总是笑嘻嘻的,远远就可以看到一口珍珠般的小白牙。她会唱革命歌曲,又会跳革命舞蹈,非常活跃,据说还是县领导的女儿。

村里条件不好,连学校都是用一户没了后人的人家的祖厝改造而来的,祖厝门口的空地当作操场。李婉玲就住在学校旁的小土屋里。土屋虽小,床、灶台都有,就是没有洗澡的地方。洗澡的时候李婉玲得到村里的古井里挑一担水,烧热了,在屋里搓一搓,再把水端到屋外泼了。

李婉玲教书,也挑水做饭,日子过得单调而又忙碌,唯一怕的就是天黑。天一黑,各种奇奇怪怪的叫声就特别多,村里人又舍不得点灯,到处黑灯瞎火的,有点小动静都要让她心悸好一会儿。

春山见李婉玲一个人辛苦,下课的时候就帮她挑水劈柴、搬些重物。担心她下雨的时候没有柴火烧不了饭,还帮她到后山砍了些柴火囤积起来。李婉玲虽然不愁没米吃,但是做出来的饭不是生的就是焦的。有一次放学,春山刚改完作业准备回去,又闻到烧焦的味道,他走过去看了一下,李婉玲灰头土脸尴尬地朝他笑着,往灶里塞柴火的手依旧没有停歇。

"这都焦了,还塞柴火!"春山走了过去。

"可是那米还没熟呢!"

春山掀开锅盖一看,里面都没水了。"你这水放少了,再加柴怎么成呢?再说柴要再晒晒才能烧,这样放进去,能烧得了吗?"

"啊!煮饭怎么这么麻烦!"李婉玲嘟着嘴抱怨道。

春山无奈地摇摇头,朝灶里扒开火一看,这灶里都快被柴火堵满了,有一半是还没晒干的树枝,在那里吐着汁液,被烧得吱吱响。

"这怎么弄？"春山一边说着，一边帮她把灶里没燃尽的树枝扒出来，"再烧下去锅都要坏了。"见李婉玲没说话，他又说："晚上到我家去吃吧。你一个人也不好做饭，米放多了吃不完，放少了又不好煮。锅里这点烧焦的米就让我带回去喂鸡吧！我家的鸡难得吃一回米。"

李婉玲一听格外高兴，想都没想就答应了。她收拾了一下脸上的灰，跟在春山后面，心跳得飞快。如果不是春山还回头看了她一眼，她肯定拽不回要蹦起的脚。

陈厝本来就不大，春山家离学校很近，没几步路便到了。春山刚进家门，一只老鼠从旁边蹿出来，吓得李婉玲直接扑到春山的怀里，看得春云都脸红了。

春山对此倒不以为意，城里来的女孩子不习惯这种乡下遍地都是的东西，有这种反应也是正常的。倒是李婉玲有些尴尬，觉得第一次来人家家里就大惊小怪的，有点不礼貌，于是朝着春山的家人一个个问候过去。她见这一家子比客人还拘谨，不由得觉得他们十分可爱，忍不住对着春山笑了。

春山让李婉玲坐下来，帮她从锅里捞了一碗米汤，李婉玲能感觉到他尽力想让她吃到米粒。她扫了一眼饭桌，桌上摆着一碗腌萝卜干，再加一碟炒花生米，一双筷子正在那碟花生米里翻腾着。筷子的另一端那个弓着背、屈起一条腿踩在条凳上、胳膊靠着膝盖、端着碗径自吃饭的，想必就是春水了。而那个端个破碗光着脚缩在门槛上，碗里只有米汤和地瓜的小女孩就是春云。她以为春云见客人来怕生，热情地招呼春云一起上桌吃饭，春云摇了摇头。春水说道："她没教养，吃相难看，我阿母不允许她上桌。"

李婉玲看了春水一眼，又看了看春云，若有所思地说了一句：

"是吗？"春山倒没说什么，舀了一勺花生米，走到春云旁边，放到她的碗里。腰治白了他一眼："她不是牙疼吗？还能咬得动花生？"李婉玲一听，又细看了一回，才发现春云的腮边微肿，吃饭也是小心翼翼，于是问道："吃药了吗？"春云还是摇摇头。春水应道："她就是不想干活儿，装的！又疼不死人，整天肿一张脸给谁看呢？"李婉玲一听，就没再说话了。

饭菜虽然简单，李婉玲还是吃得津津有味，一直夸赞地瓜太甜太香了。"城里的人有文化，不舍得嫌弃。"腰治端着碗，满脸的不自然，都不知道该吃还是该放。

等大家吃完，腰治让春云收拾饭桌，再把碗筷给洗了。李婉玲连忙站起来说："我来吧！"

春山说："你坐着休息一会儿，我来吧。"

腰治听了冲着春云叫道："你还不快点，是想累死春山吗？"春山没理她，默默地收拾了桌子，正想把碗拿去洗，春云抢先一步抱走了。腰治见状，给李婉玲赔了个笑脸，起身烧水去了。

春水想点烟，看李婉玲盯着他的手看，便只用手擦了擦嘴巴，坐到门槛上才把烟点上。

春山说："你还是少抽点。"春水没理他，狠狠地吸了一大口，吐出了长长的烟。春山摇摇头，也无可奈何。即使春水现在不抽，等他不在，肯定抽得更凶。

春山说："李婉玲一个人住学校不太好，还是到我家里住吧，和春云一起睡，我到学校住去，让春水睡厅边。"

春水一听，立刻把烟往门槛石上一扎，拧熄了。看到李婉玲盯着自己看，又嘟哝了一句："我睡厅边睡不好。"

李婉玲也赶紧说还是算了，自己住学校比较妥当，但脸却红了起来。

春山长得瘦瘦高高的，眉宇间透着英气，说话声音不大，沉沉的。他很会关心人，总像个有担当的大哥一样，没有城市小伙子的精明，也没有农村青年的土气，质朴得像刚磨好的明镜，又温暖得像春天的太阳。学生们都很喜欢他，李婉玲也喜欢和他相处，所以一听到春山为自己着想，想让她住到他家来，心里更温暖了。

学校就她和春山两个老师，加上从县里派来的一位书记。春山上课的时候她去旁听，她教歌舞的时候，春山也跟着舞两下，虽然肢体不太协调，但她却觉得怎么样都是帅气的。

每多看他一眼，她心里就多几分喜欢，打扮也更用心了。有好几次春山都盯着她脖子上的丝巾看，终于有一天他开口了："你的丝巾颜色好多，你回城里方便的话能不能帮我带一条？"

"你是要买给阿姨？"

春山微微笑了一下，没有回答。

过了些时日，她遇到了春云，看她脖子上围着自己买的丝巾，顿时明白了，忍不住责怪春山："你怎么不早说是要买给春云的，我照着阿姨的年龄买的，给春云戴显老了。"

"怎么会，她很喜欢。"春山笑着说，"她现在连睡觉都戴着。"

李婉玲听说过春云的事情，心里隐隐泛起些同情。但她又听人家叫她"媳妇仔"，又不免有些不舒服，故意当作什么都不知道地问："你和春云怎么长得一点都不像？"

"我们是一起长大的。"春山说。

尽管春山的措辞有些不明，但是李婉玲还是按照自己听到的情况发问了："你母亲一个人照看得过来吗？"

"穷人家的孩子，一个带一个，勉勉强强。她很小就会自理，还能帮很多忙。"

"真是好孩子。"

"嗯。她小时候就很可爱，走路就像一只学飞的小麻雀，一颠一颠的，拿点什么东西喂她，就开心得跟花儿绽放一样。"春山说的时候嘴角已经泛起了一丝微笑，但又马上收起来，"就是家里太穷了，什么都没有，她都这么大了，从来没有买过新衣服，都是穿我阿母或者是我们穿小的衣服。"

"你这么疼她，要是她长大嫁出去了，你肯定很舍不得吧？"

春山看了她一眼，提高了声调说："她现在还小呢。"

春山疼春云这是大家都知道的事情，李婉玲也看得出来。前次去他家吃饭，春云去盛饭，刚把手伸出去拿勺子，春山立刻站起来抢了勺子，往锅底使劲一捞，将沉在下面的米粒捞到她的碗里。

但是他们相差了几岁，若真要等春云可以结婚，还得等上好几年，这期间变数还大着呢，况且自己和春山的年龄相仿，自身的条件也好，机会还是有的，李婉玲想。可是她又不好直接表白，一是怕自己的热情吓到春山；二是村里小，连并排走个路都到处传得沸沸扬扬，真直说了，到时候一定会成为口口相传的新闻。再怎么说自己也是女儿家，还是要保留一点矜持的。

所以李婉玲虽然心里有些着急，还是逼着自己放慢脚步，有事没事多找春山说几句话，或是到他家里帮忙干点杂活儿。腰治本来心里也没有往那方面想：人家是县领导的女儿，应该是看不上春山的。况且李婉玲还经常带些她见都没见过的东西来，这不都新中国了吗，年龄相仿的年轻人喜欢待在一起谈谈天什么的，都很正常。

直到全村都开起了李婉玲和春山的玩笑，传言也是满天飞，传得有鼻子有眼睛的,腰治心里才开始惶惶:李婉玲和春山要真有什么事,这村里的土怎么养得了城里的花?要是把春山给卷到城里去了,那不是还是给别人当儿子去了?他可是这个家唯一可以主事的人哪。如果两个人能在村里,那自己受了一辈子婆婆的气,不就还得担心来个不省油的媳妇?况且还有春云哪,抱养的初衷本就是给春山当媳妇的,她不招自己疼,那都是因为拿她当儿媳妇,自己气焰不大一点怎么压得了她?而且春云乖巧,这么小天天就跟在泥里滚了,都是死拖硬拖干过来的。如果李婉玲能看上春水那个不着家的就好了,他不干活,李婉玲家也能养着,他跟她家享福也是不错的。可是就春水那样的,连农村姑娘都躲着他,人家李婉玲怎么看得上?腰治脑袋里跟绞绳子似的,想得越多,叹的气越多,忍不住将担心跟菊花说了。

"这事上你怎么就犯傻了?那李婉玲长得一脸贵气,要是你家春山真娶了她,那是你们家祖坟上冒金光哪。说不定哪天就把你接到城里去住了,而且要找黑狗也多点门路不是?再说了,春山现在也到找对象的年龄了,难道还要等吗?春水和春云年龄不是更接近吗?你要是舍不得春云嫁出去,就让她跟春水过。春水这孩子你也知道他的品行,如果不找个愿做事的人养他,估计得饿死。"

要不是春山拦着,春水对春云肯定是要么打要么骂,两个人像天生的水火不容一样。腰治心里想着,但没有说出口,怕毁了春水的名声。

腰治和菊花两个人还顺便嘀咕起这家长那家短的。正说得起劲,一个戴草帽的中年人推着自行车到了门口,先是问:"春山是住这儿吗?"

腰治点点头说:"是啊,但他现在不在,在学校上课呢。"

"没事，我就看看，到处看看。"那人先是上上下下打量着房子，微微摇摇头皱皱眉，再踏进门槛往里面瞧了一眼，脸皱得更严重了，一边摇头一边叹气。

"你是哪里的亲戚？"菊花见状忍不住问道，"这没日头没风雨的你戴个草帽做什么呢？看你这还戴个眼镜，也不像是贼哪，倒像是个干部嘞。"

那人苦笑了一下，挥了挥手，一言不发地踩上脚踏车往学校方向去了，搞得菊花和腰治面面相觑，一头雾水。

书记正在校门口拔草，看到陌生人过来，扯着嗓门喊道："你谁啊？"

那个中年人把草帽一摘，书记突然觉得有些眼熟，赶忙站起来迎上去："你是哪位呀？找谁呀？"又想了想，突然想起来："你是李……"

中年人摆摆手，让书记不要再出声，自己径直走到教室窗口。春山正在给孩子们上课，李婉玲坐在最后一排听得十分认真，眼睛一刻都没有离开过春山。

春山眼角的余光扫到外面站了个人，书记也在那人背后。但他还是把课讲完才走了出去。李婉玲刚才心神全部在春山身上，这时才发现外面有人，有些吃惊："爸爸，你怎么来了？"

这句话把春山吓了一跳。

"这孩子看着还算踏实。"李县长看了春山一眼，对李婉玲说，"我来看看你的工作环境，越是艰苦的地方越能锻炼人，你要好好珍惜。"然后又沉着脸摇摇头走了，李婉玲赶紧跟了出去。

书记是个明白人，一眼就懂了。他对春山小声说："你小子有福了。"

李婉玲对他有意思，春山不是不明白，但一直装聋作哑的，她越是往前，他越往后。

放学了，春山跟往常不太一样，飞快地收拾好书本就赶紧往外走，但还是被李婉玲发现了。她像是早就在等着一样，迅速地跟了上来。

"陈春山，我爸今天过来帮我带了件新衣服，你拿给春云吧，这种款式的我已经有一件了。还有，我爸今天去你家了，他对你这个人还是挺认可的。"

她见春山脚步跨得飞快却不说话，一着急就伸手扯住他的胳膊，干脆把事情挑明了说。

"我爸也是从农村出来的，不想我嫁到农村吃苦，但我心里已经认定你了，我想跟你结婚！你愿不愿意？"

那气势哪是在询问，简直就像是要押着春山去画押一样。

她见春山一副为难的表情，心里不免一阵难过："难道你一点都不喜欢我吗？还是你真的打算娶春云？你也算是读书人，都什么社会了，怎么还能有这样的封建思想，娶童养媳呢？还有，春云长大了，难道就真的愿意嫁给你？"

春水叼着烟卷慢悠悠地走了过来，只见春山的手臂还被李婉玲紧紧地拽着。他说："春山啊，你家媳妇仔捆了些厚皮菜，阿母让你去帮她挑回来。"

春山趁机挣开了李婉玲的手，转身把书扔给春水，撒腿就跑。李婉玲气得眼泪差点掉出来，若不是春水在场，她肯定追上去缠着他，不依不饶地要一个明确的答案。

就好像只要那么做，她就能得到想要的答案一样。

春水看李婉玲一副气嘟嘟的样子，笑嘻嘻地说："春山是很英俊哦！很喜欢哦？可惜他跟媳妇仔比较好，他疼她跟疼自己的肉一样，有什么好的都想给她。现在连我阿母都不敢打她了。本来我阿母是让我去帮春云的，我就让春山去，因为他肯定会去嘛。李老师，晚上再到我家吃顿饭，春云到河里抓了很多小鱼，我阿母拿来炖了酱油，春山很爱吃这个，你肯定也喜欢嘛！"

"不去了！"李婉玲心里还堵着气，转身就走。

风呼呼地刮着，春山一路狂跑，背后一阵冷一阵热，心跳得比脚步不知道快了多少倍，仿佛在积蓄着力量要爆炸一般，他刚刚所有的故作镇定在此刻已经荡然无存。

如果看到春云的脸，也许所有的不安都会烟消云散，能还给他一份平静的心情。好不容易跑到田边，春山四处张望了下，没看见春云。

突然，从他背后传来了沙哑的叫声："春山哪！"

音色比熟悉的那个声音略显苍老。

"阿公？"

春山回过头，眼前的阿公一副老态龙钟，佝偻着背，瘦瘦小小的，脸上千沟万壑，就像一块被压扁的馒头，满是褶皱。他咧开嘴笑了，只剩零星的几颗牙："春山哪，你都长这么高啦，我都快认不出来啦。"

"阿公怎么在这里？"

春山一边说着，一边伸手帮他把背上的一小捆干柴卸下来，放到自己肩上扛着。

此前听说梁家被抄了，春山偷偷跑去看过，但是那房子已经被好几户人家分了住，鸡鸭鹅到处跑，一靠近就是一股屎味，也不见阿公一家人。

梁家离这里还有些距离，走路也得一两个钟头，苍老的阿公是怎么走到这里的？

"到处都捡不到柴火了。在家附近捡一捡，就有小孩子追出来骂，还有大人把我捡的给扔了，我只好走远一点，看能不能捡一些。"

"身体还好吗？"

"就是眼睛花了，看东西都像蒙着纱，刚刚看着感觉是你，只是随便叫了一声，没想到真是你。耳朵还好，还听得清。"

"家里人呢？"

"小儿子带着细姨没逃成，一个被打死，一个吊死了，另外那些儿子、孙子也不知道逃哪里去了，你说他们能逃去哪里，哪里不都一样？我老了，跑不动，就剩下我一个喽，就当替那些不肖子孙赎点罪吧。"他摇了摇头，"树倒猢狲散哪。"

春山鼻子一酸，忍不住叹了一口气。

"那你现在住在哪里？"

"以前的牛棚还记得吗？最靠右边的那一间现在是我在住。好死不如赖活着啊。"阿公说，"天都快黑了，你怎么才到地里来，把柴火给我吧，免得让有的人看了，认为你在跟我勾结，对你不好。"

春山这才想起是来帮春云挑厚皮菜的，但他还是没有把肩上的柴火让给阿公。

"你是来找媳妇仔的吧？她挑了一担猪菜回去了，那一担都比她人重了。这些柴火也是她帮我捡的。这小丫头越长越漂亮，干活非常利落，看到我一抿嘴就笑了，还叫我阿公，真是没有白疼她啊。"

他见春山没说话，又喃喃道："你已经长这么高了，难怪阿公都老成这样了！可惜你娶亲我不能来吃你的喜酒，阿公现在成分不好，不能害你。"他想了一下，突然说："你难道还是在等媳妇仔？"

他见春山默默地没有回答，又说："这孩子，又勤快又乖巧，就是被虐待得太狠了。如果你娶了她，她还是得在你家过，还是得服侍那些人，干那些活儿，过那样的日子，一辈子都跳不开喽。"

他似乎无意地说，但春山却往心里去了。

又送阿公走了一段路，离村庄越来越近，阿公执意要自己背柴火，赶着春山回去。阿公的用意春山都明白，只好依了他。

刚到家门口，又听到了腰治的骂声："你这夭寿的，怎么不去替人死！"他三步并作两步跨了进去，才发现原来骂的是春水。

看到春山一回来，腰治就闭了嘴。春山一眼看到春云坐在旁边，正捂着脚后跟，手上全部是血，地上也是一片血迹。

"是怎么弄成这样的？"

春云眼睛通红通红的，不敢吭声。腰治又白了春水一眼，也没有作声。

"不管怎样，得赶紧先找医生。"

春山来不及深究，抓起一把稻草，扎在春云的脚踝和小腿之间，再把她背起来，匆匆地往医生家里赶去。这时候他才能感受到春云的眼泪掉在他的脖子里。

他想起了阿公的话：如果娶了她，她还是得过这样的日子。是啊，即使他娶了她，阿母成了婆婆，二哥成了小叔子，但能改变什么呢？她依旧会默默地流泪，依旧得像一头牛一样劳作、隐忍和为提防打骂而委屈灵魂、压抑向往。

医生举着一盏煤油灯，先是看了一下伤口，因为都是血，什么都看不清楚。又因为家里没有消毒水，只好端一碗白酒清洗了下伤口。春云不知道是疼麻了还是吓傻了，竟然一句疼都没有喊。

"媳妇仔，你这怎么搞的，伤口这么深？都不知道筋有没有断掉。"医生又拿着小镊子夹出一条约半寸宽、一寸长的玻璃片，再拨开两片血肉，"恐怕得去城里的医院缝个针哪，怕以后走路都不利索了。"

"我……我不缝针。"春云连声音都在颤抖，嘴唇都变青了，她拉着春山的袖子说，"药涂一涂就好了。"

医生看看春山，再看看春云："那行吧，现在也晚了，先包扎一下，明天来换个药，不行的话，真的得去城里看看。要注意不要乱动，尽量多躺，躺的时候把脚垫高一些。"

包扎好，春山又把春云背回去。她真的是长大了，胸部靠着他的背，他能感受到柔软。

"你是担心缝针花钱吧？"春山问。

"不是，是怕疼。"

"什么时候学会说谎了？"

"真是怕疼。"

"血流太多了，回去就不要乱动了，饭多吃一点，明天我让阿母把那只小公鸡宰了炖给你吃。"

"阿母说春水在长身体，公鸡要炖给他吃。"

"你也在长身体，你也得补一补。"

"嘻嘻。"春云突然笑出声来，带着一点不好意思。

"以后重的担子你就留着，我去帮你挑。"春山说。

"嗯。"

"你跟我说说，那路上大家天天走，怎么会有碎玻璃呢？"春山又问。

他听不到春云回应，又问道："是不是春水故意的？"

春云沉默了一会儿才说："也怪我太急了，没看好路。"

"不怪你。"

回去的时候，腰治和春水正在吃饭，腰治说了句："赶快来吃！"

春山没有应她，径直把春云放到床上，用枕头垫高了她的脚。春水跑进来叫道："她太脏了，我不要她躺我的床，让她回自己厅边睡去。"说完，动手就去推春云。

春山冷不防抓起春水的领子，一巴掌扇了下去，春水顿时傻眼了。

腰治听到衣服撕裂的声音和重重的耳光声音，赶紧凑了过去，用力往春山胳膊上一捶，叫道："黑狗留你们两个短命的是要来气死我吗？春水还小，不懂事，你当大哥的就这么用力打他吗？"

夜深了，春山躺在厅边的草席上翻来覆去，感受到从地底下冒上来的寒意，那是无处可躲的冷。春云在这里睡了这么多年，她是怎么熬过来的？春山耳边又想起了阿公的话，心里像刀割一样疼，偏偏又落入了春云带着盐分的泪。

春水的打呼声已经从腰治的房间传出来，腰治坐在大门槛上，默默地抹着眼泪。

"你和李老师的事情我也听说了，只要人家李老师愿意，哪怕让你去她家做儿子，我也没什么可说的。而且她父亲还是个官，门路也多，你阿爸到底是死是活他也能帮忙探听。媳妇仔就让她跟了春水，她脾气好，能干活儿，这个家就让她来拖了。再说他们两个年岁更近……"

"阿母……"春山打断了她的话,"春云已经为咱家拖磨了这么久,还是帮她找一个好一点的人家嫁了吧。"

"我把她养大,还让她外嫁,到时候怕人家会笑哪。"

"她如果嫁出去,咱们也多一户亲戚,将来也好走动。"

春山翻了个身,脸贴着墙,墙的另一边,是春云鼻涕堵住了鼻孔的呼吸声,这样的呼吸他听多了。

"本来养她也是打算来给你做媳妇的,你若舍得让她嫁出去,我就不说什么了,反正她和春水也不和。你阿爸要是在,肯定不同意我抱养她。"

腰治说完也转过身去,又擦了几下眼泪。

菊丛里传来蟋蟀的叫声,在深夜里特别清晰,月光柔和地照进屋里,有些清冷。

春 分

春云体质差,脚好得慢,担心她待在家又要被使唤,春山几乎每天都把她背到学校。李婉玲看到春云一来春山都无心上课了,心情也好不到哪里去,但看她一副弱不禁风的样子,不免又有些怜惜,于是把身边吃的补的也全部贡献出来给她。

春云刚开始长身体。本来早就应该长了,但营养跟不上,推迟了她的发育。现在的她坐在教室门口的长凳上,腿脚都长长了,却没有壮多少,所以整个人显得特别的纤细。她长长的头发梳得很整齐,别在耳根后面,刘海已经长到遮住了眉毛,把她的瓜子脸盖得更小了。眼睛像弦月,但一笑起来又变成了新月。鼻子、嘴巴也是小小的,特别的精致。

春云一直安静地坐在那里,仿佛坐在画里。她看着李婉玲教学生们跳舞,眼神里都是笑意。

春山走过来和她并肩坐下,才发现自己裤子膝盖上的破洞不知道什么时候又被补好了。

他的衣服破了,有时候自己都不知道,但春云总是洗完后默默地帮他补得平平的。家里也总被她整理得井井有条,虽然没有像样的家具,但隐隐能透出一丝她努力营造的温馨。他备课的桌子上的煤油灯里的油总是满的,笔筒里有时候会不经意地出现几朵小花,被子和草席永远都是干干净净的,透着阳光的味道。有时候他甚至怀疑这是女人与生俱来的天性。但她太不爱说话了,见到左邻右舍也不打招呼,见了生人更是躲得像只小老鼠,可是她也偶尔会在他面前调皮地做下鬼脸,等没人的时候又会偷偷在他的课本上画朵小花或者蝴蝶,又或是故意在他口袋里放个野草莓或者烤花生。想到这里,他情不自禁地笑了笑。

"李老师好厉害。"春云看着前方,突然羡慕地说,把他的思绪从遥远的地方拉了回来。

"你跳起来说不定比她好看。"

"哪能,我笨手笨脚的。"

"不会,你是我见过最麻利的了。"

"嘻嘻。"她开心地笑出声来,又说,"李老师跳舞真的好美。"

"你喜欢她吗?"春山问。

"喜欢。"

"那我把她娶回家吧?"

春山说完这句话,有一种如释重负但又马上泰山压顶的感觉。

"嗯?"这个时候春云才把目光转移到他身上,来不及做出任何反应。

"我……打算和她结婚。"春山深吐了一口气,强调了一遍。

"嗯!"春云若有所思,但又点点头,脸上已经没有了笑容。

"这些年你受了太多苦,阿母的脾气越来越不好,春水也吊儿郎当的,我……"

春山想解释,但又不知道该怎么解释,也不知道要解释什么,总之心乱如麻。

"不要说这些。"春云打断了他的话，低下头红了眼眶，不愿意再说话的样子。

恰巧李婉玲跑过来："你们在聊什么？"

"正打算晚上请你到家里吃顿便饭。"春山回答她。

李婉玲有些吃惊，自从上次跟春山挑明了态度后，他对她一直有些不冷不热，有时候还似乎一副心事重重的样子，所以她连忙答应了，又进屋取出一双半旧的鞋子，说："这鞋子我穿着有点小，春云穿应该刚刚好，等她脚好了就可以穿。"

春云没有接，李婉玲以为她还是害羞、客气不敢接受，便硬塞到她手上。春山伸手要帮春云拿的时候，她没有递过去，反而往身后藏了一下。李婉玲觉得有些蹊跷，但是没有多想，因为她的内心已经汹涌澎湃，开心得像刚学会飞翔的海鸥。

等春山去收拾课本时，春云径自单脚跳着走了，李婉玲赶紧跟了上去，她从来没有见过春云这样，像一个任性的小孩。

"我们等下你哥，让他背你，不然万一你的伤口又裂开了，那会疼死的。"李婉玲劝道。

"没事，不疼。"春云咬了咬牙说。

没走出十来米，春山就跑了过来，蹲到春云的前面，示意她趴到自己背上，他就是这么背她过来的。

春云却绕了过去，又跳了几步，被春山一把抱了起来，把她着实吓了一跳。

李婉玲像是突然明白了什么，扑哧一声笑了："原来是不喜欢被背呀，小孩子长大了，背着也不舒服。自己的哥哥直说就可以了，还害羞什么呀。"

见春山和春云都没说话，她也闭了嘴，难道自己又说错什么了？

腰治见李婉玲也过来了，满脸堆笑，赶忙端出一碗肉来。春水见到肉，忍不住咽口水，眼睛像苍蝇盯上鸡屎一般。

"这是厝边送的兔肉，春山经常帮他写信，他可高兴了，一有好吃的就送过来。李老师你多吃一点，山里的味道，可能在城里比较少。"腰治招呼道。

李婉玲笑着说："都是春山辛苦得来的，春山吃吧。"

春山看了一眼默不作声的春云，把碗推到她面前："你脚受伤了，流那么多血，要多补补。"

"你们吃吧，我不爱吃。"

"你都没吃过，怎么知道不爱吃？"春山说。

"还是你们吃吧。"

春云说着，用食指轻轻地推了一下碗的边沿。春水赶紧把碗拉到自己面前："那我吃吧。"

春山和李婉玲的婚礼简单而朴素。这和李婉玲的父亲低调且廉洁有关。

李婉玲的嫁妆是一辆自行车和一台收音机，把村里几户人家看得眼睛馋馋的。小夫妻俩在李婉玲的宿舍暂时安了家。但是没过多久，在春山岳父的安排下，两个人都调到了城郊的小学任教，住到了城里。第一个孩子出生后不久，恰巧全县有几个上大学的名额，春山在名单中，这是他做梦都没有想到的。在放牛最纯真的那会儿，他想过最美好的未来，也不过是能吃一顿香喷喷的白米饭。

春云听说春山要去北方读书，连忙拿出春山此前偷偷塞给她的布票，到供销社换了三尺布，回来连饭都顾不上吃，就穿针引线缝起了衣服。白天大部分时间还是要下地去干活儿，只能在晚上的时候挑着油灯裁剪，有时候缝着缝着就打起瞌睡，但在迷迷糊糊中又能缝好几针，而且不偏不斜。

等春山从城里回来，她已经缝好了一件。

"听说北方很冷，我买不到毛线，只能换了些厚一点的布。"

"那是给你做衣服的，你怎么又给我做了？"

"我们干农活的就随便穿，你去读大学穿不好会被人笑的。"

"你已经长大了，到时候万一有合适的小伙子，一看到你总是穿得破破烂烂的样子，那……"

"破衣服好洗，搓两下就好了。"春云答道。

春山沉默了一会儿，又说："你现在趁着年龄不大，好好挑一挑，挑好了等我回来看看再结婚。"

春云点点头："那你什么时候回来？"

"明年夏天吧。"

"好。"她又点了点头。

待到出发的那一天，李婉玲抱着孩子把春山送到火车站时，他还在叹着气。

"怎么还是愁眉苦脸的？家里又不用你操心，等学校放假了，我带孩子去找你。"

春山还是没有说话。

"你担心春云？"

和春山相处越久，李婉玲越能明白他的心思，能让他眉头紧锁的，除了春云没有其他人了。

"阿母都答应让她嫁出去了。"

"就怕随便找个人就……"

"人各有命,你操心不完的。阿母那边能劝的我尽量,但是我看她……"李婉玲欲言又止。

自从和春山结了婚,所谓聘礼什么的,她没有计较;春山的工资大部分给了婆婆家,她也没有计较;春水三不五时地找春山拿点买烟钱,她还是没有计较。如果计较这些物质的东西,也许她也不会巴着春山不放。但腰治的偏心让她常常为春山抱不平。她的婆婆永远不会担心春山娶了媳妇、生了孩子后生活过得怎样,永远只会担心春水会不会饿死,担心他娶不娶得到媳妇,担心他不能过得比春山好,而不是担心春水好吃懒做、惹是生非。

当然,毕竟结婚后很少和婆婆一家人住在一起,所以每次回婆家倒像是回去做客一样。只不过,自己从小母亲就过世了,她原本盼望着婆婆能把自己当女儿一样对待,而自己也能把婆婆当作自己的母亲。可是这样的念头她已经早早地放弃了,因为腰治看到她就流露出一种无法拿捏她的遗憾。所以当她有了孩子后,本希望腰治理能过来一起照料,却没有想到腰治以春水还没娶媳妇,自己还要操持家里为由拒绝了。

"阿母一点文化也没有,这一辈子过得也辛苦,你多包容她,有空就多回去看看。春水现在这样我也拉不回来了,上次因为我打了他一回,他似乎到现在还耿耿于怀,唉……"

"你也不要老是自责。"

"最苦的还是春云。"

李婉玲见他又把话题扯到春云身上,怕他走不开了,赶紧说:"春云都快可以嫁人了,到时候再怎么嫁都比在你家强吧?你大可放心,安心读书,让她以你这位优秀的大哥为荣!"

春山还想再说什么,李婉玲便赶他:"好了,好了,你的行李已经那么重了,再带这么重的心事,我看你都快走不动了。"

春山去读大学的那一天,生产队的队长带着一群人到腰治家道贺。道贺的人前脚刚走,后脚菊花就跟上来了。

"腰治哟,春山有出息,春水也沾光哪。张厝的柳枝都来向我打听春水来着。"

"她又是哪里的媒婆?"

"不是,她是我姨母的女儿的小姑子哪。"

"哦?她是要给春水介绍对象吗?"腰治一听,赶紧招呼菊花到门槛上坐下,"那女孩子多大?成分怎么样?"

"这你放心,肯定是贫农。那孩子叫柳枝阿婶的,她老母不到三十岁就去世了,老父七八年前也得病走了,只剩下两兄妹了。那孩子比春水大一岁,长得也一般,但能干活。"

"这无父无母的,谁给他们做主呢?"

"不就柳枝和她那口子吗,再怎么样也是叔叔婶婶。"

"我家春水那样,那女孩子愿意吗?"

"怎么不愿意啦,春水也是正经的年轻人,只不过孩子气一点,娶了媳妇就好了。"

腰治一听高兴起来:"这句话你说得真对,春水这孩子娶了媳妇肯定能变,但是我这家里空空的,到时候连娶都……"

"这一年谁不是这样呢?到处干旱闹饥荒,哪还有剩余的。你家还好,春山还能省些回来,但他一去读大学,你那知识分子媳妇应该也不会特地拿些回来给你吧。现在的情况所有人都清楚,所以柳枝也说了,你家不是有辆自行车吗?到时候春水骑着它去把那女孩子接到家里来就可以。我当年嫁过来,连自行车都没有,我家那夭寿的,还懒得去把我带过来,都是我自己来的,那时真是什么都没有,现在不也日子一样过?"

"那女孩子能愿意这样吗?如果愿意,我立刻让春水去把她接过来。"

"唉,接她容易啊!这女孩子若是在平常的人家,肯定你得让人抬轿子把她给娶回来,但她不是还有哥吗?她哥年纪比春山还大点,长得人高马大的,到现在还没做亲戚呢。"

"那怎么会?"

"哎呀,人呢,听说就是老实点,又加上上面也没人,家里又穷的。"

说到这,腰治也跟着叹气。

"所以柳枝就想,能不能他把妹妹嫁给你们春水,你让媳妇仔跟了他。"菊花说到这里,故意停了下来,认真地观察腰治的反应。等了半晌腰治都不发话,她又说:"你养了她这么多年,她既不跟山仔也不跟水仔,那给春水换个媳妇也是她的本分。"

"就是不知道她愿不愿意。"

"做别人的媳妇仔就得知轻重,哪能不愿意,说到底还不是你愿不愿意让她姑换嫂。"

腰治不作声了,菊花赶紧趁热打铁地说:"那女孩又乖巧又能干,配你们家春水绰绰有余。要不是为了她大哥能娶上媳妇,她早就嫁出去了,你知道吗,同村的就有好几个人看上她呢。"

"那……她叫什么呀?"

"上娥,这名字好叫又好听不是?她大哥叫大海,这名字好叫又有力气。"

"唉,我一直担心春水娶不上媳妇,如果到时候人家柳枝家和上娥愿意，我自然是求之不得的。"腰治说，"只是媳妇仔这孩子到时候不知道能不能看得上哪，万一她不愿意，那我们家春水不还是娶不得人家。"

"我还是刚刚那句话，你一句话，春云她能有第二句吗？"

两个人又不由自主地坐得更近了，窃窃私语起来，商量着什么时候带春水去看看那上娥。

正说着，听到春云的脚步声近了，菊花立刻站起来，拍拍屁股说："那就明天早点，我得先走了，还没喂鸡呢。"

春云和她打了个照面，菊花笑得比菊花绽放还灿烂，春云也傻乎乎地冲她微微笑了一下。

世间有的笑有着最深的恶意。

清 明

凌晨,鸡才叫过头遍,春水还睡得跟狗熊一样,腰治就把他喊了起来,挑了件看起来比较新的衣服让他套上,嘴里念着:"都要娶媳妇了,还让我帮你穿衣服,真的是没管教!"她自己也挽了比平时紧上几倍的发髻,还特地插上一根银色小簪。刚开门,菊花就走过来催促道:"我都在家等很久了,你们怎么现在才出来?"

张厝离陈厝的距离要走上两三个小时,所以他们得这个时候出发,才能在上娥下地前偷偷地对看一下。

不知道是特意还是碰巧,他们刚走到张厝村外的池塘边,天还没完全亮,池塘里还透着烟气,就看到一个穿着红衣服,上面补两个深蓝色大补丁的姑娘双脚踩在水里,弯着腰卖力地洗衣服。

菊花冲着那姑娘叫道:"请问,柳枝家往哪里走啊?"

"你们找她什么事?"

"我们是她陈厝的亲戚,来她家走走看看。"

"我洗完衣服了,你们等我收拾好,我带你们去。"那姑娘说完,迅速地把放在石头上的一团一团的衣服往木盆子里装,麻利地端起来挎在腰间,步伐飞快地走过来。

走近了才发现,这姑娘身材有些壮硕,一百四十斤应该算是保守估计了,个头比春水高出半个头,瘦小的春水在她旁边倒像是一个小孩子。她头上的两根小辫子梳得不是很利索，散散地搁在肩膀上，五官倒还算清楚，就是鼻孔大了点。

"你是哪家的媳妇啊，这么早就起来洗衣服啦？你公婆还真是有福气。"腰治抬起头望着她，称赞道。

"我是这里的人呢。柳枝是我婶婶。"

原来这姑娘就是上娥。

菊花、腰治、春水面面相觑，还真是巧！

腰治从上到下又打量了一下上娥，这身板子放在男人身上也是差不多刚好而已。春水的脸已经绿绿的了，不知道是没睡好还是赶路疲劳了，又或者……

上娥脚步很快，他们三个差点跟不上，不用一刻钟就把他们三个领到了柳枝的家门口，叫道："婶婶哪，你亲戚来了！"那声音就像打锣一样。

柳枝听到声音就奔了出来，她个子不高，有些微胖，像熟老了的胡瓜。她热情地让腰治他们三个进屋歇歇脚，又转头对上娥说道："你先去忙吧。"

上娥"哦"了一声，转身走了。

他们进了屋子，发现里面连凳子都不够，于是有的坐凳子，有的坐石头，有的坐门槛，几个人就聊了起来。

"上娥虽然长得大点，但看她那样就知道很能干活儿，要是真被你们娶回家了，那你们家肯定是发了。"柳枝说。

春水在旁边把头扭得歪歪的，从牙缝里挤出一个字："哼！"

"我们家就是缺能干活儿的。"腰治说，"就是家里穷，什么都没有，不知道能不能娶得到她。"

"菊花跟你说过没有？我们这来提亲的可是快踏破门槛了。只是我大伯子没等这些孩子成亲就早走了,还留个大海一直没能找门亲事,所以如果你家有合适的女孩子跟了大海,上娥也是愿意就这样嫁到男方家里的。就希望将来你那大儿子能庇荫全家。"柳枝顿了顿,又说,"这姑换嫂的事情,以前可是多的是。"

腰治迟疑了一会儿,又问,"那……那个大海不知道怎么样?"

"说到我们那个大海,年龄虽然大了些,但是整天也是埋头干活儿,这些天又跟船出海去了,现在都还没回来,不然也让你们看看他长什么样。"

"能干活儿就好,能干活儿就好。"菊花在一旁附和道。

"但是你家女孩子可千万不能太厉害,大海老实……"

"那倒不会,也是乖得很,就是身子单薄一些。"

"对呀,对呀,长得也是一副秀气的相,样貌上你们绝对满意。"菊花说。

"那大海多大啊?"腰治问。

"二十八,二十八。"柳枝眼睛突然吊白,重复地说了两遍,又补充道,"人比较大条,看起来稍微老一些。"

"那还真是不小了。"腰治接道,"比我家女孩大了不少哪。"

"就是不小了,所以我们才想把这事赶紧给定了。"柳枝说。

"我们大海就是老实了些。"柳枝的丈夫不知道什么时候已经坐到了他们旁边。他还想继续说些什么,柳枝却向他递了个眼色,又对着腰治堆笑道:"上娥你们都看了,精灵得很,大海肯定也不会差到哪里去,你们就放心吧。如果真要看他本人,你们就在我这儿住个两三天,等他回来!不然如果回去再过来,这路也得把鞋底给走穿了哪。"

"如果要再来一趟，我可不跟你们来了。"菊花抱怨道，"走得我脚都麻了。这若定了春水的事，那大海见不见也没什么要紧的不是？当初我和我家那位不也是没见过面就过门了？"

几个人又七七八八地说了一些话，天大亮了，大家商量着回去再考虑一下，等确定下来就提亲了。

三个人往回赶的路上，春水就把话撂下来了："我不娶她，太壮了，像个男人似的，又丑。"

腰治白了他一眼："你以为你还能娶什么样的？能找个好手好脚的就要谢天谢地了。你都这年纪了，有媒人来找过我吗？都是我托人到处去找，人家一听到你的名字就都吓跑了。"

"娶她还不如娶媳妇仔呢。"

"她会让你娶吗？"菊花问道。

"不让我娶，我打死她。"

"你要真打她，春山会打死你！"腰治本想狠狠地说出来，一想到菊花在旁边，两个人关系虽好，但毕竟家丑不可外扬，于是把话吞进去了。

"春山去了城里，咱现在这个家得你来挑了，娶个能干活儿的，你到时候也轻松一点不是？你真的不能再嫌东嫌西了，有姑娘肯嫁到咱家真得把鼻子给抚平了，不然你一辈子都得当光杆子。"

腰治换了口吻，一阵苦口婆心，菊花也不断地劝说。春水被说烦了，大叫道："随你们啦，随你们啦，不要再念了！"然后气呼呼地跑了。

腰治和菊花相视一笑，总算松了口气。

腰治带了些土鸡蛋，拉上春水到了李婉玲家。这是腰治第一次到自己儿媳妇家，她小时候随自己阿爸挑甜粿到城里卖过，也算是进过城的人，但还是控制不住地拘谨。

　　春山走了才一两个月，李婉玲因为孩子反复发烧被搞得焦头烂额，又发现自己已经怀孕了三个月，还不停地孕吐，脸色都发青了。她一个人里里外外地忙，瘦了一圈，两颊不像之前圆圆的，整个人也显得有气无力，所以请了几天假在家休息。

　　见到腰治和春水走路来看她，李婉玲心里暖暖的，还纳闷他们是怎么知道自己情况的。但腰治的几句话，一下子让她恍然明白是自己自作多情、会错意了。

　　"春水最近谈了门亲，双方都同意了，我是打算早点把那女孩娶回家，春耕快到了，能多个人干活儿。"

　　腰治继而又把对方的情况一五一十地告诉了李婉玲，最后才提出要借那辆自行车回去接新人。

　　"自行车我是可以借，可是这姑换嫂的事，春云同意了吗？"

　　"是……是还没跟她说这事。"

　　"还有，男方都还不知道是怎样的，怎能……"

　　"那女的都长得像男的，那男的肯定不会是没鸟的。"春水插了一句。

　　"阿母，前些天我听说了，乡下有个姑娘找对象时见了对方一面一句都没说，就把事情定了，嫁过去才发现丈夫是个哑巴，都闹自杀了。千万不能发生这样的事情。"

　　"那是不会，那兄妹还是咱邻居菊花的亲戚的侄儿，她不能骗我们的。"

　　"话是这样说，还是要春云同意才行。春山去读书之前千交代万交代的,如果春云要找一定要找个好人家,要嫁也要等他回来。"

"等他回来,那女孩说不定就被别人娶走了。"腰治说,"那女孩子不要咱们家一针一线的,就要个自行车去接,这样还得等春山回来?"

"不是那女孩子的问题……是春云……"李婉玲还没说完,突然感到一阵恶心,跑到水池旁吐了起来,好不容易哄睡的孩子也哭闹开了,她赶忙擦了嘴,跑到房间里抱起孩子。

"唉!"腰治也连忙站了起来,说道,"当初你阿爸走,我一个人拖春山他们两个,后面又抱养了春云,还要干活儿,比你现在苦多了。"

听到小孩哭个不停,春水已经有些不耐烦,催促道:"赶快把自行车要走,回去了。"

"那你们先把自行车骑走吧。"李婉玲一边哄着小孩一边疲惫地说。等他们要出门时,她又劝道:"这事还是要问过春云才行,现在是新社会了,嫁娶不能再是强迫的了。"

"肯定会提前跟她说的。"腰治回答。

春云不知道从哪里听说了要把她嫁到张厝的事情,见腰治他们回来,默默地走过去,轻声说:"阿母,我听说张大海是个傻子。"

"就是傻子你也得嫁!"春水白了她一眼。

"怎么会是傻子,听说是老实点,我们看他妹妹是聪明的孩子。再说了,你本来就是做媳妇仔的,能让你嫁出去已经是我菩萨心了,难道还能让你挑三拣四的吗?"腰治说。

"对啊,难道你还想当春山的细姨吗?"春水冲着她吼道。

"到底是谁心肠这么坏,想破坏这门亲事,跟你说这么乱七八糟的事情,让你吃里爬外?"

春云见腰治瞪起了三角眼,全身发抖,眼泪"唰"的一下子流了出来。春水一巴掌又招呼了过来:"让你嫁给那大海很委屈吗?哭是不愿意吗?还能由得你不愿意吗?你以为你是谁……"他说一句扇一个巴掌。

"你不要再打她了,免得到时候左邻右舍看到了以为是我们强迫她。"腰治抓住了春水又要落下的手。春云趁机想跑出去,却被他们两个人一个抱住了腰、一个抓住了头发拖进了房间。

"这个时候你跑出去是想哭给全村人看,说你不愿意嫁吗?"腰治压低了声音,恶狠狠地说。

春水凑上来抡起拳头刚要落下,被腰治给拦住了:"你这夭寿的,万一把她打死了,你还娶得到媳妇吗?"春水这才作罢,头一甩走了。

"你不要怪阿母,女人的命就是这样。"腰治说,"你若不嫁,那春水真娶不到媳妇了。"

春云默不作声,眼泪掉得像突如其来的雷阵雨一样快。腰治在她旁边坐下来:"这些天的活儿你愿意干就干,不愿意干我也不会管你,你好好地收拾一下你的衣服,到时候那张大海来接你,你就跟他走吧。我是没什么能给你的,今后你要回来认娘家我欢迎,你要是不来认,我也没什么可说的。春山回来要怪,你也不要乱嚼舌根,破坏我们一家的感情。我想你也不会,是吧?唉,早知道这样,当初就不应该抱你回来养,到最后还是给了别人。"

突然间,春云不知道哪来的力气,歇斯底里地哭起来,那声音像裂帛一般。她抓着自己的胸口,仿佛要把所有的眼泪直接挠出来。

"你这是想让整个村子都知道你嫁得委屈吗?"腰治往她背上

用力地扇了几下,想让她停止哭号,但她却越哭越大声,最后都快喘不过气来了。

"你不为春水想,也得为春山想,他现在日子虽过得好,但如果让别人知道他阿爸没了,弟弟又是个破烂货,还有个媳妇仔好像闹得被逼嫁一样,肯定把别人的牙都笑掉了,你让他怎么抬起头来做人!"

结婚的那一天,春水穿上了腰治给他缝制的新衣服,骑着自行车出去迎亲了。没过多久,一个笑呵呵的高大男人和柳枝出现在了腰治家门口。那男人看上去倒像是三十八岁,乍一看,像是画在宫门上的关公走出来了。见到腰治他也没有打招呼,还是咧着嘴呵呵地笑着,柳枝赶紧解释道:"这孩子高兴坏了。"

柳枝上前一步挽住了春云的胳膊。"这孩子肯定是舍不得嫁,都哭成这样了!你娘家肯定要兴旺了。"柳枝对着腰治说完,又向着春云说:"嫁给我们大海也不会亏待你的,肯定是疼惜你疼得跟命一样。来,跟我们走!"柳枝说着,帮春云把一小包衣服提起来。春云身上还穿着打补丁的衣服,脚上的草鞋已经烂了。

春云的眼睛已经肿得睁不开了,头发一绺一绺地粘在脸上,像个木偶人一般被拉着走。刚下了台阶,腰治突然追出来,一个踉跄,从台阶上滚下,浑身沾满了草屑。她趴在那里嘶哑着嗓门呜呜地哭。

菊花听到声音跑了过来,见状也没去扶腰治,而是朝着不知道该进还是该退的柳枝说:"你们走吧,她舍不得呢,你们赶快走吧。"

从头到尾,春云一次头都没有回过,走了很远,还能听见腰治的哭号声。

谷 雨

盛夏的张厝，到处都晒着鱼干、紫菜，一进村子，就闻到了阳光滤过的腥味。一个戴着大大的草帽、穿着白色衬衫的青年，奋力地踩着脚踏车，汗水已经湿透了他的背，连裤管都湿了几块。

一路打听，青年终于到了一间用海蛎壳和着泥土砌成的屋前，门口也有一丛菊花，没有开花，但叶子翠绿繁盛。有个好心人说去帮他把人叫回来。

门没有关，青年走了进去。墙上缝比较大的地方已经用布条塞住了，屋子正中间是一张木板钉成的桌子，桌子已经发黑，但面上还是擦得干干净净，还放着煤油灯。一边的屋角堆着渔网和背篓，另外一边是一锅煮了好几天，可能是鸡鸭猪还没来得及吃完，散发出酸酸味道的厚皮菜。他掀开房间门上挂着的布帘，把头探进去，里面有一张木板床，没有铺席子，一条补得五颜六色的旧被单叠得整整齐齐地放在床板上。

"阿哥，你来了……"

背后传来熟悉的声音，还是轻轻的。青年回头一看，眼前是拿着顶破破烂烂的斗笠，满身海泥、光着脚的春云，她皮肤已经晒成了棕色，脸颊上一点肉都没有，颧骨上的黑斑特别明显。

"你回来了！"

"嗯。"

"大海呢？"

"跟着出海了。"

"什么时候回来？"

"不一定，能打到鱼的话今天就能回来。"

"你也出海了？"

"女的不用，除非家里没有男人。女的大都干些岸上的活计，以前没干过，现在吃力些。"春云微微苦笑了一下，"有时候风大浪大的，前两天，对面柳枝婶的小女儿去拖海藻，涨潮时候来不及跑，到现在还没有找到。"

春山颤了一下，迟迟说不出话来。

"你什么时候回来的？"

"早上到的家。"

"坐吧。"春云往春山身边推了下椅子，又走到桌子旁提起水壶。壶是空的，她尴尬地看了他一眼。

"没事，我不渴。"春山说，"你又瘦了。"

"是瘦了一些。刚来的时候闻到腥味就想吐，但是饿了就得吃，不然哪有力气干活。"春云微微地笑着。

"大海对你不好吗？"

"能有什么不好的呢？"春云说得异常平静，好像说的是跟她不相干的人，"平时你说什么他就笑，没事也笑。"春云说完便沉默了。

大海就是一个和正常人不太一样的人，头脑简单了些，但能吃能干。听说他前妻跑了的时候他发过一次病，七八天才被抬回来，但春云还没有见过他发病的样子。前些日子他还说想再盖个房间附在现在的房子上，以后孩子多了才够住。

"我说过让你等我回来再嫁，你若等我回来……"

"如果可以等，我会等。"春云说，眼泪又控制不住要掉下来。她赶紧转移了话题："李老师和孩子怎么样了？到这里后就没去看过他们，听说李老师这个月要生了。"

"都挺好的。"

"那就好。你呢？"她又说，"你又长壮了，真好！"

春云说着，又挥了下手，把停在桌角的两三只苍蝇赶飞了。春山盯着她的手，满是伤痕，纵横交错，有几道还渗着血。

"这是被海蛎壳给割的，看上去不好看，但其实不怎么疼。"春云说完，默默地捏了捏拳头。

春山没再接上她的话，又环顾了四周："你走的那天，听说阿母哭晕了。"

"再怎么说都是媳妇仔，何苦那么伤心！"春云抿了一下嘴，表情像是在嘲讽，但没有那么明显，这是春山从来没有见过的。

"也许她也心疼你。"

"你说被父母疼是一种什么感觉呢？"春云突然问。

"以后好好爱自己的孩子就好了。"春山说。

春云眼眶一红，忍了又忍，才说："晚上留下来吃饭吧。"

春山往屋外看了一眼，才发现不知不觉已经是黄昏了，只不过即使太阳已经下山了，天空还是清亮清亮的。他从口袋里掏出几张票子，递给了春云，她没有接。

"现在你家里人口越来越多，不要再省下来给我了。"

春山没有回答，把票子放到桌子上，用油灯压住。

"我先回去了。平时多吃点,身体要顾好。你把身上的泥洗一洗,再去做饭。"

春山总觉得话没有说完,还想再说一说,可是千言万语像是被什么卡在喉咙里,怎么都说不出来,步子也挪不开。所有的思绪绞成一团,让他的胸口仿佛要炸开一样。

"你跟我回去吧!"他想这么跟她说,可是似乎另外有一个声音又在问自己,"她能回哪儿去?"

就在这时,门口出现了一个人,十分高大,皮肤也是黝黑黝黑的,脖子上挂着一条约有一尺长的死鱼,笑呵呵地就进来了。

"大海,这是我阿哥。"春云说。

"呵呵,呵呵,呵呵。"大海站在她面前,像一个庞然大物。他一直呵呵地笑着,含糊而又反复地对春山说着:"坐,坐,坐。"

"不,我坐了有一会儿了。"春山把手伸过去想去握大海的手,但大海只是笑呵呵地站着。春山把手缩回来:"不早了,你们去煮饭吧,我先走了。"

春山说完,快步走出去,跨上自行车,脚镫子踩得飞快,仿佛后面有可恶的野狗在追着。支撑着他的动力不是健硕的身体,而是无尽的悲伤。

春山想骑得比风还快,这样眼泪还来不及落下就会被风干,然而那一圈一圈的转动却碾不碎所有的哀伤。

路两边的稻谷已经快可以收割,到处飘散着谷香。它们是粮食,很快要进入需要它们的人的肚子里。

炎 夏

立 夏

二十世纪六十年代末,张厝的海岸线微微调整了弧度。

眼前那片曾经的滩涂和泊着木舟的避风湾已被填成了水田,一方一方连绵成一片,像一面拼接得十分规整的巨大明镜,映着蓝天白云和偶尔飞过的海鸥,不远处高高的堤坝将湛蓝的海与水田隔成了两方天地。

风雨与尘土赠予了红瓦黑色的外衣,岁月也将白色的墙染上了沧桑的黄,隐约还可以看到一圈一圈的水渍。

从城里来的那一家子住在生产队堆放农具的那一排矮房里。

傍晚的时候,莲绣总是饶有兴趣地趴在窗口,从缝隙里偷偷地看里面的人。那一家子经常低着头靠坐在墙边,不时呜呜地哭着。

他们平日里和大家一样唱着歌,精神抖擞地扛着锄头下地,偶尔闹点抬梯子、摘花生的笑话,让农民们当聊天的作料传好一阵子,他们有时也会跟着乐。但没想到一进门,在别人看不到的时候便是另外一副模样。

跟我们一样在这里有什么不好吗?如果这里不好,那为什么他们之前能在好的那里,而我们生下来就一直在不好的这里?

我们当下的生活,却是他们觉得委屈的生活?

莲绣想不明白,找不到答案,就像找不到曾经飞翔的那片海的海鸥一样。

阿母生了好几个孩子，但只活了她。对面的婶婆说，单那牛年就死了两个娃。

在莲绣模模糊糊的记忆中，有一个傻傻的哥哥，总是流着鼻涕和口水，呆呆地看着前方，走路总是等到撞了墙才懂得拐弯。有一天，他跟着阿爸出工填海，也不知道怎么陷进了泥潭里，等阿爸回头看时，只剩一只手掌露在泥潭外。阿爸急急忙忙把他拖了出来，已没有了气息。其实泥潭的深度并不及他的个头，也没有听到他的叫喊。她还记得哥哥被捞起来后，就放在猪圈旁边，盖着一条破被单，阿母跑过来伏在他身上默默地流泪，许久才被人拉开。

对门的婶婆对着她说："可怜哪，男孩子再怎么傻也比女人婆强，这下子男丁死了，往后这个家难看喽。"说得好像她自己不是女人似的。

但后来家里终于来了一个男孩子。

阿母对外说这个叫荷开的男孩子是领养的，但莲绣知道这是大舅舅家的小表哥。

很小很小的时候，只要阿母一杀鸡杀鸭，莲绣就知道要去舅舅家了，因为阿母舍不得自己吃了辛辛苦苦养大的鸡鸭。莲绣总是静静地蹲守在大门口，等着阿母再换上那唯一一件没有补丁的衣服，尽管每次去穿的都是那一件。

从家里到舅舅家要走很远的路，那里便是村里人口中的"城里"。家里没有自行车，阿母就这样一手提着东西，一手牵着她。有时候她会嫌阿母走得太慢，自己一蹦一蹦地跑到前面，走一会儿，等一会儿，因为她迫不及待地想见到舅舅和表哥表姐们。她恨不得把在城里看到的所有东西都搬回家里，特别是裁缝店里那些漂亮的衣服和各色各样的糖果。她每次一到舅舅家就再也不想离开,舅舅家里有太多她很想要又得不到的东西了。阿母每次都唬她:"再不走下次就不带你来了。"有一次小表哥为了把她留下来,还把她藏到了大衣柜里,用厚厚的棉被盖住,但还是被找到了,因为她被压得喘不过气,自己爬出来了。

回到家,阿母的手袋里总能翻出一些舅舅悄悄塞进去的零钱和票子。这时候阿母会红着眼眶叹口气:"自己也不好过,还总是操心别人过得不好。"

莲绣会说:"阿母不也一样!"

舅舅那时也经常踩着脚踏车到家里来,前面的横杠上坐着小表哥,后面坐着大表姐和二表哥。尽管一辆自行车上挂满了孩子,但他的车把上从来不是空的。记得有一次舅舅带了香蕉过来,她问这是什么,舅舅笑着说:"你猜。"

那一阵子她到处去招摇:"我舅舅给我买了你猜,可好吃了!"引得别的孩子羡慕得流口水。

但她和阿母已经很久不去舅舅家,舅舅也很久不来了。

小表哥荷开却悄无声息地住到了家里,有人问起,便说是捡来养着的。但谁都知道,在吃不饱穿不暖的年代,哪里能捡到一个十岁出头、身上干干净净、脸蛋白里透红的孩子?

谈舅舅已成为禁忌。阿母每天出门前都要向着观音菩萨、土地公、灶君拜上几拜,虔诚地请佛祖神仙保佑舅舅一家。

村里的知情人也都知道那孩子,当时他父亲被押着游街的时候,才几岁的他也跟着喊"打倒走资派!""打倒牛鬼蛇神"。

谁也没有去举报,默默地装作不知情,偶尔还会在上面来人查的时候装装样子说:"她家穷得都快被鬼给抓去了,还好运气不错,捡个这么好的男孩子帮干点活儿。""穷得被鬼抓去"也便是穷死了的意思吧，说"死"晦气，就换了种说法。

转眼间，荷开已经读到了中学，说话也有了"公鸭嗓"（闽南语中说话像公鸭叫的声音），下巴的小胡须越来越明显。他的的确良衣领的颈后部分，因为长期与后脑勺厮磨，已经破烂了一圈；去年穿着还要卷两折的裤子，今年已经变成了八分裤，吊在小腿肚上。但再怎么穷酸，还是掩盖不住他那似乎与生俱来的温文尔雅的读书人气质，他寡言少语，喜欢捧着书挨近了看，写的字也漂亮得让人赞叹。以至于莲绣经常纳闷：怎么你写出来的横是直的，我写出来却弯得像扁担？

每周全校升国旗唱国歌，都是荷开来指挥，他两臂一甩一甩的，像模像样，但其实谁都看不懂。学校成立了合唱小组，经常到田间表演，他还是领唱，若不是同一个台上无法分身，或许他还会成为领舞。每次表演完，总有人要向阿母夸赞一番，说她捡了个宝，把阿母说得眉开眼笑。

比起荷开的"出类拔萃"，莲绣是另外一个极端。她不像其他女孩子留着辫子或者是齐耳短发，而是剪着男发，脸也长得不秀气，浓眉大眼，高鼻梁，大嘴巴，皮肤黝黑黝黑的，不仔细看的话还以为是男孩子。她从小就是村子里的"孩子王"，带着全村的孩子跟隔壁村的打架、争夺"地盘"，或为有了鸡毛蒜皮的小矛盾的孩子们当裁判，颐指气使地让小孩子为她跑跑腿，而且绝对不允许"忤逆"。能有这样的地位，除了比男生发育得早，以及遗传了父亲高个子的原因，更重要的是有她优秀的哥哥荷开做坚强的后盾。

她虽和荷开同龄，但小了几个月，还留级了一年，因此还在上初一，大部分男生长得比她还矮一些，所以她被安排在最后一桌。最后一桌的好处就是可以经常做点自己的私事，还很隐蔽。

后面的墙角就是几坛老师们自酿的豆豉，上面还标识着李、方、吴等，几个坛子排得非常整齐。闻着味道，她总觉得方老师那坛是最好的。

教算术的是拿着书还翘着兰花指的洪老师，听说才二十多岁，但头顶的头发已经稀稀疏疏的，像是刚打完架的公鸡，翘着为数不多硕果仅存的几根毛。

莲绣看着他翘起的小指晃啊晃啊，听着他没有高低起伏的音调，慢慢地就睡着了。梦里舅舅炸了些香喷喷的五香条，刚要入口，脸却被扇了一下，她一下子就醒了，往褪了色的坑坑洼洼的红砖地上一看，五香条没有掉下去，倒是地上一有小摊口水。

"上我的课你就睡觉！让你上我的课就睡觉！"洪老师一边气愤地说，一边去抓她的手臂，准备把她拉到讲台上好好地批评一顿。

莲绣虽然高却不壮，洪老师一把下去，只是抓到了她的衣服。那回纺布经不起洪老师这么用力拉扯，从背部裂开了一个大口子。

莲绣再一挣扎，那口子一下子裂了两倍大，她里面穿的一件被单改的小背心还破着洞呢。这下子老师愣了。

全班哄堂大笑。班上的十几个学生里，以调皮的男孩子居多，他们故意笑得前俯后仰的，像在看难得的笑话一样。

洪老师放了手说："什么破衣服，赶快回去换！"

莲绣涨红了脸，心里已经燃起了愤怒的小火苗，胡乱收拾了桌子上的课本，往布袋里一扔，然后一个跨步走到教室后门，用力一拉，只听"噗嚓"一声，门和墙之间那个坛子被夹成了四五瓣。豆豉汁流得满地都是，一股酸酸的酱味顿时弥漫了整间教室，所有的学生都吓得目瞪口呆。

那是洪老师的坛子，他担心放在墙角的那一排会被拿错或者被课间打闹的学生给弄破了,煞费苦心地挪到门后,千叮咛万嘱咐教室后门不能开,若真要打扫卫生,也只能开个四十五度角,容一个身子进出,还特地做了示范。没想到,越担心的事情越容易发生!

"你简直无法无天了。"洪老师说着,一个箭步跨到莲绣旁边,眼睛瞅着黑乎乎的豆豉一颗颗趴在地上,心疼到扭曲的脸上布满了愤怒。他冷不丁一抬手,往莲绣脸上就是一个响亮的巴掌,但似乎还不能泄恨,又往另外一边脸狠狠地扇了一耳光。

不知道是被打傻了,还是已经抑制不住内心熊熊燃烧的怒火,莲绣突然大叫一声,抡起拳头朝洪老师胸口一捶,没等他反应过来,又是一顿乱拳。

学生见两个人扭打起来,就像风突然摇曳起稻草人,都吓得魂飞魄散,像四处乱飞的麻雀一样边叫边跑了出去。

美香平时和莲绣要好,她一看不行了,急忙跑上前去想把两个人拉开,却被洪老师给推倒在地上,胖乎乎的身子在地上折腾了好一阵才站起来。不知道谁喊了一声:"赶快去叫她哥啊!"美香才如梦初醒般往外跑。

荷开的班级就在对面,两排房子隔着一台拖拉机宽的距离,美香抓着生了锈的铁窗喊道:"荷开,莲绣和老师打起来了!"

"糟糕!"荷开心里一紧,顾不上还在讲课的老师,飞奔着到了初一年级的教室,拨开围着窗户和门的学生。只见洪老师一手抓着莲绣的头发,一手往她脸上死命地扇着巴掌。荷开顾不上多想,冲进去一脚往洪老师的屁股上踢去,再抓住他的衣领,把他勒得差点喘不过气。莲绣已经被打疯了,见洪老师因窒息松了手,疯狂地反击,直到把他的脸挠出一道道血痕。

这一场打斗,几个赶来的老师劝都劝不开,最后还是结束于六十多岁的老书记出现。

莲绣和荷开两个人挎着布包垂头丧气地往回走。莲绣的脸肿得像得了痄腮一样，热辣辣，生疼生疼的；再看看荷开的裤子上，是一个一个还来不及拍掉的脚印，还真是狼狈。

"原来被大人打这么疼！"莲绣摸摸自己的脸说，"阿母从来都不会打我。"

荷开白了她一眼，脸色铁青铁青的，什么话都没有说。莲绣看他严肃的表情，内心有一些害怕，嘴巴上赶紧叫道："疼死我了，疼死我了，浑身都很疼，别是内脏被踹歪喽。"

荷开无奈地又看了她一眼。"再怎么样也要尊师重道，今后可不能再这样了。"荷开劝说道。停了一会儿，他又说："你是故意把他的坛子打破的吧？"

"他先把我衣服扯破的。"

荷开往她后背一看，"扑哧"一声笑了。

莲绣这才感觉到后背凉飕飕的："笑什么？"

"没什么。"

荷开把自己的的确良短袖衬衫脱了下来，罩在莲绣身上，自己光着膀子。

"你看看你的排骨。"莲绣指着他的肋骨。

"是不是可以当搓衣板了？"

"哈哈。"莲绣忍不住笑了一声，可一咧嘴，两边的脸又是一阵疼。"回去万一阿母生气了，你可千万要帮我说说话。你跟她说这衣服真不是我自己弄破的。"也不知道为什么，阿母相信荷开总比相信自己多一点。

荷开没有回应她，那副表情像在说：这还用你说吗？

"哥，我不想再读书了。"莲绣突然说。

"书记又没说打架就不让上学了。"荷开说。

"你可要更加认真学习,连我的那份也读好!"

"你被打傻了吧,不读书,你能做什么?"

莲绣没再回答他。

两个人默默地走了一段路,莲绣也没有了往日那叽叽喳喳的样子。荷开以为她是担心被学校开除,在他心里,这种担忧是多余的,因为老书记不会那么干。

老书记以前也是当兵的,是荷开外公的部下,小时候外公经常带着他找老部下喝茶聊天。可是,有一天突然来了一群人到家里翻箱倒柜,当天晚上外公上吊死了。那些老部下大半夜里聚在他家痛哭流涕了一番,趁着天还未亮,一个个红着眼睛偷偷摸摸地各自散去了。

他到这里上学的第一天,老书记悄悄地把他叫了过去,特地叮嘱他,在学校千万不要告诉别人他们之前认识,个中原因荷开也清楚。

快到家门口了,莲绣像在说服谁似的:"我自己不想读了。老师讲啥我都听不懂,难受死了。女的读这么多书也没什么用吧?那方老师不也读到了初中毕业吗,现在都快二十五了,还嫁不出去呢!"

"方老师那是宁缺毋滥。"荷开说,"更何况你这么小,怕什么嫁不出去呢?"

回到家里,到处都是暗暗的,他们已习以为常。

阿母几乎都是等大家吃完饭了,连星星和月亮都出来了才回家,但今天是个例外。

莲绣听见阿母躺在床上轻轻地呻吟着。

"阿母。"莲绣轻轻地叫道,"你骨头又痛了?"

两个孩子一起坐到床沿,一个帮她揉着小腿,一个为她敲敲手臂。阿母的脸蜡黄蜡黄的,脸颊上有一层厚厚的棕色的斑,眼睛有些陷了下去。她身上什么也没有盖,瘦得像贴在床板上的纸一样。

阿母舔了下干裂的嘴唇说:"这又要变天了,骨头受不了。今天出工割稻子,队里担心台风一来又没得收成了。我就在那里割着割着,突然腰就直不起来了。幸好你婶婆和美香她阿母把我给架回来,躺了一会儿现在好多了。开仔,你去帮你姑丈割完吧,不然恐怕他得割到半夜。"

荷开吸了一下鼻子,虽然不放心,还是默默地走开了。

"如果有人在,记得叫他阿爸。"她又嘱咐道。

"我知道。"

"绣仔,你阿爸要把我那份做完才能回来,你去煮些粥。缸里的米不够,你找你婶婆借一点,告诉她,等这季的稻谷分了,就还她。"

莲绣点点头,却没有动。

"怎么了?"阿母轻轻地问,"你的衣服怎么破了?"

"阿母,我不想读书了。"莲绣一边帮阿母揉着腿一边说。

"怎么?"

"我跟老师打架了。"

"唉。"阿母艰难地把头转了过去,过了许久才说,"也好,你们两个书包也太重了,总要有人来帮忙干活儿。"

阿母心里明白,一年前一个小小的恶作剧莲绣都会想让荷开陪着她说谎,撇得一干二净,现在连和老师打架这样的大事,她都能如此坦白,像是故意似的。

这一点,莲绣像极了自己。

生产队分的那些粮食不够一家子吃，只能多干些活儿，多挣点工分换粮食。自己在好好的天气里多重的活儿都能干，可是一到变天，那是生不如死，全身关节都痛到动也不是不动也不是，就像千万根针扎进了骨髓，又像是每一条血管里淌着酸醋，酸到生不如死，根本下不了地——那都是前些年生完孩子立刻天天泡在海水里，把身体给弄坏了。孩子她阿爸虽然五大三粗，能干，但脑子和常人总是有些不一样，用本地话说就是脑筋"直"，加上年纪也大了，能拿到的工分也不能满当。

自己本想让孩子多读点书，有文化将来日子也好过一点，但是也实在撑不下去了。只是，荷开是无论如何要保证读下去的。

莲绣这个平时看起来没心没肺、有点笨的孩子恐怕早已看透这一切，只是找不到放弃读书的契机罢了。

"绣仔……"阿母哽咽着，还想说什么。

"是我自己不读的。"莲绣站了起来往门外看去，发现荷开还站在门边，低着头，两手半握着拳。

外面的风大了起来，连塞在窗户上的毛纸都被吹到了地上，风径直往墙上的斗笠吹去，轻轻一掀，斗笠也飘落到地上。

有些时候，有些能量就是能这么轻而易举地决定了一些事物的去向与归宿。

小　满

背着书包也背着箩筐，放下书包，就意味着扛起锄头，这是几乎所有农村孩子的宿命，莲绣也不例外。

莲绣也开始赚工分了。

只要广播一响，大家都像觅食的小鸡争先恐后地跑出来，列成几队，先把红歌唱起来，再把工具拿起来，就这样热火朝天地干起活儿来。只是总有个别人姗姗来迟，拖拖拉拉地入队，生产队长有时候会惩罚他们唱首歌，有时候会让他们背几句口号，这也成为大家辛苦劳作中打趣的事儿。

算工分的大爷已经眼花了，经常算错，说话也是颠三倒四的。尽管大家都已经十分不满，但也着实没办法，因为没人愿意去接他那挨人骂的活儿，更重要的是打着灯笼都很难找到会算工分的其他人了。

识字的不多，会算术的更少，莲绣读到初中，算是"高知阶层"了，生产队长安排莲绣跟那大爷学记工分。

整个生产队分成了几个小队，每次评工分时，小队成员互评后，再算出平均值，就算是最终的工分了。男劳力正常都能拿到十个工分，女成年劳力最多才八分，而且大部分只能拿到七点几分。往往就是为了小数点后面的那个数，几个妇女吵得不可开交，又哭又闹的。美香的母亲米花嘴巴生来歹毒，要是没给八分，她能一整天逐个骂过去，只要她一张口，世上能用的污浊的言语就像下不尽的暴雨。还有那认为自己被评少了的，有的嘴上虽不说，但干活儿时明显是懈怠了。

一到评工分，总要有好几天都闹个通宵，那些没地方发泄的，全部都骂到莲绣身上，干活儿都没有骂的时候使劲。难怪没有人愿意顶大爷的位置。

莲绣对于吵闹的人一直都是先耐心地解释，解释不通，她也会争辩几句："我是记工分的，又不是评工分的。谁评的找谁理论去！"可是谁都清楚，平均值这个东西是找不到可以理论的人的。所以争辩是没用的，该被骂的还是被骂，但莲绣有时候觉得委屈，但一想到荷开，她又觉得什么都可以忍下来了。

荷开已经到县城上了高中，只有周末才回家，然后每周一凌晨三四点就挑着两个小袋子，光着脚丫一路小跑去上学，小袋子里是这一周吃的米和豆豉。等到了校门口，他才把提在手上的塑料凉鞋套在脚上，等一出校门就又把鞋子脱了，再光着脚一路小跑回家，怕把唯一的鞋子穿坏了。每天他自己淘些米装在铝饭盒里蒸，再配些咸得会刺痛喉咙的豆豉。有时候豆豉不够了，只能讨些盐配着吃。要是连米都不够，也只能加些高粱粒子，虽然难以下咽，但能填饱肚子已经是万幸了，因为莲绣三餐吃的经常是地瓜渣，那是把地瓜磨碎了，淀粉洗出来后剩下的渣，如果不是配点盐吃，可是一点味道都没有。即便是这样，他们心里也是高兴的，因为生活有盼头！

到了县城，荷开仿佛回到了自己记忆中的家里，但他心里也很清楚，那些微弱的灯火没有一盏是他家的。自从一家被下放后，城里的灯也就灭了。不知道父母兄姐他们怎么样了，荷开不敢联系，也不能联系，彼此突然好像没有了任何关系一样，各自在风雨里赶路。幸好姑姑待自己完全就像是亲生儿子，甚至比对自己的孩子还好，即使已经家徒四壁，但还是想把最好的都给他。他人前人后都叫她"阿母"，绝对不是为了躲避某些不幸，而是真把她当自己的母亲了。他在自己家里是老幺，享受着哥哥姐姐的宠爱，在这里，他把宠爱也传递给莲绣——那个看似凶巴巴却心比针细的妹妹。

姑姑一家就像热得令人窒息的逼仄的夏天里突然喂到他嘴里的一口冰水，那是活下去的甘霖。

在这里，他还有自己的好朋友——像兄弟一般的刘规划，两个人虽然是在不同的生产队，但同属一个大队。刘规划也是贫下中农，他长得不高，单眼皮，一对眉毛呈"八"字形，两片嘴唇厚得像刚长出来的香蕉，身材还算壮硕，据说是遗传他母亲的身材。他的父母早在他七八岁的时候就病死了，留下十一个兄弟姐妹。刘规划也是家里老幺，跟大姐的年纪足足差了二十岁，外甥还比他大了十几天。虽然刘规划无父无母，但家里人手多，赚的工分也就多，特别是姐姐们个个都勤劳肯干，起早贪黑地到处捡东西，日子还算过得去。所有的兄姐都是文盲，都希望家里能出个读书人，成为家族的荣光，于是把希望寄托在刘规划身上。

刘规划和荷开走得近，除了因为同属一个大队，还是同班同学，从初中到高中都是，更重要的是他们拥有"革命"情谊。有一次，刘规划被指责偷了另外一个同学三毛钱，是荷开毫不犹豫地站出来帮他说了话。还有一次，刘规划的脚底被生锈的钉子刺得很深，走不了路，也是荷开每天把他从宿舍背到教室，足足背了半个多月。

尽管两人都来自农村,同样衣衫褴褛,吃的也是简单得不能再简单的东西,但是因为彼此照应,在一堆家境相对优渥的城里孩子面前,也并不自卑与胆怯。

有一天,从学校回村里的路上,刘规划见荷开一边走路一边看书,一点都没注意听他说的话,于是问道:"你说你这么认真读书做什么呢?"

荷开笑笑:"就觉得这文章写得好,小时候我爸给我们念过。"

"你阿爸?你阿爸识字?"刘规划诧异地望着他。

荷开这才猛然想起说漏嘴了,自己现在的阿爸是一个脑袋略异于常人的人,哪识得什么字。

他想了好一会儿,觉得对自己的好兄弟隐瞒有些对不起这份情谊,况且对于他这种要么只说真话要么不说话的人来说,这个谎太难圆了。当然,也可能是憋在心里太久了。他索性把父亲的事说了出来。"你可不要说出去!以免节外生枝。"

"那是肯定的!我保证。"刘规划信誓旦旦地说。

荷开也相信他绝对不会说出去。

过了好一会儿,刘规划又说:"听说这次我们大队有一个推荐上大学的名额,我想肯定是你了,你各方面表现都那么优秀。不过你爸这事可不要让其他人知道,不然可能就去不了。"

"放心,学校除了你没有人知道。关于上大学的事,我问过王宏书记和林老师,说只要大队同意,学校没有问题。"荷开说。

"那肯定是你了!全大队谁不知道你品学兼优、家庭成分好,你阿母阿爸实在肯干,又从不得罪人。听说大队里几个领导特别看好你，觉得你是个人才。"刘规划拍拍他的肩膀，"你快要出头了！"

荷开也知道大队里的领导都了解他的来历，不过大家不但闭口不提，而且似乎也都特别偏爱他。或者是因为在风雨如晦的日子里，有些站在屋檐下避雨的人，对于只能在风雨里赶路的人总怀着一丝不忍和同情吧。当然有些人可能恨不得风雨再大些，把风雨中赶路的人打得趴下，即使对他们一点好处都没有，只是满足他们看戏抑或是希望别人倒霉的畸形心理。

"也没有最终确定，所以还是不要张扬为好。只是一个大队才给一个名额，太少了。"荷开说，"那你读完高中有什么打算？"

"回去种田，脚踏实地，光荣至上！"刘规划笑得有些不自然，"兄弟，苟富贵勿相忘哪。"

"哪能图什么富贵，就希望能让亲人们吃得饱、穿得暖、住好一些，也希望我爸妈他们能回来。"荷开说。

听别的大队的同学说，推荐去上大学的学生已经开始填表了，荷开纳闷怎么还没轮到他，但又想想生产队也没有意见，此前大队长也明确跟他说了今年上大学的名额就给他了，还夸他表现优秀，希望他学有所成，回来建设家乡。

姑姑和莲绣看起来比他还开心，连整天有些呆呆的姑父都乐呵呵的。

家里成分是贫下中农，应该不会有什么差错，荷开想。于是他又等了一两天，还是没有消息。

荷开忍不住到大队长家里去打听情况，大队长不在家。他等了好一会儿也不见大队长回来，又着急到学校整理课本，就又跑回了学校。荷开在学校见到林老师,像往常一样打了招呼,然后把内心的疑问跟他说了。林老师轻描淡写地说:"我不清楚,这是你们所在大队决定的事情。"

回村的路上,荷开忍不住又跟刘规划提了一下,刘规划两手一摊:"肯定是你,一个大队一个,总不能是让我去,让我去我也不愿意哪。"

荷开还是放心不下,一路上默默无语。其实前些天有同学偷偷地告诉他,刘规划给学校里管招生的王宏老师送了一包牡丹烟,恐怕是要挤了他上大学的名额,让他提防一点。当时他摇摇头说:"不可能,刘规划不会干这种事。"那包烟他见过,当时从刘规划破掉的书包一角露出了烟盒,他问:"你又不抽烟,带烟做什么?"刘规划解释说是他哥哥放错地方了。

"你哥不都抽自己卷的烟么,什么时候抽上这么好的烟了?"荷开问。

刘规划笑了笑,没有回答。

荷开打死都不相信刘规划会干那种事,只是越想越不对,他急于求证,于是再次跑回去找大队长。

到了大队长的家,站在门口叫了几声,只见大队长的儿子从里面探出头来,满脸通红,扯着嗓门说他父亲不在,但是这次荷开分明看到大队长的老烟袋搁在窗台上,还冒着烟呢。

荷开往屋里头看了看,又等了一会儿,什么声音也没有。以往他到大队长家,大队长一家对他都是笑脸相迎,特别是大队长的老婆,他叫她"阿婆",她叫他"阿开",逢人就说她跟这个孩子有缘,恨不得把家里好吃的东西都塞进他口袋,但他总是客气地拒绝。

他越是拒绝，阿婆越是热情，他越是后退，阿婆越是高兴。

还是没找到大队长，荷开悻悻地往回走，越想越觉得心慌。学校的老师对他含糊其词，大队长对他避而不见，和往常完全不一样。即使再迟钝的人也能猜出八九了。

荷开回到家里，头往床上一栽。精神上的紧张，情绪上的担忧，躯体上的疲惫交杂在一起，最后他竟然迷迷糊糊地睡着了。

梦里，他找啊找啊，终于在高粱地里，找到了蹲在那里抽烟的大队长，他小心翼翼，甚至有点讨好地问大队长："表呢？"

大队长却是把烟袋往旁边一扔，那烟升腾的样子像极了从窗台上的老烟袋里冒出来的。大队长怒发冲冠，"我差点被你这小子给害死了。大学你去不了！换刘规划去！"

他焦急万分，拉着大队长的手问："为什么？"

大队长却挣开他的手，拂袖而去，烟袋还躺在那里。他追上去，可是大队长却不理他，他不停地追，不停地问，可是没有得到想要的答案。

短暂地迷糊了一阵，他又落入了另一个梦境。在这个梦里，刘规划去跟学校说了他的情况，学校为了慎重起见，把情况反馈给了公社，公社把大队长叫去核实了情况，并狠狠批评了一顿，于是上大学的名额落给了刘规划。

荷开的心揪得生疼，他想大声质问刘规划，却始终发不出声音。终于，他拼尽全身力气喊出了一句"为什么"，人也彻底清醒过来。

这也许是答案，也许不是，也许他永远不知道答案是什么。

但是，有什么能够阻挡一个对上大学有很深的执念、正值青春年华、血气方刚的孩子呢？于是荷开又跑去大队长的家里，尽管心里已经有了预感，但是没有得到确切的信息，他还是抱着一丝希望。

大队长坐在门槛上抽着烟，远远地看到荷开气喘吁吁地跑过来，收拾起烟袋子又要往屋里躲，荷开大叫一声："阿伯！"他才站住了脚。

等荷开跑到跟前，还没等他喘口气说句话，大队长就开口了："大学上不了就别上了，你看我们村的人都没上过大学，不也活得好好的？能上大学，就建设祖国；不能上大学，你阿母劳累，你就多帮帮她，尽尽孝心。"

"规划把表填了吧？"荷开问。

"昨天下午填完拿来的，已经盖了章交上去了。"大队长叹了口气。

"我要去问清楚。"

"已经板上钉钉的事情了。听我一句劝，回去好好干活儿，你阿爸脑袋瓜不清楚的时候越来越多了，阿母一个女人太辛苦了，有你在多帮帮她，把整个家撑起来。你是个好孩子，往后的日子还长着！"

荷开颤抖着嘴巴，说不出一句话，眼泪落下的那一瞬，他扭头走了。他的脑袋一片空白，似乎唯有不停地奔跑，不停地求证才能让他的梦想起死回生。

于是他又跑回了学校。那么长的路，他一路狂奔，像一只受伤的豹子。他何尝不知道他所有的悲伤和愤怒都来源于无助。

看到老师办公室的门开着，他便走了进去，看到林老师还在批改作业。林老师是他最敬重、最信任的老师，所以他心里想林老师不会骗他，于是颤颤地问道："林老师，你早就知道了，是吧?"林老师合上作业本,抬起头来,圆溜溜的眼睛上下打量着荷开,两颊的肉颤了一下,才慢吞吞地说:"这事我确实听说过,但我也不清楚,我不能找你求证,也就不能为你辩解。我们面对一个事情,知道它是模糊不清的,就让它模糊不清,因为弄清楚了对你又有什么好处?何况,越是清晰的东西可能越锋利。总之,不论结果怎么样,你还是要做对社会有用的人。"

从林老师的办公室走出来,刚好遇到王宏老师抽着烟慢悠悠地迎面过来,的确良衬衫的口袋上透着一包牡丹烟盒子的影子。他一见荷开,脸立刻皱得像猪皮,虎着脸喝道:"你在这边干什么?"

"没什么。"荷开抿了抿嘴。他这几天来回奔波,一双脚早已伤痕累累,伤口还渗着血水,但他却已感受不到疼了。

受伤的人大多是敏感的,于是从细枝末节,从只言片语中收集所有信息。此刻的荷开怀疑着一切,是因为他不知道答案,又或者说,他怀疑别人,也怀疑自己,甚至怀疑自己的答案。

到头来,一切也只是他的揣测而已。更多时候,生活不是算术题,只有唯一的答案。

荷开收拾了自己东西。还有一段时间高中才算读完,可是他已经没有了心情,背着书包只想赶快离开学校。

林老师从背后叫住他:"县里让学校下个礼拜组织下乡表演节目,你可不能现在走。"

"我不读了。我母亲身体不好,阿爸还是个脑袋时好时坏的傻子,我得去帮忙干活儿。"他说着说着,眼眶红了。

林老师沉思片刻:"那你走吧,以后有什么困难可以找我,我会尽我所能帮你。"

荷开不知道怎么回应他,"哈哈哈哈哈"地在心里长笑了几回,满脑子盘旋的都是"厚颜无耻"。他已不愿相信任何人,但理智也告诉他,其实林老师没有想象的那么坏。难道不是吗?没有谁一定要对你好,他没有义务一定要帮忙,而且帮忙了是否能有作用也不好说。他所谓的不清不楚、糊里糊涂也只是为人处世的一种方式,不认同,但也不至于抨击。

荷开突然提早回家,没有跟任何人打招呼,一头扎到了床上,那是他和姑丈睡的房间,是新盖的。姑丈每天睡觉打着像雷一样的呼噜,他已经习惯了,睡得比谁都香,可是现在一闭上眼睛,眼前出现的却是王宏、林老师、刘规划不经彩排的拙劣而不连贯的演技。

所有人一下子似乎都知道发生了什么一样,因为刘规划的大哥已经到处去广播,家里出了大学生。

莲绣看着失魂落魄的荷开,不明白怎么突然间保送的名额变成了那个"武大郎"刘规划了。他此前不还笑嘻嘻地来找荷开,恭喜他将要上大学了吗?

但谁也没有问。

阿母默默地擦着眼泪到厨房生了火,下了些米线,放了几颗虾米,因为没有油,所以也没什么香味。

阿母把米线端到荷开的房间,说:"肚子饿了,先吃了吧。"

荷开摇了摇头,抓起被子盖住了头。

是人心太深,还是情谊太浅,一包牡丹就能左右一个人的命运?脆弱的到底是信仰还是道德,狡诈的是人心还是人性?还有多少背后的事就这么暗暗地渡了过去,无人知晓……

芒 种

虽然已经快入秋,但秋老虎还是发着威,又干又热,阳光像要把皮肤晒裂一般。荷开光着膀子,头发已经被晒成了棕褐色,破旧的卡其色裤子的裤管卷到了大腿。他把着犁,双脚陷进水田里,踩着软软的泥,有些痒痒的,走在他前头的牛已一副累得走不动的模样。刚割好稻子的水田得马上犁好,把稻子的根部翻到地下,好让水田再多些养料。

"哥,哥!"

从远处传来莲绣的声音,像是恨不得把全身的力气都集中在嗓子处,双脚奔跑的频率快到基本只看得到重影。

荷开把犁往田边一靠,牛迫不及待地上了田埂,啃着掉在埂上的稻草,向远方"哞哞"几声,仿佛在叫着自己的恋人,又或者是呼唤孩子。

荷开弯下腰,用手掌舀起田里的水,洗了一下沾满泥土的脚。莲绣喘得张嘴都发不出声来。

"老远就听到你的叫声,跑那么快等下又掉进田里怎么办?"荷开说,"今年农耕掉了几次,你自己数一数!"

"我跟、跟、跟你说,那、那广播里说……"莲绣用力把堵住她喉咙的那一口气吐了出来,"说恢复高考了。哥,你赶快回去准备考试吧！"

荷开愣了一下，像是没有反应过来，高考对他来说像是已经不再做的梦。已经快一年了，他也做好了一辈子种田的准备。他连田也种得比别人来得好，还经常代表生产队去参加插秧比赛，每次评工分都是难得一致的十分。

"哥，是真的，人民广播电台说的。"莲绣重复了一遍，"你赶快回去读书吧！"

生产队队长铁牛也从远处跑了过来，一边跑一边挥手，他瘦削的影子越来越近，那一身褪色的军绿色衣服上的大红补丁特别显眼。

"荷开，荷开啊，恢复高考了，赶快准备哪，时间很赶很急，你不要再管这地里的事了。"他边跑边说，到了跟前一把握住荷开的手，"刚刚广播里都通知了，你可一定要考上！"说着说着，他自己竟然热泪盈眶了，抬头纹特别明显。荷开突然擤了擤鼻子，豆大的泪珠掉在衣服的前襟，分不清是眼泪还是汗水。莲绣也红了眼眶，忍了忍，眼泪终于没有掉下来。

遭受了家庭变故，以及努力和梦想搁浅的失望与无奈，又经历了风吹日晒、食不果腹的生活，所有的打击都让他在脆弱的壳被打破后又生长出了更坚硬的盔甲。

然而，这盔甲并没有封存他所有的渴望，那股暗流一直在涌动着。

"你一定一定要好好学习！"铁牛再次紧紧握了握荷开的手才离开。

荷开用力点头，这一次泪珠直接落到地上，没在他的脸上留下痕迹。荷开和莲绣两个人也顾不上别的了，快步地往回走。村里对这个读书人的孩子总是格外喜爱,即使他的父亲前途未卜。

"哥,阿母说憨人有厚福,现在机会来了,这次我们一定要抓住!"说"抓住"这两个字的时候,莲绣的手在空中做了个抓的动作,满面春风。

荷开朝她笑了,露出一排洁白的牙。莲绣真的长大了,高高的个子,修长的腿,头发比之前长了,一双乌溜溜的大眼睛像泉水一般清澈,鼻梁也是高高的。她已经不会像以前那样做"孩子王"了,但还是像男孩子一样,一布袋将近一百斤的地瓜她背上就走,一担猪粪她能挑着一路小跑,砍柴时斧头挥得比男人还高,那双手一张开全部是黄黄厚厚的茧,脚掌薄薄的,除了睡觉前洗脚穿个木屐,其他时间都是光着,无论是寒风刺骨的冬天,又或是地面烫脚的夏天。好几次,荷开看到她的脚面上渗着一点一点的血珠,想省出点钱给她买双鞋子,但总省不出来。

"你也别整天跟个战士似的,号角一响就往前冲。看你刚刚跑得飞快,哪里像个女孩子。"荷开说,"说话也老扯着嗓子,喊得那么大声,听起来就像个母夜叉。"

"要是我慢悠悠地去告诉你,你肯定要怪我吧?"莲绣白了他一眼。

"我是担心你将来嫁不出去,老像个男人似的,以后有谁敢娶你?之前你把人家刘规划家的门给刨了,已经名声在外了,现在还不乖些!"

荷开说的是一年前的莲绣。她知道刘规划顶了荷开去读大学,心里实在愤怒,三更半夜带了把斧头,把刘规划家的大门劈成了四五瓣,刘家几个男丁刚好到生产队的鱼池里偷抓鱼去了,剩下一堆女人以为半夜来鬼了,吓得抱成一团,不敢出来。

莲绣三下五除二劈完就走人。

后来那刘家也没敢声张，一来没有抓到现行，二来自己晚上出去干的也不是光彩的事，此事也就不了了之了。但两个生产队还是都传开了，谁都知道是莲绣干的。因为这个事情，阿母气得操起藤条要打她，但不知道为什么，还是没有下手。有可能是荷开说了那句"阿母打我吧"，说完自己站到了阿母的面前，把她护在了身后。

"哥。"莲绣说，"阿母拿了封信让我帮她看，我看了下，是舅舅写来的。他说他们还活着，问我们怎么样，其他的什么都没有说。"

"真的？！"荷开的声调都变了。

"我念完阿母就烧了，她说怕被人发现了牵连你。我跟她解释了，村里从城里来的那户人家都高兴地回去了，舅舅肯定也能回来，但她还是害怕……害怕你被抓走。"

为了能让荷开安心复习，姑丈和莲绣她们挤到了一屋。美香来找莲绣一起去裁剪布料，听莲绣抱怨着挤得睡不着，便说："你干脆到我家跟我一起睡吧，我姐姐嫁出去了，哥哥嫂嫂也分家了，我现在一个人睡一张床呢。"莲绣求之不得，因为阿爸的鼾声实在太大了，整个肺像要蹦出来似的。

荷开开了书单，莲绣又找美香借了她嫂嫂的自行车，一大早赶到城里买。但是参加高考的人太多，僧多粥少，书店里只要是相关的书基本上都被抢光了。莲绣气极了，硬要书店老板想办法给她弄到书。那将近四十岁的大脸店老板被磨得没办法，便从抽屉里拿出一套:"这是我自己要用的,你要是想要就抄一抄吧。"莲绣才不管,抢了书,扔下钱便跑了。

荷开读书的日子,莲绣是绝对不允许谁打扰到他的。偶尔有小孩子在房子周围吵闹,莲绣总是挥动着一根长长的细竹竿,像赶麻雀一样把他们赶走。就连对面那婶婆说话大声点,莲绣也是没大没小地对她训斥一番。

"你这样,全村人都快被你得罪光了。"早上喝粥的时候,荷开对莲绣说。

"你只管安心读书好了。"莲绣含着一大口炒得烂烂的地瓜叶,努力地张口说话,"你昨天不到十一点就睡觉了啊,我站在美香家窗口可以看到你屋子黑了。"

"那是灯芯烧没了。"荷开应道。

"我等下就去买。"莲绣扒了几口饭,赶紧跑出去了。

日子过得飞快。莲绣听广播说成绩放榜了,又找美香借了她嫂嫂的自行车,拉过来往荷开面前一摆:"你赶快去看成绩吧!"荷开招呼她一起进城去看榜,莲绣说:"我不去,我心脏受不了。"

"是我的成绩,又不是你的成绩,你有什么好受不了的?"荷开反而比较坦荡。

"我不行,我现在就想一头把自己撞晕。"

荷开看她紧张的样子,顿时觉得好笑,忍不住伸手捏了捏她瘦削的脸颊——没有肉,甚至还有点粗糙。

荷开到底是自己一个人去看了成绩。考试的时候,荷开只是觉得题目没有想象的难,成绩应该还过得去,但没想到成绩会这么好——全县第一！这个成绩意味着他可以上一所很好的大学，比保送的还好。

除了知道自己不能被保送的那天，荷开没再像此时此刻这样流泪。他一路疯狂地踩着脚踏车，仿佛全世界的风都吹不干他潮湿的脸，这一年来所有的不甘，似乎瞬间化成了尘埃，并且他惊喜地发现，在他曾经觉得绝望的人生里，希望已悄然发芽。远在他乡的父亲母亲对他的期待，姑姑一家对他的疼爱，都通过这个优异的成绩给予了最好的回答。在暗夜里行走了很久很久，太阳终于出来了，那一刻，他庆幸的是无论如何艰难，一切终究熬过去了。

回到家，阿母、阿爸、莲绣都坐在门口等他，一见荷开回来，赶紧围了过来。他握住阿母的手，这燥热的天气，她的手却是如此的冰凉。他努力平复了心情，微微笑了一下，说："考得还不错，放心吧！"

阿母转过身去抹了眼泪。荷开很想抱抱这个骨瘦如柴的姑姑，可是他怕这一抱，会让这一家子这几年的辛酸全部涌出来，一发不可收拾。

第二天一早，王宏带着一队学生敲锣打鼓地来到了家里。他看到莲绣阿爸站在门口，一个箭步冲上去，问道："您是张荷开的父亲吧？同志，张荷开是全县的骄傲哪，您培养了个出色的儿子！"说完，还竖起了大拇指。

阿爸笑呵呵地说："里面，里面，坐、坐、坐。"但还是站在那里傻傻地笑着。

阿母也站在一旁，拘谨地搓着手，不知道该说些什么。

"荷开是我们学校最好的学生哪。"王宏把"我们学校"这几个字咬得特别重,"当时我就很看好他,对他也特别关照。"

"对、对!"林老师也来了,在一旁附和着。

正说着,生产队队长铁牛也带着公社的领导、大队长、政治指导员等一行人过来了,大家兴高采烈,铁牛裤管上还满是泥巴,恨不得脚下装着风火轮,一下子就飞到荷开一家面前。

荷开考了第一名,在全县传开了。

大队长一过来,先是和王宏握了手,骄傲地说道:"去年我们大队的规划读了大学,今年荷开也考上了,咱们县里的中学人才辈出。"一提到刘规划,大家都不说话了,王宏干干地笑着,只是一脸的皱纹间隙更窄了,那双眼睛一点弧度都没有:"是、是、是,过奖、过奖。"林老师也是呵呵地笑着,有一瞬间跟莲绣阿爸的表情惊人的相似。

又站着互相恭维了一会儿,大家才猛然想起,荷开呢?

原来刚才听到王宏的声音,他就拉着莲绣从后门跑了。

荷开和莲绣两人一路狂奔,谁也不让谁,争先恐后地想跑第一,不知不觉已经到了海边。慢慢涨起的海水撞击着堤坝,发出震耳欲聋的声响,仿佛一首气势磅礴的交响乐。两个人头对着头躺在堤坝上,海风拂过脸庞,十分惬意。

"哇,真舒服!"莲绣满脸兴奋。她见荷开没说话,继续说道:"阿母肯定高兴坏了,你看她笑得牙齿像要掉下来似的。"

"阿母身体不好,阿爸脑子时好时坏的,我要是去读书了,你可要照顾好他们。"

"说到这个,其实我真觉得阿母偏疼你,那种疼我也说不出来,只要你在她面前,她就看不到别人了。"莲绣说。

"这能用能量守恒来解释,能量既不会凭空产生,也不会凭空消失,只能从一个物体传递给另一个物体,而且能量的形式也可以互相转换。"荷开说,"阿母看到我了,我看到你了。"

"太难了。"莲绣抱怨着,"听不懂你在说什么。"

"我听得懂你说话就好了。"荷开笑着说。

"这海的那边不知道是什么地方,听阿母说以前阿爸经常跟船出去,海的那边也跟我们一样,是一个小村庄。"

"以后我架一座桥让你过去看看好了。"

"臭屁,真臭屁。"莲绣咯咯地笑着,"你上了大学,将来是要进城当大官的,哪还需要干架桥的活儿。话说,即使你不读大学,如果舅舅真的回来,你也会回城去吧?"

"嗯。"荷开若有所思。

"也不知道他们现在怎么样了。"

"能活着就好了。"荷开说,"你也去学点手艺,不要一辈子种田,太苦太累了,好不好?"

莲绣望着天空的流云,想了一会儿,点点头。

两个人故意等到天快黑了才回到家里,敲锣打鼓的那群人已经离开,留下了一朵大红花。家里还被里里外外围了好几层,全村都来道贺了,有的带了花生,有的带着几节甘蔗,还有的带了鸡蛋……见荷开回来,所有人都争着和他说话,好像跟他说句话是一件荣耀的事情。

阿母被挤到了小角落里,她静静地看着荷开,脸上绽放着笑意。这大概是荷开第一次看到阿母笑得如此轻松与真诚,仿佛生活的重压与内心的压抑在此刻暂时离她而去了。

荷开要去上大学了，他收拾了行李，公社又安排了腰鼓队来为他送行。莲绣一会儿哭一会儿笑，也不知道自己是怎么了。荷开问她有没有想说的，她眼泪啪嗒啪嗒地掉，想了好久，哽咽地说："要经常写信。"

荷开刚走，莲绣就盼着他来信。她一早把自己想说的话都写好，只等着荷开来信，自己就可以寄过去了。她恨不得把所有的话都跟荷开说，大大小小的事情都要向他汇报，包括阿母帮她找了一个裁缝师傅，让她去跟着学的事。她跟着裁缝师傅做学徒，没有工钱，每天学完回来还要到处去砍柴，捡猪粪、牛粪，不过有时候会跟着师傅出门到处去人家家里帮做衣服，这样就可以吃上一顿饱饭。

荷开信里说，裁缝，这可是一门好手艺。

凑巧的是裁缝师傅刚好就在刘规划家隔壁。

刘规划家的门已经换了一个木门，红漆刷得亮亮的，走过去还可以看得到人影。

莲绣每天经过时都能听到里面有人在痛苦地号叫着，声音就像深夜山谷里传来的狼叫，让人不寒而栗。听师傅说，那人是刘规划的四哥，得了肝病，恐怕时日不多了。所以每次路过，她都要加快脚步。

有一天，大门外滴滴答答地下着雨，莲绣趴在缝纫机上数着针脚。突然，一个熟悉的身影在她眼角的余光里出现，她抬起头仔细瞧了一眼，竟是刘规划，他背着一个大布袋，匆匆走过。

原本壮硕的刘规划竟然消瘦了下去，脸色黄得像被霜打过的菊花。

莫非也得病了？她心里想。

"这规划不是读大学去了，怎么回来了？"她问师傅。

"唉，听说也跟着得了肝病。规划还是大学生呢，他可是我们村第一个大学生，去的时候全村欢送，多风光。唉！现在这家子我看快绝了。他全家人都是得这个病死的，连嫁出去的姐姐都死了，也真是奇怪了。"裁缝师傅说，她微微下垂的单眼皮小眼睛里装满了同情与惋惜。

莲绣虽然每次想到刘规划的事还是不忿，但听说他家死了那么多人，突然全身起了一遍鸡皮疙瘩，想到自己背地里咒了人家那么多遍，顿时心里感到深深的不忍与自责。

一个家像突然被寒流袭击的茶花，一朵一朵地凋谢。莲绣把刘规划家的事也写信告诉了荷开。

荷开的回信里只有两个字：可惜。

你心里会不会原谅他？莲绣信里又问。

原谅又怎么样，不原谅又怎么样？只是时间久了，也就算了吧，给自己的不甘与痛苦画个句号，告诉自己那已是曾经，然后放过自己。何况，一个此刻过得还不错的人又何必去原谅不堪的往事，在现在的幸福和快乐面前，以往的磨难与不齿已如轻烟，没有分量。荷开如是回信。

夏 至

生产队队长铁牛的其中一个儿子从部队复员回来了，听说被安排在防护林场工作。他还是穿着在部队时的军装和布鞋，身板挺挺的，国字脸上嵌一副墨镜。每天莲绣走路去学裁缝时，他都会骑着一辆凤凰牌自行车拉风地从她身旁经过，那是她去裁缝师傅家的路。

"绣啊，我载你一段吧。"他每天都这么说。

莲绣摇摇头："没几步路就到了。"她每次都这么回答。只要那自行车铃一响，她就知道是他。

有时候他会停下来，推着自行车陪莲绣走一小段路，问问她学裁缝学得怎么样了；有时候带着从林场摘下来的一两颗果子放到莲绣的手袋里；有时候还会让莲绣帮他改个裤脚、做身衣服什么的。

"这国强以前三棍子打不出一个屁，怎么当个兵回来像变了个人似的。"莲绣心想。

国强比她大几岁，小时候安静得像块石头，有时候她在后面朝他扔石头，他也只是回头一看，什么话都不说。她再怎么扔，他也不搭理，最后她也觉得没趣，就不再去招惹他了。

本来铁牛待莲绣一家也还算可以，国强回来后，又三不五时地送点东西过来。阿母最怕受人恩惠、欠人家人情,见国强经常送东西,再加上荷开去上大学,队长铁牛也是真心真意地帮了一些忙,于是估量着家里有但他家没有的就连忙送过去。

就这样一来二去的,两家关系好得比别人两兄弟还亲密,铁牛一有时间就到莲绣家,侃侃而谈。在这方面,莲绣阿爸是最好的听众——他几乎不说话,一直笑着,不知道是真听懂了,还是配合着。

有一次美香的母亲米花过来,见铁牛又在"开炮",笑嘻嘻地问道:"你家国强有对象了没呀?"

"唉,哪来的对象,那媒婆可都要把我家的门槛给踩没了,他老说过段时间再说,我在他这年纪连他都生出来了,但我们大人急也没用哪。"

"现在的孩子不比我们以前哪,我们是父母说什么就是什么。国强长得这么英俊,个儿也刚好,不胖不瘦,又有工作,就是不知道脾气怎么样哪?"

"乖,乖,乖。"莲绣阿爸说道。

"你可是不会说谎的人,你都说乖,那准没错了。"米花满脸堆笑,本来就有些塌的鼻子,一笑起来就更平了,"我家美香过完年就二十了,都还没媒人来呢。"说完,米花翘起眼尾偷偷甩了一眼铁牛。

"哎呀,今天忘记捡鸡蛋了,再不捡小鸡可要孵出来了。"生产队队长屁股像突然被火烧到了一样,"嗖"地站了起来,溜得无影无踪。

"这铁牛嫌弃我们美香什么呢?我们美香虽然胖点,但是性格好,脾气温顺,又不计较。至于说到美香就赶紧跑了吗?他也不想想他家的含笑，不娶个温顺的儿媳妇，怎么跟她合得来，你说是不是？"

含笑是铁牛的老婆，远近闻名的母老虎。有人说，铁牛当生产队队长，"垂帘听政"的是含笑。

正说着，国强骑车载着莲绣回来了。在离屋子还有百米的地方，莲绣就跳了下来，头也不回地往家里走。

"明天我还来载你。"国强冲着她喊道。

"不用不用。"莲绣紧张得满脸通红，心里慌慌的，连忙摇摇头。

等她走到家门口，发现米花和阿母都看着她。特别是米花那神情，仿佛发现了什么惊天秘密一般。

"那国强和你家莲绣都好上了，哪还看得上我家美香哪，难怪那队长刚刚溜得像脚底抹了油。"

"米可以乱吃，话可不能乱说。"阿母半天才憋出一句话来，但心里倒像是松了一口气。

荷开读了大学是肯定要回城的，自己说到底也只有莲绣一个女儿，老了还是得依赖她，远嫁是不可能了。到时候给她找个男人上门来是一直以来的打算，但是上门女婿不好找，若不是家里兄弟多，穷得揭不开锅，又或是多多少少有些这样那样的问题，谁愿意去给别人当儿子？最好还是能找个本生产队的人嫁了，算个半来脚去，两头都兼顾最好。

若是真和国强成了，他家兄弟多，但日子过得还算可以，上门是不太可能的，一根扁担两肩挑还是能商量的吧？只是国强的母亲含笑实在是太凶悍了，几个儿媳妇也都是厉害的角色，天天吵，天天骂，要是真去了他家，也不知道莲绣能不能受得住。

莲绣之所以坐上了国强的自行车,是因为国强跟她说起了荷开的事。莲绣没有去过荷开读书的地方,国强当兵的地方刚好和那大学很近,于是跟她聊起来,莲绣也就来了兴趣。本来两个人是走着聊的,后来国强说:"来吧,我载你一程,边骑边聊。"

莲绣一高兴就跳了上去。一时忘记了:一旦被别人看到坐上谁的自行车,又得风言风语传很久很久。

国强好不容易等到莲绣答应让他载了一次,之后真就天天早上一大早在门口等着了,若莲绣不上他的车,他就杵在那里不动。

而铁牛似乎也来得勤了,甚至莲绣背着一大捆草从田里回来的时候还叮嘱她:"少背一点,别把身体给累垮了。"

整个生产大队似乎都默认了莲绣和国强是一对儿的事,只要她一出现,便有人高喊国强的名字。甚至连美香都问她:"你们什么时候办一办呀?"

"我跟他压根就没什么事。"莲绣有些不耐烦。

"可我看国强很喜欢你。他条件已经很好了,人长得还可以,还有工作,以后能分房子,你嫁给他,还能有城市户口呢。"

"那干脆我给你们做媒算了。"莲绣没好气地说。

"这还是算了,我可搭不上他。"美香说,"再说他老母也太凶了,我招架不住。"

一切都像被一股无形的力量在推着走一样。"国强和莲绣这俩孩子说来真是配啊,如果能娶到你家绣仔,别说半来脚去,让国强当上门女婿我也愿啊。"铁牛只要一来,开口便是这句话。

好听话是这么说,但谁都知道肯定是不可能的。

阿母也几次有意无意地打探莲绣的意思，莲绣装作没听懂。

"国强今天约你看电影，你不去吗？"阿母问她的时候，自己的脸微微红了。

"不去！"莲绣答道。

"这、这……"阿母张了张嘴，也不知道该怎么接着往下说。

再后来，只要一回家，谁见莲绣都谈国强的事，她一着急，喊道："我还小，不想嫁人！况且我也没有跟他怎么的，你们不要再乱传了。"

"你不用害羞，女人都是要走这一步的啦，你也不小啦，再等就没人要了！"婶婆说。她已经七十多岁了，说话时两片薄薄的嘴唇往嘴里折，就像刚吸完奶的婴儿还在回味奶味。

"还是、还是你不中意他？"阿母问。

"那你中意什么样的？"米花接着问。

"我哥那样的！"她不假思索，脱口而出。

"你哥那是仙子，得配仙女。"米花说，"我们这地方三百年都不出一个，你要找像他那样的，是要等成老姑婆吗？"

阿母却沉默了，怔怔地看着莲绣，那眼神复杂得像油画家的调色板。

"国强真的挺好的，能嫁给他，你这一辈子也不用操太多心，他有工作，家族也大……"

大家早早地吃过晚饭，熄了油灯，早早地躺在了床上，房间的两个天窗都还是亮亮的。

"含笑今天来了，说有人给国强介绍了西边生产队的，初中毕业生，现在在小学里当老师，长得也漂亮，家里兄弟多，是完完全全可以嫁过来的……"阿母说道，"荷开的条件好，想娶什么样的女孩子没有呢？况且，荷开再怎么说都是哥哥，是和你一起长大的哥哥。"

阿母还在念念叨叨，莲绣的思绪却已经飘远。

她长这么大还没有照过相，荷开去读大学前，找米花家借了自行车，载她到城里，两个人一起拍了一张照。洗出来后，她一直放在枕头底下，想哥哥的时候就拿出来看看，就像他在身边一样。

她每天给荷开写一封信，尽管他有时候要好久才会回一封，而且只是寥寥几个字，更多的是告诉她又寄了一点钱，让她记得去取，要吃饱穿暖。

但所有的钱她都存起来了，今后荷开回城肯定要买很多东西，她想留着给他用，现在先帮他存起来。

她告诉荷开发生在身边所有的事情，除了国强的事，因为她连提都不想提。她以为荷开也会告诉她他身边发生的事，但没有。可能是学习比较忙吧。莲绣总这么想。

莲绣几乎每天都会梦到荷开，然后舍不得醒来。

荷开留在家里的东西，莲绣都收拾得整整齐齐的，不管他将来会不会用得到。

即使走路，脑袋里装的也全是荷开，偶尔笑出来，看下四周没人，又赶紧收了回去。

为什么会这样？她不敢问自己。

"你睡着了？"阿母摇了莲绣一下，"这些天铁牛老说要来说亲的，我也不知道该怎么回答。你看国强天天到家里来，还帮着忙东忙西的，咱们再不给个话，真过意不去。"

"等哥毕业后再说吧。哥都还没娶，我怎么能先嫁？"莲绣说，这是现在她唯一能找到的托词了，"别说这些了，我困了。"她翻过身去，假装睡着了。

一大早，从门缝偷偷地看出去，果然国强又站在门外等。莲绣心里狠狠地骂了几句，但又无可奈何，索性又从后门开溜了。

昨天一夜的倒腾，她已经想好了今天就偷偷去找荷开。不知道为什么，他们越是逼得紧，她越是想见荷开，所有的理性都压抑不住想要见他的心。

听说从这里到荷开的大学要坐二十几个小时的火车，所以现在出发，明天或许就可以见到荷开了。但莲绣什么东西都不敢带，还要装作若无其事的样子。

莲绣从来没有去过县城以外的地方，第一次坐火车，就像刚出生的羊羔，好奇地打量着周围的一切。火车站的人多得和蚂蚁一样，莲绣除了陌生还有惊慌，她闭着眼睛默默地念着：一百斤的土豆都能扛，坐个绿皮火车有什么难的？大不了回不来了，回不来了更好，就不用天天耳朵旁都是"国强、国强、国强"。她想着，又找了一个比较隐蔽的角落，把买票和饼干剩下的钱放进缝在里衬上的口袋里。

火车上坐在她旁边的是一个中年男人，上车不到一会儿就打起了呼噜，可她不敢睡觉，老怕钱和饼干被偷走，眼睛圆溜溜地盯盯这个，盯盯那个。但二十几个小时实在太长了，睡意袭来，她也打起了瞌睡，迷迷糊糊中感觉口水从嘴角流出来了，但她已经没有力气再吸回去。

也不知道睡了多久，突然间，莲绣的腮边被打了两下，把她给吓醒了。

"真是惊死人了，口水把我的肩膀都流湿了，还叫不醒！"那个中年男人叫道，她往他肩膀一看，还真湿了一大块，除了脸红也不知道该说些什么。那中年人又白了她一眼，从口袋里掏出一张皱纹卫生纸擦了擦，然后双手交叉夹在腋窝里，又继续眯起了眼睛。莲绣往窗外看了一眼，暗暗的什么都看不清，便又慢慢地闭上了眼睛。

睡麻了换个姿势，饿了吃两块饼干，这些还好应付，只是渴得喉咙冒烟。火车上有水，但排队的人太多了，莲绣也没有杯子，只能等火车停站，赶紧跳下去，在人群到来之前拧开水龙头，张大嘴巴喝上几口。拧水龙头的动作她也是学别人的。

莲绣总觉得车厢里未燃烧完全的煤味和着脚臭味让人有点恶心，就连她出门前刚换的衣服上也粘了煤灰，她一挖鼻孔，指尖也是黑色的。

二十几个小时太漫长了，大部分时候莲绣都窝在自己的位置上，缩得全身酸痛才偶尔伸伸手脚，小心谨慎地怕碰到其他人。有些时候会有吵闹声和大声聊天的声音，但这些似乎都和她无关。

好不容易到站了，莲绣下了火车才发现这里的气温和家里差得有点大。已经黄昏了，天气冷得她直打寒战，她脚上套着的那双塑料凉鞋好像遇冷也变得更硬了，不时地硌着脚。

东西南北已经分不清了，莲绣朝四周望望，仿佛到了不同的时空。荷开真的在这里吗？

莲绣问了人，说学校离车站就两三里的路，她不知道该怎么坐车，只好徒步走过去。一路找，一路问，天完全黑了，她才如愿以偿地站在大学门口，手里还拿着一块没啃完的饼干，脸上一点血色都没有，嘴唇也成了青紫色。

大学没有莲绣想象的大，一条石板路，两排木棉花，几栋石头砌成的教学楼，进进出出的学生并不多，但站在校门口就能感受到一种神圣。她一下子看傻了眼，不知道怎么找起。

左看右看，实在没辙，莲绣只好抓个看起来面善的男孩子问："知道张荷开在哪吗？"

"没听说过张荷开，倒是有一个叫陈荷开的，是风云人物呢。"那人回答，又上下打量了她几眼，"这姑娘都追到这里来了？"

"陈荷开在哪呢？"莲绣又问。

那人指着远处一棵大树，隐约还能看到一些灯火："今天诗社有个活动，他肯定在那儿。"

莲绣来不及说声感谢，拔腿就跑，按那人指的方向找到了一棵榕树。在那棵小小的榕树下围满了人，几个人拿着手电筒，照亮了站在人群中间的那个男孩，他穿着深灰色的高领毛衣，外面再加上一件蓝色外套，一条黑色的喇叭裤把他的腿衬得更加修长。他高声朗诵着什么，几乎每朗诵完一句，就是一阵欢呼与掌声。

莲绣站在外围，看着荷开朗诵时神采飞扬的表情，再看看周围几个女生满是爱意的神情，突然觉得自卑起来。

等荷开朗诵完，一个女生捧着一朵红色的小纸花站了起来，略带羞涩地送给了他，而后又是一阵欢呼声。那个女生梳着观音头，长长的头发上夹着一个漂亮的发夹，在昏暗的手电筒光里一闪一闪的，一身针织的淡紫色长裙，脚上是牛皮的低跟鞋，白净的鹅蛋脸上五官长得十分完美。

所有人散去，荷开和刚刚送花的女孩并肩走在一起。铺着方块石头的林荫道上树影斑驳，那女生不时用崇拜的眼神看着荷开，间或发出清脆的笑声。荷开完全不知道莲绣跟在后面。

荷开把她送到一栋宿舍楼前，那女生似乎还不想上去，又站着说了一会儿话，才一步三回头地走了。

看着女生的背影完全消失在眼前，荷开这才转头朝隔壁栋的楼房走去。莲绣就坐在那栋楼的石头台阶上，打着补丁的衣服脏兮兮的。

"你怎么来了？"荷开诧异的表情不亚于看到了日本沉没，他快步地走过来，急急问道，"发生什么事了吗？"

"哥，刚刚那位是你的同学吗？"

"她是医学系的。你没事吧？你怎么坐在这里？"

"她长得真漂亮。"莲绣回答。

"你吃饭了吗？怎么穿这么少？怎么又黑又瘦？家里不好吗？"

"她叫什么呀？"

"你老问她干什么？你到底发生了什么事？"荷开着急地问。

"没什么事，就是给你写了好多信，你都没回，就想来看一下。"莲绣冷得说话都有些颤抖。

"没事就好。"荷开如释重负，"你什么时候到的？"他边说边把自己的外套脱下来披在她身上。

"到一会儿了。"

"怎么不早叫我呢？"

"我穿得不好，怕你同学看不起你、笑话你。"莲绣嘟哝了一句，"我就看看你，等会儿就回去。"

"刚来就走？"

"最近又农忙了，得回去帮忙，还有做衣服的人也多，也得去打打下手。我下火车的时候问了,晚上有一列返程的火车,我得赶紧走,坐不上的话得再等好几天。还有阿母不知道我过来了,找不到我肯定会着急的。"莲绣有点慌不择词,絮絮叨叨,完全控制不住嘴巴。

荷开刚想开口责怪莲绣什么,但是心里又隐隐泛起一些些心疼,一把抓住她的手。"绣!"他从口袋里又掏出几张纸币,塞到她手里,"以后我会按时回信的。"

"可我以后不会常常给你写信了。"莲绣心里想着,眼泪在眼眶里打转。

"我送你去火车站。"荷开说。

"不用,就一两里路,我自己走过去。"

"现在晚了,我送你去。"荷开加重了口气。

莲绣不说话了。月亮把两个人的影子缩得有些小,就像两只小动物跟在脚边一样。

"我和我爸联系上了,他说组织对他进行重新审查了,离回来的日子也不远了。他很挂念阿母和你。"

"嗯!"

"你回去也跟阿母说一声,免得她一直念着。"

"好。"

"等我回去还有另外一件事情告诉你。"

"嗯。"莲绣点点头,心却像被随意丢进了结着薄冰的水池,不停地颤抖着。所谓的另外一件事,也许就是他和那个女生的事。

莲绣不敢想,甚至从此往后很长一段时间她都不敢有任何的想象与期待。

是列车员拍着莲绣的肩膀她才醒来的，一睁开眼睛，眼泪就顺着眼角掉了下来，连她自己都感觉全身散发着难以忍受的臭味。这二十几个小时，她几乎滴水未进，身上披着的荷开的衣服还残留着他的味道，她把脸贴在衣服上，像没了气息一样沉静。

"到了。"列车员又来赶人下车了。如果不是这样，也许莲绣会再继续坐下去，直到天昏地暗，不知归处吧。

莲绣把衣服留在座位上，人站起来，但脚一下子软了下来。

"你的衣服要记得带下去。"旁边一位大婶扶住莲绣，又好心提醒。

莲绣回头看了一眼，没有去拿。

"你如果不要，我就带走了。"大婶笑嘻嘻地说，"那衣服还好着呢。"

莲绣一把把衣服抓了过来，眼泪又掉下来。

莲绣回到家里，看见好几家的人都坐在了一起，生产队队长一家、裁缝的阿姨、婶婆等，小小的屋子被挤得连搁脚的地方都没了，七嘴八舌地在议论着什么。几双眼睛看到她进屋，大家一下子都安静了。

"你阿母以为你被骗走了，已经两三天没吃饭了，一直躺在床上。你跑哪儿去了，怎么什么都没说？"婶婆过来往莲绣背上扇了两下，气呼呼地说。那两巴掌差点把她扇倒在地上。

"你得让她赶快找个人结婚，不然万一真的被骗走怎么办？"

"你到底去了哪里？"阿母躺在床上，闭着眼睛，声音很微弱,但莲绣依旧听出了愤怒与悲伤。

如同所有无力改变一切的小人物的口吻。

"我去找哥了。"莲绣说。

"你去了也不说,你是……"阿母喘了一会儿气又问她,"荷开在那边好吗?"

"挺好的,他挺好的。"莲绣回答。

"那就好。"阿母说。

"莲绣,你干脆和国强把事情定一定,以后你再想去看荷开,让他跟你一块去,他对那里熟。"含笑说。

莲绣没有回答,转身走了出去。她感觉自己快撑不下去了。

所谓的小定,就是莲绣送国强一根钢笔,国强送莲绣一个小笔记本。

这样,就算是未婚夫妇了。

荷开的信一封一封地寄过来,每一封莲绣都认真看,但有些字似乎忘记了,有时候他说的一些话,她也看不太懂。这些信她一封都没再回过,越是想跟他说的话,她越是告诉自己不能说,压抑久了,只能对着天空喃喃自语。

每天都见到的蓝天,一如既往的平常,只有等黑云滚滚的时候,才会发现它的珍贵吧。

"为什么不回信?"荷开的最后一封信,只有简简单单的六个字。

"我要结婚了,忙。"莲绣终于给他回了几个字。

莲绣结婚的那一天,舅舅、舅妈、二表哥都来了,阿母拉着他们的手哭得快要晕过去。在一个角落里站着一个老太太,头发已经发白,满脸的皱纹层层叠叠,婶婆坐在她旁边,像是认识了多年的姐妹。婶婆对着老太太的耳朵大声地说话,可她好像什么都听不到,脖子陷进肩膀中,一脸茫然。婶婆让莲绣叫老太太"外嬷",莲绣比老太太更茫然,她的记忆中从来没有出现过这个人。

荷开没有来,舅妈打算等过段时间去学校里看看他,问莲绣要不要一起,莲绣摇摇头说:"太远了。"

在挽面的时候,阿母对她说得最多的是,做别人的媳妇要学会忍耐。

再后来,荷开也结婚了,是在城里的酒家办的。那是莲绣一家第一次去这样的地方,在阿母眼里,有钱人、有出息的城里人才能在酒家办得起婚宴。阿母特地去剪了几尺布,让莲绣帮她做了新衣服。她比莲绣结婚的时候还高兴,早早地到国强家等他们一起过去。

国强看到荷开西装笔挺地站在酒家门口迎宾,立马堆满了笑容迎过去,先是恭祝了荷开一番,马上又说自己想争取进步,请舅舅和荷开看能不能找个机会帮他一把。

荷开看了国强一眼,再看看莲绣,说了一句:"顾好家庭是第一位的,其他的都是虚的,而且我才刚工作没多久,能帮什么忙呢?我爸他不管你们那一摊的,更不用去说了。还有,不要总想着生男孩,名声不会比命重要。"

想必荷开已经听说了国强把莲绣生的女娃送出去的事了。

莲绣眼睛盯着新娘,就是当年那棵树下那个漂亮的女孩,名叫梦兰,他们果然之前就在一起了。新娘上下打量着莲绣一家,微微一笑，什么都没有说。

整场酒席国强满脸不愉快，回去的路上他气呼呼地说："以前在咱那读书的时候，看他可不是这样的，现在都看不起咱们了。不帮忙就算了，说话的态度还那么傲慢。还有那新娘子，怎么我感觉一副瞧不起咱们农村的样子。变了，变了，都变了。"

莲绣默默地听他抱怨，心里却一点都没有怪荷开，因为她不认为荷开是错的。这时候她才懂得了阿母的感受，因为在阿母的心里，荷开也永远都是对的。

荷开大学毕业后，在回城前还回家住了几天，但走的时候什么东西都没带走，阿母说要帮他收拾，他说："不用收拾，以后我还经常回来呢。"但是后来不只没有"经常"，连"偶尔"都算不上。尽管如此，阿母听到"回来"两个字心里已经欣慰得不行。

而莲绣觉得自己和荷开的关系，不知道从什么时候开始变得像冬天挂在草上的霜，不是水不是冰，但有些冷，谁也说不清到底是为什么。他们本可以兴高采烈地为彼此庆祝，就如同亲密的兄妹一样，为对方的幸福开怀。然而，他们之间却有一种刻意为之又矫枉过正的冷漠与尴尬。似乎什么都没有发生，可又似重重地发生了，将两个表面看来平淡无奇的人的心砸得粉碎，就像碎在地板上的玻璃碴，不捡扎脚，捡了伤手。

小 暑

这已经是莲绣第三次怀孕了,前两次都是在村里盖的烧砖厂里生的。

村里人都知道,生女儿没用,养了也白养,早扔了好,再怎么样都得生男孩。不能到医院生,先躲着生,等生出来是个男的再送医院也来得及,生出来一看是女孩就立刻送人。一定要生到男孩为止!

莲绣这些年便是这么过来的。送出去的孩子她几乎一眼都没有见过,等她疼劲缓过来,孩子已经不在了,陪在自己身边的也只有阿母。

莲绣觉得自己像一只下蛋的母鸡一样,用力地挤出一个蛋,来不及回头看一眼,已经成了别人锅里的食物了。

阿母是舍不得把孩子送人的,她说孩子送人了是去给人家当牲口用的。但她说话根本不管用。

国强什么都听舍笑的,比起莲绣第一次怀孕时他小心翼翼的模样,现在的他也可以在外面打牌打到天亮,或者喝得浑身酒气才回家。有时候莲绣会埋怨几句,他说:"你先给老子整出个儿子再来叫。"

好像生孩子是莲绣一个人的事,没生男孩就是犯罪一样。

美香此前也挺着肚子住到娘家来了。虽然她已经生了一胎，女儿还不到两岁，加上她之前难产，身体还没恢复，但为了男孩，她还是愿意冒冒这个风险。毕竟这个风险是绝对值得的，有了儿子，这一辈子在村里便能抬头做人，说话也能底气十足，别人和你吵架时就不会用一句"你没儿子"来噎死你了。

"有儿子"在美香眼里是在村里甚至是这个世界立足的底线，同时也是最高的荣誉。

美香不敢想象没有儿子的痛苦，却能感受到有儿子的快乐。哪怕有了儿子，一辈子得为儿子而活，或是一辈子吃苦，在她眼里这个苦也是快乐的、甜蜜的、有意义的苦。

这么想的不只美香，还有美香的丈夫永和，还有全村的人，还有他们认识的所有人，以及他们认识的所有人认识的大部分人。

但是有了孩子，特别是有了儿子，意味着生活要多一些付出，所以无论如何得多赚点钱，为了以后让儿子过上好日子。于是美香和永和商量着去外省，边打工边把孩子生出来再回家乡。如果万一不幸生的还是女儿，那就送人，送得远，以后也便不容易寻来，自己也无须负担那份多余的情感。

打定了主意，永和便卷了一床棉被，捎上美香母女俩，开着拖拉机连夜走了。一路上风餐露宿，不累到实在开不动了绝不敢停下来。过山地的时候，好几次都差点掉到山沟里去了，把美香吓得差点破胆。每天吃的也是几乎跟石头一般硬的白粿块，可是小孩子根本咬不动，美香只好放到嘴里和着唾液咬软一些再喂到女儿嘴里。也不知道开了多久才开到外省。他们租了个十平方米左右的房子，永和到石矿上帮人家运石头赚钱，美香则去给矿工煮饭，硬是折腾着过了几个月。

但所有的付出都是值得的，因为当他们回来的时候，美香怀里抱的是一个胖乎乎的男婴，她那骄傲的神情仿佛在告诉所有人：我有儿子了！尽管因为这个儿子，永和付出了被罚款四百元的代价。四百多块钱，相当于他整整两年半日夜不休地开拖拉机，且不吃不喝赚来的钱，但是他觉得只要是男孩，一切都值得，哪怕命都没有了也值得。

"美香真是能干哪，二胎就生了男孩，这签抽得好啊，当初米花还想着让美香配国强呢。"含笑说，"你家荷开好像自打你结婚后就很少回来了吧？听说也生了个男孩，真是好命哪。"含笑总喜欢穿着带着花色的衣服，经常上身是红色的，下面是绿色的裤子。她长得不胖不瘦，一张桃子脸，尽管年纪大了，眼皮耷拉下来，但仍然可以看出年轻的时候是标准的丹凤眼。因为丈夫以前是生产队队长，她也跟着风光了一阵，说话从来都比别人大声。

莲绣向来不太搭理含笑，如果像其他嫂子一样，含笑说一句就气得跳脚，那么自己现在肯定已经去了半条命。因为含笑就是那种说不出把人噎死的话不罢休的人，她永远要说赢别人，永远不想吃亏，永远要把别人踩在脚下，并以此为荣。

所以干脆就让含笑说去吧。

但还是有那么一次，阿母拿了几个鸡蛋过来，还没和莲绣说几句话，含笑过来了，似笑非笑地说："哎呀，吃了这么多鸡蛋，生出来的都是母鸡。你是不是专挑没形的蛋来给绣吃哪？你自己没儿子命，可不要连带了绣才好。"

阿母站着静静地听着，一句话都没有应。

莲绣觉得这句话说的不仅仅是自己，连阿母也骂进去了，所以她再也忍不住了："你家的鸡下的全部是有形的蛋，吃了能生出公的来，那你拿来让我吃吃看哪！"

含笑瞬间瞪大了眼睛："你看看这左邻右舍的都取笑咱们呢，嫁过来这么多年，你看看你都生了什么东西，还有力气说这种话？那力气用来生男孩就好了。我家国强就是命衰，当初人家介绍了那么多女孩，他偏偏要娶你，结果娶来个什么啊？什么嫁妆都没有就算了，还断我国强的香火哪。"

含笑那天不知道骂了多久，最后阿母是哭着回家的，含笑也收拾了东西说要回娘家去，这样的伎俩每次她和儿媳妇们吵架都用，每一次都是儿子们跪下来求她，她才勉为其难地留下来继续"伺候"儿媳妇们。几个儿媳妇之间也是乱七八糟，今天这个说那个不是，明天那个告这个不对，每天都像在演戏一样。自从生产队解散，分田单干后，铁牛也不当队长了，整天这个儿子叫帮忙犁田，那个儿子叫帮忙割稻谷，恨不得一个人分好几身，哪里还顾得上家里的火药味。

只是说到了国强，莲绣想起当初国强恨不得当牛做马才把她娶回家，现在才过了四五年，已经把她当挂在大厅正中供着的佛公一样，初二、十六才烧香拜一下，自己不免觉得可笑。如果自己不是还能生孩子，有可能还比不上院子里那一盆他隔三岔五浇水的兰花。

但这一切似乎还不是最坏的。

美香自从生了男孩，便从外省回来了。夫家的房子在他们躲去外边时塌了半边，现在还没完全搭好，就一直先住在娘家，所以经常抱着孩子过来和莲绣聊天。有一次美香有意无意地说起："前些天永和到城里去买水泥，看到国强和一个大肚子女人在一家咸粥店里吃东西，还喂她，会不会是外面有女人了呢？"

刚好国强回来,美香赶紧抱起孩子,说要回去看看她阿母饭煮好了没,脚底抹油溜了。

国强瞟了一眼动作已经有些缓慢的莲绣,看着她想站却站不起来,却也懒得去扶她一把。

"来扶我一下吧。"莲绣说。

"又不是没生过孩子,何必这么娇气?"国强边说边走过去,伸出一只手扶她。

"你说这一胎要是个女孩,还是要送人吗?"莲绣问。

"不至于吧?"

"如果是女孩也留下来养吧。现在城里只养一个女孩的多的是。"

"那是城里,咱们这儿是农村,你老了有什么,不养个男孩等着喝西北风吗?再说依我看哪,城里人也大部分想要生男孩,不然家产都给谁,给女儿不就相当于给别人了吗?"

"可我不想再生了。"

"随你吧。"国强说,"我自己想办法。"

"你是打算在外面找个女人再去生孩子吗?"莲绣盯住他。

"这个你管不着!"

莲绣瞬间明白了,永和看到的就是那么回事。

莲绣一刻也不想在这个家待下去了。她收拾了衣服,也只有几件衣服,因为她确实没什么东西。

莲绣回头想想,这些年也不知道过的是什么样的日子,不是大着肚子就是坐着月子,和一辈子为生孩子、为孩子生孩子而操心、失去斗志与不抱希望的人没什么不同。当年能拿着斧头为了荷开去砍别人家的门的大女人,嫁做人妇以后所有的棱角慢慢地被磨平了,也渐渐体会到了阿母的辛酸。

莲绣是不愿意哭的,因为不想像阿母那样善良、隐忍,泪往肚子吞满了才溢出来。她抗拒眼泪,可是这个时候,没有什么比眼泪更懂得她的心情。

她也不想回家,因为阿母肯定又会哭哭啼啼,而后劝她要忍耐,不要和婆家吵架。

国强没有拦她,因为他知道她一定是要回娘家,不过没几天,她阿母又会带着她回来,还劝他要容忍莲绣的坏脾气。

莲绣把收拾出来的几件衣服,装进阿母买的那个红色皮箱。

莲绣走出大门,永和刚好开着拖拉机路过,说要上城里给别人载点家具,问她要上哪儿,可以顺便拉她一程。其实她也不知道要去哪里,但她还是毫不犹豫地坐了上去,箱子却怎么也拉不上来。

永和见状,赶紧停下来帮她把箱子抬上来:"怎么带一大箱子的东西,是要去找荷开吗?"

荷开!说到他的名字,她莫名地觉得凄凉。所有想他的积压着的思绪,一下子被他的名字给勾了出来。

"对。"她回答。

永和帮她想到了可以找的人,不,应该是说他帮她说出了那个想找的人,而让去找那个人变得理所当然。

"你们家对荷开真的是真心实意,不然他现在也不可能混得这么好。是不是工作太忙,怎么很少见他回来?"

拖拉机的声音很大,永和还像个话痨子般喋喋不休地说话。他又开始说当年躲计生的事情,劝莲绣赶紧生个男孩好了事。莲绣微微抿了下嘴,当作没听清,也不回答。永和理着光头,络腮胡子已经快遮住了他小小的嘴巴。美香嫁给这么一个爱说话而又热心的男人,肯定不会寂寞,莲绣想。

"荷开家在哪里?我干脆带你过去,你现在这个样子也不方便。"

"不用,不用,到时候我搭个三轮车过去。"

"你不用客气,别把我当外人,如果不是你,我和美香怎么能凑够那四百块钱。"

提到钱,国强赚的钱从来没有给过莲绣,都是她自己帮人做衣服才能赚一些。她有时候为了赶工要做到半夜,但凌晨三点多,又得起床帮阿母去卖菜,一斤两三分钱。有一次她踩着缝纫机打起了瞌睡,那长长的针直接插进了手指,都说十指连心,她疼得差点晕过去。她一个人到赤脚医生那里包扎回来,含笑瞟了一眼她的手指,说:"赚钱赚给你外家(娘家),花钱花我家的,你还真是聪明。"

但她捏了捏自己的手指,什么话都没有说。

幸好荷开虽然工资不高,但还是每个月按时寄给她几块钱,她都一点点地积攒起来,本来打算找个时间翻盖下阿母现在住的房子,那墙已经倾斜了,像是随时会倒下来一样。但是美香当时来借钱时哭得连声音都沙哑了,她实在于心不忍,就把钱都拿出来借给了她,也不知道什么时候能还。

荷开住的地方,在他结婚后,莲绣跟着阿母去过一次。后来每次到城里买布的时候她都会经过那附近,但是从来没有见过荷开。她也期待能偶遇,可就是一次也没有碰到过。

莲绣提着箱子,站在荷开住的楼下,站了一会儿,不知该进还是该退。想了想还是回去吧，刚转身，突然发现荷开就站在她身后。

荷开穿着棕色的夹克，里面是水蓝色的衬衫，湖绿的布裤，一双黑色皮鞋的边沿上还粘着一点点红土。除了装扮上的成熟，他的脸一点变化都没有，如果硬要说变，那可能是轮廓更加清晰了吧。

"哥！"莲绣轻轻地叫道。

"上去吧。"荷开走过来，帮她提起手里的皮箱。她默默地跟在他身后，心里还在想着等下怎么说谎。

"没什么事就在家里多住几天。"

荷开没问她为什么提着箱包就来了，像心里早就什么都明白了似的。

"嫂子不在家吗？"

"好几天没回家了。"荷开看了一眼莲绣惊讶的表情，又补充道，"医生嘛，忙。"

莲绣随着荷开进了房门，房子不大，但一尘不染，一切都是井井有条的。

"她把家里收拾得真干净。"莲绣忍不住感叹，又问，"小孩子呢？"

"你大舅带着。"

"哦。"

"阿姑身体还可以吧？天天忙，也没时间去看看她。"

"老样子，不用担心。"

"你什么时候生？"

"就这一两个月吧。"

两个人有一句没一句地说着,都想避免没有声音的尴尬。

"你寄的钱我都收到了。"

"不要舍不得花。姑姑他们老了,多买点好的吃。"

"农村旮旯地,也没什么地方可以多买。进城一次也不方便。"

"下次我就带东西过去。"

"不用、不用!"

"跟我客气什么。"

"你工作还好吧?"莲绣转移了话题。

"还行,就是天天混桥洞的。我已经在工地连续住了一个月了,昨天工程竣工,倒头睡了一大觉,今天才回来就看到你了。接下来可能会回咱们村,那边要建一座跨海大桥。"

"呵,你曾说过要在那建一座桥的。"

莲绣笑了,荷开也跟着微微一笑,气氛一下子轻松下来。

因为工作性质,荷开几乎天天在钢铁与水泥间奔波,虽说是桥梁工程师,但也经常跟着工人一起干,所以全身要么灰要么土。

可这样是不能回家的,必须在外面把自己收拾干净了才能进门,这是梦兰的规定。荷开有时候着实太累了,全身脏兮兮地就这么回来,一准会收到一阵无休止的唠叨。

梦兰是医学世家出身,从小没吃过什么苦,大多时候见不惯荷开那农村出身的生活习惯,比如进门不脱鞋、牙刷一用就是一年还舍不得扔、炒个菜好不好吃以油多油少来作判断等。

平时两个人都太忙了,谁也不会去招惹对方,但只要一闲下来,便开始了争吵。虽然冷战以后还是会以知识分子的态度和解,但往往是荷开做出最大的让步,由着梦兰的性子。

荷开记得吵得最凶的一次，是阿姑背了一袋子他喜欢吃的花菜从家里走到城里，只为了让他们吃上新鲜的蔬菜。开门的是梦兰，她让阿姑把菜放在门口，寒暄几句，也没让阿姑进屋。等他从屋里出来，阿姑已经往楼下走了，他匆忙拦住她，请阿姑进屋坐一会儿。阿姑看着梦兰一直往自己脚上盯着，连忙摆摆手说自己还有其他事得走了。但他还是执意把阿姑拉进了屋子。

没想到的是，阿姑坐一个地方，梦兰就拿个鸡毛掸子拂一下，明明没有灰尘也要拂；阿姑要是站起来走路，梦兰就拿把拖把跟在后面。阿姑尴尬地笑了笑，把鞋子脱了，提在手上，然后光着脚走出门，才又把鞋子穿上，叮嘱道："那花菜，你阿爸也喜欢吃，但他出差去了不在家，我去他那儿找也找不到，你帮我带点给他。你阿母帮你带小孩也累，你多去走动一下。"

他爸和二哥一家住在一起，住的还是单位的宿舍，小两房。因为住不下了，所以他和梦兰结婚前就搬到了医院分的宿舍房。两个房子离得不远，但除了接孩子回来，梦兰平时是不去的，她说老人的气味太重了。

阿姑一走，梦兰又开始念叨："那农村的阿婆全身脏死了，不知道带了多少细菌，全身还是猪粪的味道。"

但荷开知道，阿姑穿的那一套衣服正是他结婚的时候新裁的，她好几年才做一套衣服，而且得要到城里时才舍得拿出来穿。荷开曾经跟梦兰说过，没有阿姑一家就没有他的今天，可能就像二哥一样回城当个工人。他也想好好地解释一下他对阿姑的感情，可是却怎么样也说不清。

在心里，他一直叫她阿母，尽管自己的亲生母亲回来后，不允许他这么叫了。

他由着梦兰念叨,因为她没有和他一样的成长经历———一夜之间全家人都被送到大山里劳动,一去生死未卜,自己改了姓,跟着不是不怕受牵连,而是即使受牵连也要养活他的阿姑一家生活,为了他能读书,他们忍受了多少委屈与贫穷。他想起了莲绣一碗饭没吃完就跑去帮他买灯芯时的样子,心又疼了一下。

但他没有权利要求梦兰跟他一样感恩。

可是梦兰还在念叨,而且越念越凶,最后竟然骂起他来,骂他不应该为了几颗不值钱的花菜让阿姑进来,说着说着还把那几颗结得非常饱满的花菜踢到了垃圾桶旁。

就因为这样,荷开结结实实地跟梦兰吵了一架。

大学时候在一起的情侣,大学毕业后大部分分手了。大学毕业后还在一起的,结婚的也不多了。而结了婚的恐怕也离得差不多了,他们是还在坚持的。

这是前些天几个大学同学一起吃饭时,大家讨论后,得出的结论。

荷开那天喝了很多酒,直到吐得一塌糊涂,胃里涌出来的是酒与菜,心里涌出来的却是莲绣的脸。如果是莲绣,肯定会心疼得舍不得埋怨他喝酒,舍不得埋怨他总是全身都是水泥和泥巴。

当然这些他不会和阿姑说,也不会和莲绣说。

"阿母经常念叨你。"莲绣把荷开从回忆里拉回来,又说,"人老了也特别啰唆。阿爸身体越来越不好,现在连下地走路都有些困难。"

"有看医生吗?"

"村里的赤脚医生去看过一次,说是老人病没办法,后面再去请,就不过来了。"

"到大医院看看，医疗水平会高一点。"

"阿爸他自己不愿意。阿母她现在也没什么力气，全身也都是小毛病。"莲绣说着声音越来越小，"我要是个男孩就好了。有时候我想生女孩又怎样，养大了也可以不输给男孩。但是看到阿母他们现在这样，又觉得生一个男孩其实是特别重要的事情。人家说'有孝的女儿路上摇，不孝的媳妇三餐烧'，虽然是半来脚去，但女儿终究是女儿，终究是会嫁出去，很多明明女儿也可以像儿子做的事情，却要受到那么多阻碍。做一个能照顾自己父母的女儿，为什么却要成为婆家嫌弃的媳妇……"

"你好久没有跟我说这么多话了。"荷开打断莲绣的话。

莲绣还有很多很多话想说，甚至想把这些年来没跟荷开说过的话全部说完，但是不知道为什么哽咽了，或许荷开不想听她说这些。

荷开默默地帮她倒了一杯水，放到她面前。

突然门上有插入钥匙的声音，荷开赶紧起身过去开门，是梦兰回来了。

"是谁来了？"梦兰问。

"莲绣，阿姑的女儿。"荷开回答。

梦兰往里瞧了瞧，皱皱眉头，但嘴巴里还是热情地问道："莲绣来了呀。肚子都这么大了还出来？没人和你一起吗？这样可是很危险的。"她边说着边看了看旁边的皮箱，心里像明白什么似的，脸色越来越阴沉。"我先进去换个衣服。"她说。刚进去没一会儿，就听到她叫荷开进去。

荷开立刻起身走进房间，但隔了好一会儿都不见出来。莲绣隐约听到里面有压低了声音的吵架声，连忙走过去，打开了门。

只见梦兰满脸愤怒,一副恨不得把荷开吃了的表情,荷开正跟她解释着什么。见莲绣推开门,两人不约而同地望向门外。梦兰指着她,对着荷开说:"你看看,连进来要敲门她都不懂!"

莲绣瞬间僵在那里,不知道该关门,还是该走进去,支支吾吾地说:"我……我就来坐会儿,等下就走了。"

莲绣赶紧把门关上。只听里面荷开说了一句:"你真的越来越不像话了。"

接着是梦兰毫无顾忌的吼声:"这是我的房子,不要老是让你那些乱七八糟的穷亲戚过来。"

天色渐渐暗下来,莲绣和荷开两个人拖着一个皮箱走在松柏林街上。这是县城最繁华的地方,路边是两排民国时期建的房子,每一排有两层,红色的外墙,淡蓝色的木窗,"毛主席万岁"几个黄色的字是后来加上来的。第一层是商贩们用来营业的场所,吃的用的全有。两三米宽的石板路上几辆自行车来来往往,偶尔还有摩托车"突突突"地经过。

"你不要笑话我。"荷开先开口了,"我们经常吵架,一吵架就把我赶出来,我经常在这条街上走几个来回,然后再到单位去睡个觉。"

"也不怕你笑话,我也是没地方去。"莲绣突然笑了,眼泪也跟着掉了下来,落在笑纹里,"我也吵架了。"

"看你的皮箱我就知道了。因为我有经验哪。"荷开说,"你说我们怎么会变成这样呢?"

"从小到大,向来都是我问你问题,你这让我怎么回答?"

旁边的小粥店飘来了海蛎干的香味,两个人相视一笑,仿佛听到了彼此肚子咕咕叫的声音。

但两人一进去,就看到了国强的背影,他和一个女人坐在那里喝粥。那个女人烫着大波浪头发,脸上涂着厚厚的粉,可能是怕口红掉了,喝汤的时候用牙齿顶着汤匙,再慢慢地倒进嘴里。她穿着小碎花的宽松长裙,但还是可以看到凸起的肚子。水灵灵的大眼睛在吃饭的时候也不闲着,她瞟了一眼荷开和莲绣,眼睛盯在莲绣的肚子上,冲她笑了一下,又继续低头喝粥了。

荷开突然把莲绣推到了外面,自己又走了进去,拍拍国强的背:"国强,这位小姐是?"

国强一转头,看见竟是荷开,立刻站了起来,揽住他的胳膊,想把他叫到外面说话,但荷开却站着不动。

"这是你找的是吧?"荷开厉声问道。

国强站在那里不说话,那女人也傻愣住了。

"啪",一个响亮的耳光让整个小店里的人都把目光聚集在他们身上。国强虽然长得也算健壮,但还是经不起那重重的一巴掌,瞬间跌在椅子上。

荷开又一抬脚,往国强身上踹过去。一看有人打架,店里的人怕殃及池鱼,能跑的全跑了。老板过来一把抓住荷开:"怎么能打人呢。"那大肚子女人早就吓得窝在墙角,连大气都不敢出,见老板过来,才缓缓地站起来,说:"你再打人,我就叫警察来抓你了。"说着赶紧去扶国强,那声音娇滴滴的像是被霜打过的柿子,软软的。

老板把荷开拉到了店外才放手,他刚一转身,荷开又冲进了店里,往国强的裤裆又是一脚,踹得他捂着裤裆在地板上嗷嗷叫。

老板索性举起案板上的菜刀,对着荷开吼道:"你再闹,我把你砍死！"

荷开这才拍拍裤管走人。只听国强在后面叫嚣着："有胆再来打我，你以为我怕你啊！"

荷开猛地一转身又往他奔去，国强一下子又缩了进去，莲绣赶紧拉住了荷开，劝了句："哥，算了。"

两个人一直走到了溪边，吃完晚饭出来散步的城里人三三两两地从他们身边经过。

莲绣又想起了读书的时候打架的样子，原来两个人骨子里都没变。

"你早就知道了对吧，你是因为这事才离家出走的吧？"荷开见莲绣低着头，又问，"现在你怎么想？"

莲绣摇摇头。没想到她前脚离家出走，国强后脚就到城里找那女人了。

"离婚吧。跟着那种男人只会受苦。"

"怎么能离？"莲绣问。

她再过一两个月就要生产了，虽然如果生出来还是个女孩，很有可能提出要离婚的就是国强了，但她还是宁愿由国强提出来，因为阿母是不会同意她先提出的。对于阿母来说，女人唯一能做的就是忍耐，真受了委屈就是整天哭啊哭，就像春天里下不完的雨。再者，自己离婚了，以后呢？

"你别担心，孩子我帮你养，无论生男生女。"荷开说。

莲绣苦笑了一下，摇摇头。

大　暑

回到家,莲绣一眼看到了含笑和铁牛已经在屋里了,含笑叉着腰,瞪大了眼睛,阿母低着头像做错了事一样。

"我家国强这辈子真是衰啊!你一个破病女人加一个破病傻子能教出什么样的破败女儿,国强当时眼睛真是瞎了,放着那么多好的不娶,就因为你那破麻女儿老是粘在他自行车上。现在倒好,也没吵没打的,就收拾一下东西走人啦,我家是让她那么想来就来想走就走的地方吗?如果不是你这个破病女人唆使,那破麻女人能就这么走了吗?你会不得好死,我告诉你!"含笑骂得唾沫横飞,脸红脖子粗。

"莲绣去哪里了你告诉我们,我们去把她找回来。"铁牛的口气倒还算诚恳,"国强也去找了,这么晚还没回来,万一两个人出事,我们四个老的也不好过不是?"

"可我真的不知道。"阿母又抹了把眼泪,声音像被拖拉机轧过一样。

"不要再装了。就你家这样穷得快被鬼抓去了,要不是莲绣老从我家往你家里送东西,你能这么好过吗?"含笑说,"当初就不应该娶她,国强现在后悔也没用了,还去找她,我看这功夫还不如省下来!"

莲绣再也忍不住不出声了:"国强是去找我吗?"

含笑一见是莲绣和荷开,嚣张和愤怒的神情顿时褪去了大半,赶紧迎上来:"你怎么到处乱跑,你现在可是要生孩子的女人哪。"

"开仔,你来了。"阿母一眼就看到了荷开,赶紧拭去眼角的泪,"快进来。"

"荷开啊,来来来,赶紧来坐。"铁牛本来坐着,立刻客气地站了起来让座。

荷开点点头。"没事,你坐,我站着就好。"他又转过头对着还在责怪莲绣的含笑说,"阿婶,把你家国强叫回来吧,什么都不用说了,今天就去办离婚,今后大家两清。"

含笑的嘴巴顿时张得可以塞下一个苹果,铁牛更是颤抖了一下:"这……这……没什么大事,离什么婚,夫妻吵个架就得离婚吗?我们这村都还没有人离过婚哪。"

"对呀,对呀,这离婚了名声多不好。"含笑说,"国强还是吃公家饭的,这离婚了,他怎么在单位站脚呢?"她的口吻顿时软了下来。

阿母也惊慌了,连忙劝道:"开仔,夫妻床头吵架床尾和,我们劝和不劝离。一个巴掌拍不响,两个人肯定是都有错。离婚对莲绣也不好,她一个女人还大着肚子,到时候怎么办?"

"国强在外面有女人了!"

莲绣刚说完,几个人面面相对,都不说话了,房间里也传来了阿爸的咳嗽声。

"绣啊,这话可不能乱说,国强这么乖的孩子怎么会干这种事?"铁牛说。

"会不会干回去问他就知道了，现在已经晚了，赶快把离婚的事情办一办吧。"荷开说完，拉着莲绣进了她的房间。

阿母也跟着进来了，一进来就跪了下来。"绣啊，你千万不能离哪。"她捂着脸贴在地板上呜呜地哭起来，"千万不要离哪。"

荷开一下子也跪了下来："阿母，国强外面的人肚子比绣都大了。"

"可再怎么说绣还是老婆，她怎么说也是小的哪，绣若不离婚，那小的也不可能侵门踏户来啊，忍一忍就可以啊。"

"就等你舍得绣受这个委屈，我也不愿意。"荷开也红了眼睛，"我真的无法忍心看她过得这么凄惨。"说完，眼泪也跟着淌了下来。

"离了这婚，绣也毁了哪。"

莲绣坐在床边，说实话，她自己也矛盾，于是说："现在太晚了，明天再说吧，不要吵到阿爸。"

荷开这才想起要到姑丈的房间看看，他蹑手蹑脚地走进去，只见姑丈紧闭着眼睛，头发几乎快掉光了，嘴巴张得大大的，几颗棕黄色的牙齿露了出来，可能因为块头大，所以瘦下去后骨头更显得突兀。

荷开忍不住又红了眼眶。

正是因为姑丈脑袋简单，所以对于荷开这个不速之客从来没有说过什么，也没有让荷开产生过和他们不是一家人的感觉，反而疼他疼得像自己的孩子一样，从来不会因为阿母倾其所有偏袒自己的哥哥而吃醋。正因为他的简单，不会计较，所以胸怀更像海洋一般辽阔。

荷开也曾想过为什么阿姑会嫁给比自己大那么多还有些犯傻的人，但现在看来，似乎这段婚姻没有他想象的那么不幸福。

夜深了，天空依旧那么遥远，云层厚厚的，像要隐藏什么吧，然而，欲盖弥彰。

第二天一大早，铁牛带着国强、含笑匆匆地来了。含笑一把拉起莲绣的手，口气十分平和："绣啊，你看这样，你也快生了，要不就等孩子生下来再说？要是个男孩，国强立刻跟那女的断了。"

"如果还是女的呢？"荷开问。

"总不会运气这么差吧？"铁牛满脸的皱纹挤成一团。

"是啊，等生完孩子再说。"阿母也附和道。莲绣明白她的意思，若是个男孩，他们两个可以不用离婚，万一再生个女孩就是另一回事了。

莲绣看了一眼国强，他始终低着头不说话。

"国强，你说说你的想法。"荷开阴沉着脸。

国强这才抬起头："我也是想等孩子生下来，那个女人我会想办法处理。"

"你怎么处理？"荷开又接着问。

国强又沉默了。

"你是想等我们生孩子，看谁生男的，你就让谁进门是吧？"莲绣本来一直不说话，突然间来了这么一句。

"话不能说得这么难听吧。"含笑说。

"我也是没办法。我真的不想一辈子在大家面前抬不起头。"国强无奈的表情让人觉得他很无辜，"所以我说等孩子生下来再说，反正也就是这一两个月的事。"

国强的要求在铁牛和含笑眼里就是理所当然的。

"离吧。"莲绣说，"我没办法接受。"

"你以为你离了还能嫁出去吗？"含笑指着莲绣骂了起来，"像你这样的女人，肯定是没人要了，全村会戳着你的脊梁骨骂你这个疯女人。如果真离了，你现在别想从我家挪走一分钱，以后孩子生出来也别想着国强会帮你养！"

"你别在那边啰唆！"荷开站了出来。他不想跟含笑多费口舌，于是又冲着国强说："你也知道你的身份，如果让人知道你家里有妻子，还在外面有一个，你的饭碗能保住吗？"

话音刚落，国强他们全家都不说话了。

"该签的去签，多余的话不要再说了。到时候绣生出来的孩子是男是女，都与你无关。绣将来过得怎样，你们也不用来管。"荷开说，"今后如果让我发现你们还来欺负我阿姑一家，我不会放过你们，我见一次打一次。"

"我们兄弟多，还怕你一个不成。"含笑顶了一句，但马上被铁牛拉开了。"你少说点话吧。这事情闹大了谁都不好看，荷开是什么人？荷开家里是干什么的？难道他还会怕我们不成？"铁牛又回过头对着荷开劝说，"荷开，你是读书人，可不能这样，别天天说打这个打那个，年轻人做事不能太冲动哪。"

"不论我是什么人，只要有人对我阿姑不好，我就可以站出来，这不是威胁，这是我的原则。"荷开的口吻已经很横了。

国强一想到事情要是被传出去，自己名声会不好听。而且荷开的父亲再怎么说也是个官，自从被平反后，更加受到优待，一路高升，关系网必然也很广。自己若和荷开对着干，最后可能吃苦果子的是自己，不免有些畏缩了。

一个多月过去了，阿母似乎接受了莲绣离婚的事实，她出门不再把自己的脸包得严严实实的了，见到人也偶尔会主动打打招呼，而不是总是把头埋得低低的。

其实村里也早已传开了，国强在外面找了婊子，有了孩子。"婊子"这样的字眼所有人心知肚明，却不敢轻易使用。因为几乎没有见过离婚的情况，村民们不免议论纷纷，有意无意地给了莲绣很多异样的眼光。

美香还是经常抱着小孩来找莲绣，莲绣是她从小玩到大的伙伴。以前她因为长得胖，读书也差劲，经常被欺负，都是莲绣护着她，无论她有什么困难，莲绣都是第一个站出来的，所以当莲绣被人们议论的时候，她坚定地站在了莲绣这一边。现在生完孩子，她吃得更胖了，肚子上挂了好几层肉，一件涤纶衣服硬是被她挤成了好几节。她经常怪永和总让她吃，害得她变得跟笨鸭子似的。

"绣啊，听说国强外头的那个给他生了个男孩。"美香背着睡着的孩子，帮着莲绣剥花生。

花生得明年开春才种，不知道为什么阿母把秋花生收上来，现在就让她开始剥了。

"今天国强家让永和帮他们到城里载了好多东西，说是满月用的，真是不要脸。永和本来不愿意去的，铁牛来叫了五六次，实在是推托不了。"美香说。"那婊子生的孩子也不知道是不是真是他的，全家高兴得跟什么似的。"她越说越有点愤愤不平，"那一家子就没个正常的，迟早得遭天谴。你得生个男孩，把他们气死!"

"都到现在了,生男和生女还不是一样吗?"莲绣苦笑着。

"咳!我就是看不下去!"美香重重地把手里的花生粒扔到盆子里,"幸好还有你哥,不然我很难想象你们接下来的日子怎么过。"

说到荷开,他已经有一个多月没有回他城里的家了,舅舅和舅妈也过来劝了几回,但他似乎是铁了心不回家一样,以近期都在这附近上班回城不便为由,一直待在姑母家。

"这莲绣离婚了,到时候你不要搞得连你都离婚了。夫妻之间哪有不吵架的?你天天这样不回家,梦兰不急吗?"舅妈过来的时候脸色并不是很好,她说,"我们这儿不是外国,离婚可不是什么上脸的事情。像莲绣这样,以后要再嫁应该也难,你阿姑命不好,这一辈子是操不完的心哪。要是你也离了,那咱家可是被下咒了。"

已是仲秋,四处草木依旧苍翠,色彩浓得像画家多下了笔墨。下午村里的鞭炮响了很久很久,含笑带着国强一家一户地请人:"晚上可要到家里喝满月酒啊。"

路过莲绣家门口,还故意吐了一口痰。

阿母就坐在门槛上,眼巴巴地看着国强挑了一担子油饭和饼干过去了,那是要分给全村每家每户的。以往这种情况,都是请人一家一家分,这次国强亲自分,满面春风。

阿母回头看了看莲绣,莲绣和平常并没有什么不一样,她专心地听着广播里的天气预报,那个甜美又有些刻板的声音传达了今天晚上有雷阵雨的信息。

"前些年你婶婆去世的那天那雷打得真大,村头的那棵榕树被劈成了两半,米花拴在树下的牛也被雷给劈死了。"

阿母絮絮叨叨着,又从屋里捧出针线和布料,继续坐到门槛上,一针一线地缝着阿爸的寿衣。他已经连续几天不怎么咽得下食物了,也没见喊哪里疼痛,就像是到了年限的机械设备,慢慢地衰竭了。

"你阿爸一辈子没打过我。"她一边说着一边默数着针脚,但眼睛明显看不太清了,又揉了一下,继续专心地数着。

没被丈夫打过,便比其他很多女人幸运了吧?

她这一辈子和丈夫相安无事,像是两个亲人相濡以沫,不会脸红,即使再困苦,也都平静地走过。他们就是两个互相依赖却不知道怎么会关联在一起的人吧。

阿母经常念叨着这就是命吧。

莲绣坐在躺椅上,望着只要一到刮风天就开始掉土屑的屋顶发呆,那瓦片是一块一块叠得非常工整的,有时候晚上睡觉,能听到老鼠在屋顶上跑。她听阿母念念叨叨的,听广播里放着港台歌曲,当然也听到了热闹的鞭炮声,心里却想着荷开什么时候回来,要是打雷下雨,他在工地上肯定又是一身泥水。幸好工地离家不远,走路也就半个小时,荷开骑着一辆嘉陵摩托车,七八分钟就能到。

"这天气荷开也要干活儿,都读了大学,怎么出来工作还是要风吹雨淋的,天天跟个种田的似的?"阿母抬头看了看天,又继续说,"他天天住咱这也不回去,咳,我们又不能把他赶走。你舅妈之前过来就好像有点生我们的气了。我虽然算是半个养母,但毕竟只是姑姑。劝了几次,他都说好,但……"

突然间一道闪电划过，硬是把阿母吓了一跳，雷声轰隆隆由远而近。"你看看西边的天黑得跟墨水一样，这雨肯定得下大了。"她收拾了一下针线和布块，往屋里挪了挪。

天色越来越暗，但鞭炮声却越来越大，好像要与雷声比一比似的。

"阿母，我好像要生了。"莲绣说。

阿母扭头看了她一眼："怎么？"

一股清水顺着大腿淌到了地上。

"啊，夭寿哦。"阿母倏地站起来，顿时不知所措。这荷开还没回来，左邻右舍的全去了铁牛家吃满月席，外面又是瓢泼大雨，怎么办？怎么办？她紧张得全身发抖，慌乱之间想起了在角落里的那台独轮手推车，那是平时她推猪粪用的。她第一个想法是把莲绣推到城里找医院去，可是去扶莲绣的时候，她突然意识到自己根本不知道医院在哪里。

她的所有孩子都是在家里生的。

怎么办？怎么办？阿母急得跳脚。她突然想起了美香，连忙冲进雨帘里。天空电闪雷鸣，倾盆大雨一下子就把她淋透了。她一口气跑到了美香家，哭叫道："美香啊，美香啊，莲绣要生了，你快叫永和送她去医院！"

美香正捂着孩子的耳朵，问道："荷开呢？"

"他还没回来！"阿母站在雨里大声地回答。

美香一下子把孩子扔给了米花，对莲绣阿母说："永和去了国强家吃席，我去叫他！你去找荷开，让他赶快回来！"

两个人没有任何遮挡，各自往不同方向跑去。

米花三下五除二把孩子用背带绑在背上，举了把折了一根骨的黑伞也往莲绣家跑了过去。

阿母老了，加上腿骨不好，路走多了都有点吃力，跑起来更是酸疼难忍。况且雨水把她淋得全身越来越重，越跑越慢，越跑越吃力。头顶上闪电与雷声并起，就像她小时候听到的炸弹爆炸声一样，可现在她竟然忘记了害怕。只是她脚软得像骨头里塞了棉花，怎么都跑不快。

另一头，美香已经一路狂奔到了国强家，屋外的红色鞭炮纸被雨水冲到了一起，红彤彤的一大片，她整个脚掌都泡在水里。虽然雷大雨大，但国强家的院子全用帆布搭了起来，把这不知趣的漫天大雨挡在了欢天喜地与觥筹交错之外。美香穿过一排热气腾腾的灶台，顾不上和伙夫们打招呼，径直往里面走去。她踮起脚往屋里一瞧，密密麻麻都是人头。

"永和啊，永和啊。"美香根本来不及看永和坐在哪里，扯着嗓子大声叫道。

含笑跑了出来，眉开眼笑地招呼："香啊，赶快来吃！"按照村里的风俗，哪家生了女孩，可以不请，也可以只请村里的男丁；生了男孩，全村男女无论有没有随礼，都可以去吃席。

美香没有理她，继续叫着："永和，永和啊。"永和正坐在里屋，听有人告诉他美香来了，以为家里出了什么事，匆匆跑了出来。

"你赶快去开拖拉机，莲绣要生了！"美香拉着他便走。

"怎么这么巧！"永和一边跟着她跑，一边说。

含笑听到了美香的话，立刻收住了灿烂的笑容，马上换了一副表情，冷冷地说："真是晦气。"

几桌人你看看我，我看看你，一时不知道该聊些什么。

永和把摇把插进拖拉机头，使劲地鼓起来，但越是着急越启动不了，硬是鼓了好几把，才把手扶拖拉机启动起来，把美香都快急哭了。

拖拉机开到了莲绣家门口，米花已经在里面了。见他们来了，米花连忙和美香把莲绣扶到了拖拉机后斗上，让她斜坐着。美香抓了挂在墙上的蓑衣也跟着上了拖拉机。

雨实在太大了，美香和莲绣的半个屁股都浸在水里。美香看着永和，他全身也湿透了，雨水成股地从他裤管里流下。越是雨天，土路越是泥泞，幸好永和是个老手，好几次陷下去的轮子又让他给拱了上来。

刚开到村口，就听到后面米花大叫着追了上来："美香啊，我看莲绣阿爸不行了，脸色都不对哪，这可怎么办？"

"你先回去，你先回去看着。"美香使尽了力气冲她喊着，催她回去。米花追了一段路，边跑边喊："夭寿哟！"以为美香没有听到她的话，又转头跑回去了。

等他们到了医院，永和和美香抬着湿漉漉的莲绣下了拖拉机，莲绣始终咬着牙，一声不吭。

一个护士伸出头往外面望了望，面无表情地说："先交钱。"

美香这才记起，连忙去翻永和的衣兜，又翻莲绣的兜，凑了不到五块钱递了上去，护士瞟了一眼粘在一起的几张零钱，又说："等钱凑齐了再来！"

"这都快生了！"永和喊道。

"那生啊！"护士白了他一眼。

幸好荷开冲了进来，他全身上下，没有一个地方不是粘着泥土，整个就是一个泥人。

　　"你是跌泥里了？"美香问。她回头看了一眼荷开停在外面的摩托车，也是一辆泥车，又看看他，一边的脸颊上渗着血，右臂的衣服也破了，靠手肘的地方血肉模糊。"你是摔了啊？"

　　"没什么！"荷开擦了一下脸，手上都是泥和血，然后从裤兜里掏出一叠钱，给了收钱的护士，自己跑到医生值班室叫医生，值班的刚好是梦兰。

　　梦兰穿着洁白的大褂，发髻挽得高高的，手里正捧着一本杂志在无聊地翻着，看到进来一个泥人，着实吓了一跳。"你干什么？"听完荷开的话后，梦兰冷冷地说，"你出去吧，脏死了。"然后叫了一个护士过来，吩咐了几句，又低头翻杂志。

　　孩子出生了，还是个女孩。

　　但莲绣却没有出来。

　　两个护士惊慌地从产房里跑出来，哭丧着脸说，也不知道为什么产妇就没气了。

　　家里，阿母脸上一点血色都没有，她刚推开家门，米花就慌张地告诉她："你那头快去了，趁身体还没僵，寿衣赶紧穿一穿，不然来不及了。"

　　"幸好离婚了。"含笑对着她的儿媳妇们说，"没白离，不然肯定要说她生了女孩，是咱们害死她了。"

　　三媳妇白了含笑一眼："你还是留点口德，别把罪孽引到你孙子身上。"

莲绣和她阿爸的遗像并排放在案桌上,平时看起来不像一对父女,此刻看起来却那么神似。可能是画像的人把莲绣画得脸圆了些,就像十六七岁的时候。

　　阿母抱着新生的孩子坐在床上,耷拉着脑袋,灰白的头发落在脸颊上,一双眼睛里长满了眼屎,眼泪已经流干了,嘴唇上起了厚厚的几片白色的皮。那孩子沉沉地睡着,不哭不闹,甚至不知道她到底什么时候会饿。

凉秋

立 秋

  天已经阴沉了大半月了，雨时大时小，仿佛下定决心要把地上的物体泡烂似的，连屋顶也像溶洞一样滴水。但是它越像滴不尽的清水鼻涕纠缠不休，院子墙脚下的那几株菊花的叶子越翠得亮眼。

  屋檐下，一排雏鸡歪着头认真地听着雨声，圆鼓鼓的眼睛焦灼地望着天，很多玩耍的时间都只能用来避雨了，身上的毛发也湿成一缕一缕的，时不时用力地抖一抖，依旧散不开。

  奶奶身上的衣服已经穿了三四天了，还没靠近就能闻到奇怪的气味，就像往馊了的泔水里丢了两个臭鸡蛋。那套唯一换洗的衣服还晾着，挤不出水，但也干不了，散发着腐水般的异味。

  雁回蹲在灶坑前，往灶膛里填柴火，就连夏日里晒得像要脆成粉的相思树叶，此时也是一副爱烧不烧的样子。她用火钳把里面松了松，勉勉强强燃起来了火苗。

  "连饭都煮不熟了。"奶奶喃喃着，似乎是在责怪她把火烧得漫不经心。她拿起那把她懂事以来就存在的大约一尺长的铁管，一头伸进树叶里，一头贴近嘴巴，用力地深吸一口气，猛地发力一吹，顿时头晕目眩。

  这厨房收拾得算是利索。灶面上贴着红色的瓷砖，擦得光亮，连柴火也是堆得规规矩矩的。家里还是烧柴火，奶奶很满足，因为比起她小时候捡柴火的艰难，现在到处都能捡到能烧的东西。

灶上有三个膛，大小不一，其中最大的一个上面搁着一个大铁鼎，是用来煮牲畜食料的。以前奶奶天不亮就要起来剁菜叶、地瓜，堆好满满的一鼎，加些水，再往灶膛里捅几根晒得裂了缝的枝干。等水开了，原来蓬松的一锅菜叶就渐渐地趴了下去，用锅铲往鼎里用力地插几下，再用锅盖使劲压一压，然后往里添些容易熟的厚皮菜叶。如此反复，烧好的一鼎食料被压得瓷瓷实实的，足够让牲畜吃上好几天。幸运的话，在煮熟的食料里，还会发现没有破皮的拇指大小的地瓜，趁热塞到嘴里，香甜香甜的。但一到夏天，整个厨房就都是馊味，不过闻着闻着也就习惯了。

这些农作物是小小的自留地的产物。

自从开发后，大部分田地已经被征用，调成了工业用地，村里说田地是集体的，征补的钱一部分由村里统一存到信用社，每年分利息；另外一部分村里建砖窑，让自己村的农民当工人，安排剩余劳动力。这对于祖祖辈辈都是讨海耕田的老农们来说，已经十分满足，周围村庄的人都争着把女儿嫁到这里，因为不用务农。连几个三四十岁还没有对象的男人，在开发后都相继讨到了老婆。

但不幸的是，没几年信用社就倒闭了，砖窑也亏得一塌糊涂，所有的钱一瞬间像下完暴雨的天，空空荡荡了。村里几个新上任的干事都推说不是自己的责任，村里去讨说法的人家闹了许久也没个结果，慢慢地就没人再提了。

家里虽然人口少，田地少，分的钱也不多，不像村里大部分人可以用分的钱盖个房子,腾出几个房间出租,然后到附近的工厂打零工,但每年能发一点钱对奶奶来说已是不小的一笔收入。

没有了利息,砖窑又指不上,也没有积蓄能去做点小本生意,奶奶就打算在院子里养些鸡鸭卖钱。但邻居嫌臭,村干部也找她做思想工作,说现在禁止在村内养牲畜,希望不要因为她而影响村里的形象。奶奶思前想后,也许只剩下捡垃圾这条路了吧。于是,无论刮风下雨,还是电闪雷鸣,又或是艳阳高照,她每天都是天不亮就带着扁担出门,扁担的一头挂着两个化肥的包装袋,另一头挂着午饭,有时候是稀饭加一勺自己做的豆豉,有时候是两个馒头。她勤于淘捡,家里的院子里总是能堆满各类垃圾——透明包装袋、铜铁、塑料等等。

有一次,雁回提心吊胆地等到大半夜,奶奶才回到家。她整个人披头散发,眼睛哭得红红的,嘴巴肿得歪向了一边,手里还拖着两袋破烂,衣服也破破烂烂的,露出的大腿、手臂、背部全是淤血。

奶奶一进屋就倒在地板上呜呜地哭着,雁回趴在她身边跟着她哭,问她怎么了,她就是不说。第二天醒来,雁回看到稀饭煮好了,奶奶又出门了。

很久以后才听说,另一个镇的一户人家说用来喂鸡的塑料盆子被拾破烂的偷了,奶奶正好挑着两大袋垃圾路过。那时候,只要一听到有人偷东西,全村都会纠集起来,他们大部分是从田地里赶回来的,手里还拿着锄头、草钩子。那些人把奶奶堵在一个小角落,为首的一个人叫道:"先打再说!"几个大汉不由分说地上前就踢她,一群小孩在旁边喊着:"让她做贼,打死她,打死她!"

奶奶起先是跪着,一直哭着喊:"我没有偷,我没有。"打了好一阵,她已经趴在地上动也不动了。

后来一个老人家劝道:"再打就打死了,都是穷苦人哪。"然后出手拉了拉其中的几个人:"不要打女人,男人打女人说不过去啊。"几个男人这才停止了拳打脚踢。

两三个妇女把她捡来的两袋垃圾全部倒了出来,找了很久,也没有找到所谓的塑料盆子。大家面面相觑不知道怎么收场。那户人家又跳出来说:"肯定是藏在哪里了。"然后往奶奶的胸膛踢了一脚:"以后别让我看到你再来这个村,见一次我打一次。"

雁回还不到能进工厂打零工的年龄,不过她只要一放假,就提个小布袋跟在奶奶后面捡废品,有时候是别人随手扔的冰棒纸或者是糖果棒,运气好一点还能有一点破铜烂铁。大夏天里,也许有好心的人家会给碗水喝。

奶奶身上的衣服都是自己做的,村里有老人去世时,会给去送殡的人每人一条白布盖头,她一条条收集起来,等集够了就自己做一件衣服,她拿针缝线的功夫是村里有名的。有时候还能遇到一些好人,说家里有不要的衣服,问她收不收,她会兴奋地要回来,改一改往身上一套,能遮身蔽体还能保暖。

这么多年来,雁回从未见奶奶买过衣服。

就连雁回读小学的时候,一套校服五十元,奶奶也让她报大了两号,为的是能穿到大一点。到目前为止,她穿过最好的衣服就是校服了。发烧感冒,奶奶也没有带她去看过医生,奶奶在院子的一角种了一棵药草,不管是什么病,就摘几片叶子捣碎了,挤出翠绿色的汁液,再加点盐让她喝下去,好也罢不好也罢,反正到最后都好了。但有一次，她牙齿痛得实在不行了，半边脸也肿得老高老高，吃东西很艰难，喝了两天的药草也不见效，反而越来越痛、越肿越大。奶奶抓了一点平时做饭也舍不得放的味精，让她含在嘴里，说能治好。可是又一天过去，她连米汤都喝不下了，痛得躺着直掉眼泪。

邻居家的豆花阿婆刚好来送芹菜，听说雁回牙痛，进房间看看她，一见雁回，喊道："夭寿哦，肿得人都变形了，还不去看先生（医生）啊？这样要让她自己好是不可能的。"

奶奶站在一旁，不停地说："好，好。"

"你是不是没钱？"豆花问，"我这儿有二十块钱，你先拿去。你这院里的破烂卖了再还。咳，要是她妈妈还在，那不心疼死了呀，真是可怜哪。"

二十块钱，奶奶不知道要走多少路，弯多少次腰，捡多少次垃圾……

一晃又过了好几年。

现在的奶奶六十多岁了，瘦得像副骷髅，骨头有些畸形，像被火燎过似的，经常蹲着再站起来腰就弯成了九十度；手指头弯弯曲曲，像枯藤；十个指甲又厚又黄，缝里全部是黑色的，洗也洗不掉；头发又白又少，连发髻都挽不住，只能剪短了，散着，看起来像个七八十岁的老太。

这些日子雨下了很久，奶奶的脚都被泡烂了，脚趾缝之间又痒又痛，皮也掉了一层，露出了肉。实在疼得受不了，就去找隔壁阿婆借紫药水涂一涂。要不是脚痛得走不了远路，她肯定就又出去了。

"你是不是后天又开学了？"奶奶问，"你阿爸读书的时候学堂还发钱，现在读书花费怎么就那么高，你以后毕业了赚的够还吗？我昨天看电视，有个孩子因为家长不给他买一双很贵的鞋子，还离家出走了。现在社会都变了，要是你阿爸阿母在就好了，咱家也能像样一些，咳……"

奶奶还在有一句没一句地唠叨着，她说的电视是那一台她用五十块钱从一户人家买的二手货，花二十块钱修了修，一用就是六七年。

村子里的大部分人读完初中就到附近的工厂打工了，特别是女孩。从初中开始，每到放寒假、暑假，雁回就到附近的小工厂打临时工，每天十五块钱，还能吃一顿免费的午饭。豆花的孙女惠玲比雁回大一两岁，考上了省重点中学，可家里还是让她早早地出来打工了。那些日子，学校的老师不知道来了多少趟，苦口婆心地劝他们让孩子继续上学，可家长就是不同意，最后几个老师商量了一下，愿意每个人出一些钱，资助惠玲继续读书。豆花的儿子光荣说："她去上学不光是学费问题，我家里也少了一个赚钱的人，我还有儿子需要培养啊！再说，女孩读书再多有什么用？以后也是别人的。"老师们算是明白了，家长是想让孩子出来赚钱，而不是愁学费，这下子没辙了。然而他的儿子耀宗连普通高中都没考上，草草地去读了一家技校，不到半个学期就被开除了，天天和一群混混泡在一起，只要有打架斗殴的事情，随传随到。在家的时候，每天三餐还是豆花盛好了端到他面前，巴不得喂进他嘴里。

惠玲在附近的一家电子厂上班，每天早上七点准时骑自行车出门，晚上回到家都接近十一点了。中午休息一个小时，为了省午饭钱,她还是踩着自行车回家吃饭。其实午饭只要一块钱,其余的由公司补贴,但是她的工资得全部上缴,光荣根本不会留给她一分钱。她需要花一分钱都得向父母要,但经常是要不到的,父母的说辞是:"又不是赚三五千的人,吃的住的都是家里的,还要花什么钱?!"

惠玲确实每个月加上加班工资,也就拿个两千三四。

可能是虚胖,现在的惠玲比读书的时候变大了一号,脸蛋像刚出锅的豆腐,白白嫩嫩,但肉一点都不扎实。已经二十多岁了,家里还不允许她找对象,说是还小,舍不得她出嫁。但谁都知道,她家里为了给耀宗做门亲戚,现在正在盖新房子,还需要惠玲赚钱。至于惠玲的嫁妆,却从来没有人操心过。

"吃完饭,你去借个秤,咱家的好像轻了。要是遇到你伯公,说你读大学没用,白费力气,让你早点出来打工挣钱,你不要理他,随他说去。"奶奶一边翻炒着锅里的大白菜一边说,"他家小草回来了,你过去可不能问太多。"

伯公和奶奶是同辈,但伯公和奶奶的观念却不像同一个时代的人。其实伯公还对着雁回说过更难听的话,比如:"都穷成那样了还读书,母猪想上树了吧?"

而奶奶在读书问题上从来不会因为她是女娃而打折扣。在她眼里,读书似乎比生命还重要,所以即使经常抱怨学费贵,常念叨的也还是那句话:"我们什么都没有,你再不认真读书更翻不了身了,读书才有出路,才不会被看不起,可不能像那些早早出来打工的,每天要被关在笼子里十几个小时,听说稍微做不好还要被骂。你能读尽量读,我会供你的。"

奶奶总把附近的那些厂房说成是笼子。

奶奶最常念的人是舅公，最常骂的人是村口的那户人家，但最恶劣的词汇也只是类似"吐血的""嘭肚的"。

对舅公的印象已经模糊，他有多好，雁回没有感觉，而对村口那一家的憎恨则像是与生俱来的。雁回清晰地记着他家的外墙上喷着正楷红色标语："生男生女都一样，女儿也是传后人。"

奶奶提到的小草，是伯公的孙女，他家就住在雁回家的对面。小草是在砖厂出生的。

为了生孩子，小草的母亲东躲西藏，逃到了远亲家里。等要生了，亲戚说，房子借死不借生。于是他们只能偷偷地回来，躲到砖厂里的暗道去生产。

听奶奶说，刚出生的小草，哭声十分响亮，脸红红的、皱皱的，被装在竹篮里送给了一个山里来的人。那个人等在砖厂外面，二十七八岁，穿着卡其色的布裤和军绿色的上衣，一口露在外面的黄色龅牙还参差不齐，眼睛上下瞟着，也没有定焦过。

"山里"是哪里，雁回也不知道。

准备接手女孩的人是老早对接好了的，这似乎已经是所有人家的常规操作了。接手的人早早地来等着，生的是女孩，立即带走；生的是男孩，道一声"恭喜"，转身走人。

伯公一家也是早就做好了准备的，因为长孙是女孩，这一胎只要生下来还是个女孩，立即送人，准备下一胎，直到生到男孩为止。

又过了一两年，伯公的儿子，也就是雁回称呼为伯伯的，终于迎来了一个男娃，当天鞭炮不知道放了多少，从他家门口走过的时候，就像是踩进了红色的雪地。

那段时间，他们一家走路都跟平时不太一样，像是在学飞一样，步子都飘起来了。待儿子满月过后，伯伯兴高采烈地推着自行车，载着一篮子的油饭和鸡蛋，说要去山里，让小草的养父母也高兴高兴。

但后半夜鸡叫时他回来了，油饭和鸡蛋还绑在自行车上。

"太远了，不知道还要走多远的路，根本到不了。"他满头大汗，脸却是青绿色的，"路太难走了，再骑下去我会骑死的。有的路就一个脚掌那么宽。黑黢黢的，一不小心怕是会掉进深沟里。"

那一天凌晨，雁回隐约记得听到了推门的声音，但又模模糊糊睡着了。后来听奶奶说，是伯公过来，让阿爸骑摩托车载伯伯去山里。

阿爸回来在床上躺了半天，下床走路都是一瘸一拐的，他说一路都是山，爬到半坡得等摩托车的发动机冷却了再继续前行。有一半路还得推着摩托车走，还不如走路。"那里的房子都是石头堆砌的，又小又暗，得弓着身子才能进去。"阿爸说。

那一次去，有人告诉小草你的亲老父来了。长得黑黝黝的小草趴在养父的怀里，一看生人，哇哇大哭，一直叫："走，走，走。"

回来后，小草的母亲说："她肯定是怨我们把她给别人了，她既然不能体谅我们大人的心，那我们也没办法。我们不是养不起她，但如果不生个男的，在村里根本没办法做人啊。谁叫她是女的，她苦我们也苦啊。我也希望她是男的，就不用送人，我也不用再生了。既然她不认我们这些亲生父母，那我们也不用想以后怎么补偿她了。本来是可以当嫁出去的女儿来往的，现在这样，我们也不用热脸去贴冷屁股了。以后她不来找我们，我们也不必去。"

当时的小草还不到两岁。

生孩子是为了自己的脸面，认为生男孩是一种光荣，生女孩是一种累赘，是一种不幸，当大人理直气壮地这么认为的时候，殊不知毫不知情的孩子降生在这样的家庭更是不幸。这样的母亲本身连一条母狗都不如，不，不能侮辱了狗。雁回心里想着，没有说出来。

"说以前长得黑不好看，现在白白嫩嫩的，长得比她姐姐还高还好看。"

"工作找到了吗？"雁回问。

"听说还在找，现在住在这里。你伯母当时虽然那么说，但现在还是待她不错，毕竟是自己的亲生女儿，每天都煮各种好吃的，前几天我还遇到她去城里买了很大一袋东西。只是小草倒像个外人一样。也不怪她，别人养大的孩子，跟谁都不亲。"奶奶微微叹了一口气，"不过小草运气好，她养父母可没亏待她，比亲生的还疼。听说她要出来打工，养母还哭着舍不得她离开呢。"奶奶脸上泛起了一丝笑容，像从乌云里散出来的阳光一样。

外面的雨还在轻轻地下着，仿佛在作最后散场的告别，但满天的乌云如千军万马，层层叠叠，揭露了它的虚伪。

处　暑

　　南方的大学的美，在每一片干净的叶子与花瓣尖上，在每一滴清澈的泉水与晨露里，在每一段承载无数年轻脚印的石板路与涂满爱情的围墙上。晴时能清爽得像冰镇的冰糖雪梨，雨时能黏糊得像刚出锅还未冷却的麦芽糖。

　　雁回最喜欢的是晚上十点半的学校，温和得像无欲无求的老人，柔和淡黄的灯光像慈祥的目光，为她投射出一个安静的伙伴，偶尔一片落叶仿佛就能随风卷起一个故事。

　　这时候在校园里徜徉的人似乎都已变成一条条小鱼，在潺潺流淌的溪水里悠悠地游着，也不需要方向、不需要规划、不需要梦想，抬头就能看到微笑的月亮。

　　舍友们苦口婆心地让雁回平时打扮得漂亮一点，或者主动去认识一些人。

　　"你个儿高又瘦，别老驼着背。"

　　"皮肤虽好，但大夏天的也得打把伞，再好的底子也不经晒。"

　　"眉毛细细弯弯的，但现在不流行，得把后半段刮掉，稍微往上画翘一些；眼睛像颗透明的杏仁，就不要戴个大眼镜遮住；牙齿那么白，干吗笑起来老是拿手遮住嘴巴呀？"

"明明打扮打扮可以是美女的范儿，硬是把自己折腾成路边那种二十岁孩子就有两三个的小妹妹了。"

"让自己美一点，也不用花很多钱，还有多参加活动，不然老是见人怯生生的，以后怎么找工作？"

"你天天三点一线的，日子单调得都把大学荒废了。"

她们说得都对，雁回也知道，可是在心里绕过千百转之后，还是放弃了。美丽需要钱，有一句话叫作"世间所有的美丽，闻起来都是金钱的味道"。一切能用钱塑造的自信，对她来讲，都像日积月累的水土流失。但好在几个舍友都是善良、认真的女孩，从来不会因为她的拮据而认为她与别人格格不入。只是她们陆续有男朋友了，甚至有的已经换了两三个，看着自己的姐妹还总是形只影单，难免着急地想传授她点经验。

所谓的三点一线，是课堂、宿舍还有饭馆。她在学生街一家叫作十味园的小饭馆打工，不需要专业和技术，比一个毕业生的工作还稳定。

老板娘是一个爽快的闽北人，四五十岁，长得胖胖的，个子不高，全身的肉仿佛随便一掐就能掐出油来。她经常乐呵呵地笑，学生提什么意见，永远都是"哎哎哎，好嘞"，结账时五块钱以内的零钱都免了，所以学生都喜欢到她的店里吃饭。但她偶尔发起脾气来，横眉竖眼，连老板都要颤抖。老板就显得温和许多，不胖不瘦，不高不矮，看起来普通得见三次面都不一定记得他的长相。他不爱说话，但一进厨房就有了活力，经常右手掌勺，左手握个啤酒瓶——不是他嗜酒，而是厨房太热了，满头大汗的他要靠啤酒补充水分。他负责翻炒出佳肴，其他的都由老板娘说了算。他们在学生街租了一个两层楼的小民房，大厅变成餐厅，房间改造成包间，已经开店近十年了，刚从中专修车专业毕业的儿子现在也跟着父亲学厨艺，他说拿铲子跟拿钳子差不多。

原本雁回是去一次算一次工资，有时候是十五块钱，有时候是二十块钱。但到后来，老板娘嫌麻烦了，干脆说："你有时间就过来，反正我这里的活儿也是干不完，工资按月算，我们吃什么你跟着吃什么。真不知道你爸妈是怎么想的，怎么能让自己的小孩任性地瘦成这样？还是得多点肉才有福气！"但后来她不再说这样的话，而是经常跟儿子说："多跟你姐学学，学习好、乖巧、勤劳，又不计较。"

上大学以后着实有点愧对"学习好"这三个字，雁回想。每次能考个中等偏上一点点就很不错了，还有那么一两科能通过与否总让人提心吊胆的。还有，"不计较"也只是因为自己太不善言辞了，有时候是想计较的，但一想到要说很多话，就放弃了。

雁回的舍友叶文心是话剧社的成员，她说晚上有迎新表演，要多一点观众造势，能拉一个是一个。可其他舍友各自所在的社团也在准备迎新，根本抽不开身，只能请雁回无论如何都要去帮这个忙。雁回找老板娘请假，老板娘向来快人快语："这么忙还请假？！"但看她为难的样子，又说："去吧去吧，晚饭吃完再去。"

"那边准备了快餐。"

"吃快餐有比在家里好吗？都是些没营养的东西。你看你，咱们吃的都一样，你还是一把骨头，我怎么就老是肥滋滋的。好啦好啦，赶快去吧。"

到了话剧社，雁回才知道原来这个在宿舍大大咧咧、说话没什么人当回事、经常衣服堆放好几天、吃完泡面盒子不发臭不扔的舍友是说话有分量的副社长,担任过三四部话剧的女主角,还获过省级的奖项。话剧社发给大家的宣传册的封面就是她,小脸蛋,尖尖的下巴,头发染成金黄色,柔软地披在肩上,穿着大红色的吊带裙,像韩国明星。

因为叶文心的关系,雁回荣幸地坐在第二排。

话剧开始了十几分钟,一个叫秋声的男生才蹑手蹑脚地进了场。他在雁回旁边坐下来,感觉到雁回的余光在瞟着他,轻轻地说了一声:"不好意思。"

雁回赶紧把余光收回来,张了张嘴却没有发出声音。

他穿着蓝白条纹相间的带领T恤,非常合身,深蓝色的牛仔裤略显宽松,脚上穿的是一双绑带软款驼色牛皮鞋。侧脸的轮廓因为挺拔的鼻梁而显得特别。

"开始多久了?"秋声把头靠近雁回,轻声地问。

"也不是很久……"

"这路堵得也真是!"他嘟哝了一声。

话剧结束才八点,所有演员及幕后人员拉着手谢幕,观众都起立鼓掌,一阵欢腾。来的人不少,一个大概可以容纳一百人的室内表演厅,都差不多坐满了。

文心是有点多虑了,雁回想。

谢完幕的叶文心从台上跳下来,欢快地朝雁回的方向奔来,然后使劲地抱了一下秋声,撒娇似的叫道:"师兄——"

雁回觉得有点尴尬,往旁边退了两三步,才伸手碰碰文心的肩膀:"那……那我先走了。"

"还有聚餐,一起去吧。"文心拉住她。

"不,不,不,你们去吧。"雁回边说边退,猛地一下撞到了椅把,脸立刻红了,又当什么都没发生似的赶紧跑了。太多陌生人了,她害怕。

对于十味园来说,每年的旺季是迎新和毕业时节,每天最忙碌的时候是晚上,经常晚到几分钟就没有位置了。老板娘却没有想过扩大经营,一是学生街的租金不便宜,二是目前的生意比较稳定,再扩大,厨房里忙不过来。等儿子快到娶媳妇的年纪,看能不能存够钱在城区买一套房子,这就够了。

在这片大地上,同一生活层次的所有父母目标都那么一致,好像为孩子买房是标配一样。

老板娘也想要个女儿,但是当年政策抓得紧,一罚就得好几万,再说孩子也不是想生就能生,养孩子成本太高,于是把雁回当女儿看待。只是雁回早晚要毕业,就像女儿迟早要嫁人一样。但她着实疼雁回,雁回也懂事,什么事都一声不吭地做得井井有条。

八点多,学生散去又来一拨,没有雁回在,传菜、洗菜、收碗筷都得老板娘亲自来,她累得两眼都直了,还得收账,只感觉自己的血压直往上飙。

没想到,正想着雁回,她就来了,脸红红的,看了一眼老板娘,马上垂下眼帘,像做错了什么事情一样,赶紧闪进了厨房。

不一会儿,听老板娘叫她:"点单啦。"

雁回赶紧套上围裙,从围裙兜里取出小本子和圆珠笔。

"在二楼茉莉包。"老板娘扯着嗓子喊。他们的包厢都是以花命名,老板娘说因为自己喜欢花。

她匆匆地跑到二楼,是叶文心他们。

"师兄刚问我你怎么那么着急就跑了,我说你在这里打工,他说想来看看。"文心在雁回耳边说。

"哇哦,看来今天可以打折喽。"秋声看着雁回微微一笑说,像是偶然遇到一般。

"不能每次都让你付钱,这次我们来。"另一个人说。

"你们还没上班,还没领工资,花的都是生活费,还是我来。"秋声说,"来吧,我晚饭还没吃呢。先点单,先来个老三样。"他见雁回蒙蒙的样子,又说:"大盘炒米粉、酸菜鱼、粉蒸肉,剩下的由我们叶师妹来点吧。"

叶文心得令,连菜单都没看,一口气随意点了七八个菜:"反正是师兄买单,我们就敞开肚皮吃喽。"

厨房的效率真不是普通的高,几个人还在讨论着要不要加什么菜,酸菜鱼已经出锅了。雁回端着一大盆鱼往楼上走,秋声刚好从卫生间出来,快步地走过来帮她端了过去:"我来。"他把鱼盆放稳以后,又回头招呼道:"一起来吃吧。"其他人也跟着招呼,雁回摇摇头,转身跑下楼了。

回到宿舍已经快十一点,叶文心卸完妆,一边轻轻地哼着歌,一边收拾桌面。

"雁回,今天晚上的表演怎么样?"文心边问,边从桌子上拿起一小方蛋糕递给她。

"挺好的。"

"我也觉得效果还不错,师兄都夸我们了。"

"那今天晚上煮的菜还可以吗?"

"维持着一直以来的水准。"

两个人相视一笑，对彼此的回答都相当满意。宿舍一共四个人，现在只有她们俩在。另外两个人，一个为了考研天天待在自习室，另一个和男朋友出去约会了。

两个人躺在各自的床铺上，叶文心拿着自己的手机翻来覆去地看，始终没收到新短信。

"师兄不知道到家了没有，给他发短信都没回。"她说，"好久没见到他，还是老样子。"

是让人舒服的样子，脸上挂着微笑，跟人一点距离感都没有，就像是已经认识了很久的老朋友，雁回想。

"你说他是没看到短信呢，还是没空回呢？"文心问她。

"啊？"雁回脑袋里还在想着秋声，突然被问了问题，有些转不过来，"都有可能吧。"

"咳，算了。那么大的人了总不能丢了。"文心又说。她唠唠叨叨地又拿起手机看了一遍："听说他和女朋友分手很久了，也不找对象，真不知道在想什么。"

"可能挑花眼了吧。"雁回嘴上说着，心里却是另外一番想法：还有女生舍得和他分手？

"你还不找男朋友吗？"叶文心问，"谈一下又不会死，到底在怕什么？"

"我，我还是算了吧。不会有人喜欢我这样的吧？"

"怎么会？"文心突然提高了声音，"今天我们话剧社的社长还说，你要认真打扮起来肯定漂亮。你别老自卑得不要不要的。我都分三次手了，你连手还没牵过。"

"啊？不是才谈了一个？"

"过暑假就分了，目前虚位以待。不过我没打算再随便谈，以前认为只在乎曾经拥有，不在乎天长地久，现在还是想谈一场天长地久的恋爱。"

"是那个让你想天长地久在一起的人出现了吧？"雁回说。

"哎，你竟然懂！"文心惊讶地看了她一眼，"你肯定好奇是谁，我暂时不会告诉你的。"

"他肯定很好。"

"如果可以是他就好喽。"文心翻了个身，伸手摁了开关，宿舍暗了下来，"你再不谈就晚喽。"

学校里绕不开这个话题，人来人往，甜美的暧昧，随意勾着的手指，甚至一场大雨下的吵闹，都是爱情。有时候看到，有时候听到，更多时候是在自己心里默默地期待，然而这样的期待非常脆弱，经常被自己不停地否定。

雁回想起自己高二的时候，那时文理分班了，班里有一个借读生叫黎路。能到重点高中借读的学生肯定是家长在背后做了点什么，而能这么做的家庭肯定不是一般的家庭。但他到底读书有多差劲，连扩招的名额都够不上，而用借读？他自己也似乎自暴自弃，上课时经常睡觉，老师们不待见他，偶尔关注他也是提醒他不要影响其他同学。他总是一个人，吃饭一个人，做课间操一个人，甚至连上体育课需要两个人配合做运动时，他也是一个人。也是，对于借读生而言，学校的任何资源都只是借的，他的成绩好坏与学校无关。

他长得也不是特别帅气，一米七出头，可能是属于"穿衣显瘦、脱衣有肉"的身材，头发又密又黑，直挺挺的像刺猬；浓浓的眉毛搭在凸得有些明显的眉骨上，显得眼睛沉得特别深，睫毛像是从深沟里长出来的野草，又长又乱；宽宽的嘴巴幸好总是闭着，否则真担心一笑就能塞进一只兔子。他最好看的地方就是鼻子，像是拔了一个长得非常饱满的蒜头挂在零星长着几颗痘痘的脸上。他喜欢穿T恤加布裤，背一个灰黑色的书包，跟一般的同学没有什么两样，甚至还有些"土"。可是，这种土让雁回感觉到亲切，仿佛他们是同一类人。

这个土学生就坐在雁回的后面。坐了一个学期，两个人连一句话都没有说过。两个全班出了名沉默与孤僻的人制造了全班最安静的角落，但和他不同的是，雁回的成绩还可以。

下学期，似乎是因为黎路的家长到学校做了工作，老师突然说要给借读生换个位置，让他更加融入班级。但他坚定地拒绝了，原因是他喜欢这儿，比较安静。

雁回听着他们的对话，一愣，抬起头，眼神与老师相遇，顿时红了脸。

"那你好好读书，不要影响其他同学。"

上数学课时，雁回竟然打起了盹，突然屁股被从后面踢了一脚，睁开眼睛，数学老师正盯着她，她赶紧抖擞了精神，假装没有睡着过。

他们第一次说话是黎路走到她的位置上，问英语试卷上的题目是什么意思。

雁回结结巴巴地跟他解释了一遍，他"哦"了一声，也不知道听懂了没有。第二天他竟突然从后面抛过来一颗奶糖，她诧异地回过头，他嘟哝了一句："给你吃。"

期中考后，雁回的成绩比之前下降了不少，看到分数的那一刹那，她差点哭出声来。不过她仍然安静地坐着，等待下课铃响，轻轻地擦掉眼泪。之后她又一个人默默地到食堂，把饭菜端到最角落的位置。饭菜还是和往常一样，一块五就能有一份小白菜、一份豆芽炒豆干以及满满当当的饭和"国际汤",她拿着筷子的手都在微微颤抖,一点一点地把米粒夹到嘴里,牙齿却像失去了咀嚼的功能一样。

黎路端着饭过来坐到雁回对面,她抬起头来看他,眼泪掉到饭里。他也没说话,夹起自己餐盘里的一只炸鸡腿放到她的饭上。

"我不要。"

"鸡腿是鸡身上最好吃的部分,吃点好吃的,能让人开心。"他说,"以你现在的状态可能需要吃一整只鸡,但我钱不够,食堂也没有。"

后来,黎路还是经常端饭过来和雁回一起吃,但也不知道要说什么话。每次他一坐下来,雁回就吃得飞快,吃完马上端盘子走人;但是他如果没有坐过来,她又想看看他在哪里,总忍不住偷偷地瞄一下周围。

有一次做课间操,黎路刚好走在雁回的前面。他似乎比刚来的时候长高了两三厘米,头发理成了平头,布裤也换成了牛仔裤。他走路不快,但步子很大。

雁回正盯着黎路的背影,突然间他像有感应似的回了头,与她的目光相遇。她一时间不知道怎么把眼光抽回来,只好赶紧把头低下,余光里他那似乎能吞兔子的大嘴巴微微一笑。

黎路放慢了脚步,等雁回跟上来,但雁回始终跟他保持两三米的距离。

课间操后刚好是一节体育课,女生测试八百米,男生测试一千米。每次测试八百米,雁回都要担心好几天,因为从来没有测试一次就过的。前一年,第一次跑了快五分钟,体育老师说走路都比她快;第二次补考跑了四分三十二秒;第三次补考终于挤进了四分二十秒,勉强达标。每次跑完,她几乎都是嘴唇发紫,胸部闷得呼吸不了,眼前发黑,像要死了一般,总要好一会儿才能缓过来。

雁回站在队伍里,听着老师在指导跑步技巧,眼睛里却是正在进行一千米测试的男生们的身影,她感觉自己的腿已经开始发软。

开始跑的时候,她一直给自己打气,只要跟紧前一个人就可以。然而不出意外,四百米刚过,她的眼睛就睁不开了,只能感觉到一个个身影从身边跑过。

"完蛋了,我又不行了。"雁回心里想。她的身体越来越重,脚步越来越慢,和其他人的距离越拉越远。突然,黎路出现在她旁边小步慢跑:"九十岁还在坚持晨跑的老太,挺让人感动的。"

"什么呀。"她心里想着。

黎路见雁回的脸色越来越青,突然大吼一声:"跑啊!加油!"然后自己跑得飞快。雁回也迈开步子,像壮士跳崖一般,眼睛一闭,不顾一切往前冲,感觉全身死得只剩下两只不肯停歇的脚丫子了。

一过终点,还没听全老师说的那一句"四分十七秒",她就重重地摔在了跑道上,把在旁边几个青着脸互相搀扶着大声喘气的女生吓得不轻,但也尖叫不出来。过来把她扶起来的还是黎路,他竟然抱起她毫不费力,然后一眼就看到了她已经破洞的白球鞋。

"能把八百米跑得比马拉松还艰难,"他说,"你是蚂蚁吗?"

几个同学走过他们身边,似笑非笑,还有人吹起口哨,有人窃窃私语。雁回挣扎了一下,从他的臂弯里挣脱开来,径直走到旁边坐了下来。她心里有些莫名的感激,有个人在身边似乎真的会令人变得更有气力,仿佛这一两百米的距离所需要消耗的体力会有人帮你承担一半。

晚上自习,黎路依旧趴在桌子上,书本笔直笔直地竖着,不知道他在书本后面做什么。突然后门被风刮开了,他的书本掉在雁回的椅子上。他想伸手捡的时候,她已经帮他捡了起来,刚想递给他,一张纸从书里掉了出来,她分明看到纸上写着几行字:

> 我看着你的时候,你刚刚好看我了。
> 我等你回头的时候,你刚刚好回头了。
> 我想帮你的时候,你刚刚好需要。
> 然而,我和你说话的时候,你沉默着。

这样的日子并没过多久,过完高二的暑假,就没有看到黎路了。一时听说他回原来的学校了,一时又听说到国外去读书了,总之他不见了。没有人会在意一个借读生去了哪里,就像他从来没有来过一样。

只有在树上筑巢的鸟儿才会知道旁边的叶子又掉了吧。

白　露

　　秋声喜欢夜晚的学校。这时候的它像一位穿着红色舞鞋刚参加完舞会的美人,轻舞纤细的指尖精心卸了妆,温柔纯净得像春天雪山融化的冰水;又像是一位在讲台上滔滔不绝、博学多才的老学者摘下了眼镜,斜躺在竹椅上小小地打盹,安详得如同刚出生还未睁眼的小猫咪。

　　夜色给每一座建筑物都涂染了庄重的色彩,每一根摇曳的树枝都放缓了频率,花香落在年轻的衣襟上,连风与波浪都显得悠然自在。

　　大学对于秋声来说,是能让思绪沉淀的家园。在有些冰凉的夜晚,所有搅拌的沙子都落到了心的底部,腾空的地方装满了清新与眷恋的味道,那些因不能说而未说的话,那些因不能显现而未显现的表情,那些不能有却又不能没有的心情,在充满青春味道的夜晚的校园里散发着暧昧。

　　走出校门才发现,已经过去的不是一段普通的岁月,而是人生中最为珠圆玉润的时光。

　　两年多前的省考,临近毕业的秋声选择了一个四百多人报名但只录取一名的岗位,笔试第一,面试第一。

　　他总说这是运气的成分多点。

　　在那个入职季,秋声上岗了,带着很多同学羡慕的目光。

学校离单位大概有二十五分钟的公交路程，所以只要不加班，他都会回学校操场跑几圈又或是到篮球馆露几手，然后到食堂吃一顿饱饭，再绕校园一圈，仿佛自己从来没有离开过。但是这样的机会很少，因为入职以来，基本没有不加班的时候。现在即使是双休日，如果没有接到一两通整理材料的电话，他都怀疑是手机坏了。

单位为单身的同事提供了小公寓。有一天半夜，隔壁比秋声早入职五六年的黄彬喝了顿大酒回来，吐了个昏天黑地。吐出来的不仅仅是一堆秽物，还有血，秋声急忙把黄彬送去医院，那个血淋淋的画面，让他记忆犹新。当天如果不是秋声，也许世上已无黄彬。

"你少喝点。"秋声有一次忍不住劝他，"你都还没结婚，身体还是要顾，到时候拿什么给老婆孩子？"

"知道了。"黄彬答道，也不知听进去多少。

从毕业到现在，虽然是职场的新人，但秋声已经是公寓的老人之一。如果没有和女朋友分手，秋声可能已经搬出了单身公寓。

赵菲菲是个走到哪里都闪闪发光的女生。她长得很漂亮，也很能干，当时追她的男生不少，但她还是选择了秋声。曾经他们也以为可以一辈子在一起。

能干也意味着强势，秋声的三思而行在赵菲菲眼里便是优柔寡断，她经常说秋声是妇人之仁，秋声只是笑笑，不置可否。

是的，秋声喜欢把事情想得周全，甚至是要说出口的每一句话；他希望用温和的方式来对待每一个人，即使是一个满口粗话的小痞子；他总想给人积极向上的勇气，哪怕是面对街边的老乞丐。而赵菲菲不一样，她是一个三言两语、三下五除二就想把事情搞定的人。

大学毕业后，赵菲菲去了一个经济发达的城市，经过六轮考试、面试后进了一家五百强外企，得到了一个听起来满是挑战的项目开发岗位，而那正是她所希望的工作、生活与实现价值的方式。

可能也因为节奏快、压力大，所以她经常在电话的那一头跟秋声抱怨，有时候还会崩溃大哭。

"要不回来吧？"秋声以商量的口吻劝赵菲菲。但他知道她不可能轻易放弃，她是那种越挫越勇的人，眼泪只会让她越来越坚定。

果不其然，赵菲菲十分鄙夷："你不要劝我逃避，我可不想像你那样提前过上养老的生活。"

"哪是养老，简直就是催老。"秋声说。

可能因为距离，又或是观念上的差距，曾经和所有大学情侣一样甜蜜的他们，后来也像所有异地恋的情侣一样争吵。

工作不如意吵，生活不顺心吵，连下一场雨淋湿她刚买的皮鞋，她也能吵得天翻地覆。似乎争吵就是沟通，沟通也是为了争吵。

不知道是否所有的异地恋人都一样，会慢慢地把所有的不顺遂都倒在距离上，直到距离变成了一条倒满垃圾的路，然后既看不到彼此，也没有了跨越垃圾再去和对方在一起的勇气与力量。

秋声从来都是默默地听赵菲菲责备，尽管有时候觉得她根本就是在无理取闹。如果这份感情还要存续，那么秋声自己本身是最有希望维持的工具了，因为以她的性格是不可能妥协的。

曾经他也想过干脆到她的城市，但是辞掉打算干一辈子的工作谈何容易，离开略有特殊的家庭谈何容易，去到那座就全国来说房价颇高的城市落地生根谈何容易。筹码越少，越容易不安。

爱情里从来没有现实，只有权衡与选择。年少轻狂时的爱情之所以可以凌驾现实之上，是因为有些东西还没有出现，还不需要做选择。但它们迟早会到来，当能与爱情抗衡的事物越来越多，当它们的重量之和超越了爱情，该来的总会来。

"我想我没有你想象的那么坚强。"赵菲菲说，"我需要一个更强大的男人，而不是小富即安、畏首畏尾、只想把生活过得风平浪静的人。也许当我决定到这里工作的时候，就应该在你我之间画个句号，而不是拖了一堆省略号。"

秋声默默地听着赵菲菲说话，眼前浮现的是刚上大二时在欢送毕业生晚会上她独舞的样子，曼妙的水袖盘绕着的是一个风华绝代的身姿，而他正是那场活动的策划人。

她有大大的眼睛，在眉心稍右隐约可以看到一小颗痣。她有两片厚得恰到好处的嘴唇，经常笑得灿烂，说话声音也很大，有些公鸭嗓，虽然和她俊秀的外表有些不相称。她似乎和谁都能合得来，并不是刻意地去迎合人，而是自带一种凝聚力。

至今能够想到最开心的情景便是跟她告白时，她眉毛一挑，兴奋地说："我等你说这句话很久了！"像是一朵盛开的牡丹花。

正如有人说的那样，"爱情最美的样子，就是我喜欢你，而你也刚好喜欢我"。

而此刻她说："如果你要讨厌我就随便吧。"

"不会。"秋声说。

"什么意思？"似乎秋声的回答太出乎赵菲菲的意料，"原来是我高估了我们之间的感情，你一点都不难过。"

秋声苦笑了一下，想想最近一次见面已经是三四个月前，他鼓足了勇气向领导一口气请了五天的公休假，跑到她的城市，她不是在加班就是蒙头大睡。难得一个晚上下班早了点，吃完晚饭，秋声说到外面散散步吧，她疲惫地点点头，一路上两个人无言，但对于夜晚的偏爱还是让秋声仿佛回到了大学的时候。看她和一个开着一辆价格不菲的进口车的男人打招呼，眼睛笑弯了，就像当初和他还在情浓时。

别离的时候，赵菲菲说："有时候觉得很累，但停不下来，你说我们该怎么办？"

"要不回来吧？"秋声不知道是第几次这么说。

"那是不可能的。你不能那么自私，我也不会因为你而摇摆人生。"她一如既往地坚决，"我也知道你不可能过来。"

而今切得干干净净想要结束的人，到最后还要看着另一方难过落泪或者是撕心裂肺，为今后谈论起这段感情添油加醋，才能心满意足地离开吗？

秋声第一次显得没有风度地先挂了电话。

没多久，听说赵菲菲有新男朋友了，据说那个男人正在为了赵菲菲而进行艰苦卓绝的离婚战。更多细节，秋声也不想知道。

分手的那天，还是加班到了十点多，一场会议三百多位出席者的位置修改了不下二十遍，最后可能领导也看腻了，说那就先这样吧。

走出单位大门的那一刻，秋声抬头就看到了月亮，饱满得像要崩裂了衣裳，他的眼泪立刻掉了下来。

如果没有记错，上一次掉眼泪是看到汶川地震的新闻图片。

到公交车站搭了7路车的最后一班，到学校时已经临近十一点，秋声找到那棵老梧桐，轻车熟路地爬上去，斜靠在枝丫上。他大一时加入了学生会，各种活动、宣传经常要挂横幅，每一条路上的树成了挂横幅的最佳选择，他永远是那个爬得最多的人。大三了，他还是能脱下鞋子"噌噌"地往上爬，直到有一次赵菲菲嫌弃他："一个学生会干部怎么像只老猴子。"

可是如今那种仿佛细沙在蠕动的时光、他和她走过的每一个角落，在毕业后不到一年里都变成了回忆。他想起了那位写点文字都经

常文理不通的师兄,却在毕业后写过这样一首让他颇有感触的诗:

> 那时候,我们很近
> 闻得到她紫藤花味的体香
> 听着清澈湖水的叮咛
>
> 那时候我们很青春
> 以最朴素的姿态
> 追逐最遥远的梦想
>
> 转眼间
> 各折一叶刺桐
> 散场
> 大江南北,各奔西东
>
> 离人的脚步太过匆匆
> 记忆的老人不慌不忙
> 于是走过了大山大河
> 秀色可餐
> 不及闻一闻东苑的饭香
> 所有酒杯碰碎的光阴
> 不如一寸木棉花絮纷飞的时光
>
> 为何只当回头望
> 才知是故乡
> 此刻,我和你有多远
> 白露泉水昼夜不休一个轮回

再续一丈

好想再来一打啤酒，和兄弟们大吼几声，可是此时天南地北，谁知道他还留在当初的岁月。

可能单身的人会散发孤独的气息，这气息很快就被单位热心的大姐大妈嗅到了。她们十分热心地帮秋声介绍对象，有银行的客户经理、柜台，有中小学教师，有事业单位的编内、非编，还有国企的行政、财务等，基本都是工作稳定、家庭环境好的姑娘，按照她们的话说，娶任何一个都可以少奋斗一套房。在她们眼里，男公务员就是要配这样的女人。

但没有人跟秋声说，那些未婚女性品行怎样、样貌如何。

"这些人都是有权有钱的人家，房子都备好了。"坐在秋声后面的那位白头发都被烟给熏黄了的老头子说，"一套房子得多少钱？有的人干了一辈子也就为了一套房子。"

秋声也从他们嘴里知道，单位里有人当了"驸马"，对象是某某局局长的女儿，又或是某某主任的侄女，同一个系统内结婚的也不在少数。

"如果没有显赫的背景，婚姻是你投资的最好项目。"有一次处长喝醉了，在车上给他做思想工作，"什么爱啊，情啊，到我这个年纪，都觉得一无是处，浪费时间。你看看你走出去和人接触的时候，你说你的官多大、权力多大、钱有多少和说你夫妻恩爱多年，哪一个来得有底气？那些已经换了老婆的人反而得意扬扬。你说是不是？"

但说是这么说，处长还是那个出门一手牵着老婆手、一手帮老婆提包的人。可能他不记得酒后曾经说过的那些话，又或者他只是偶尔有那样突然的想法。

几个月前也有人给黄彬介绍了一个在银行工作的女生。

"每次出去所有的话题都是人民币。"黄彬说，"后面我忍不住就跟她聊马列主义、毛泽东思想，然后那位女士跟介绍人说我没有跟她交往的诚意。"

黄彬刚大学毕业时也曾经交往过一位女朋友，是在一次小聚会上对上了眼。她个子不高，娇小玲珑，显得特别可爱。

缘分有时候就是这么突然。

在如火如荼的热恋期，两个人谈婚论嫁了，但遭到了黄彬在老家做小本生意的父母的强烈反对，理由是她没有一份稳定的工作，因为她是一家私企的业务跟单员。所谓的稳定可能就是在大型的企业或者是政府部门工作吧。

小女生脾气也倔，一听说男方家长嫌她没好工作，就不理黄彬了。女生的妈妈指着黄彬责怪道："你一个外地来的阿北仔，在我们这儿没房没车的，要不是你是公务员，图你工作好点，就你又矮又矬的，能配得上我女仔？"

黄彬本想着父母再怎么反对，也无论如何不能辜负了对方，可是这话一出来，心已经凉了半截。本以为遇到了爱情，没想到人家图的是面包。但毕竟话不是从女孩子嘴里说出来的，所以他还是心存希望，主动联系了女孩子很多次。但最后女孩子还是和别人结婚了，听说对方是一个本地人，家里单单拆迁补偿就上千万元，每天坐在家里收房租就能超过这座城市的人均工资水平一大截。

黄彬作为大龄青年，成为单位单身公寓的常住者。

相亲对象依旧络绎不绝，但似乎相得越多，越不知道自己想要什么样的。

"我最怕有人给我介绍'好女孩'了。有权抑或是有势的父母堆出一个养尊处优的女儿，再帮她找一份没有所谓关系绝对进不去的体面工作，这就是所谓的好女孩。"黄彬苦笑着说，"就像以工作量算绩效一样，女孩的好坏也被量化了。"

"多年相亲经验总结得不错。"秋声说。

"是亲自验证了所有媒婆的说辞的惨痛教训。"

按此说来，婚姻是爱情的坟墓已然算是一种幸运，多少人的婚姻从头到尾就只是一座空冢。

"我生病了。"

时隔几个月后，秋声的手机里收到了赵菲菲的短信。他看了一眼，选择了删除。

"对不起，我发错了。"她又发了过来。

秋声微微抿了一下嘴，还是摁了删除键。

"我是菲菲，好久没联系了，你最近怎么样了？"

也许她真的生病了，也许她真的发错了，也许她是真的想关心他最近如何。

但向往大海、习惯了风浪的渔船，永远不会甘于小港湾的平静，停靠只是需要，而不是想要。

秋声不知道什么时候已经想透了，也许是在每一个回忆过去又不得不面对现在的夜晚吧。

秋　分

上完体育课，雁回已大汗淋漓，把长袖卷得高高的。马尾辫粘在她的脖子上，还可以看到颈部后面的一小块青色胎记。大大的运动裤像挂在两根竹竿上一样，风吹来，裤筒里凉飕飕的。她急匆匆地往宿舍走，只想赶紧冲个酣畅淋漓的热水澡，洗去累积在骨子里的尘埃和汗渍。

"小师妹！"突然背后传来叫声，雁回回头一看，是文心心心念念的师兄，他从二十米远的地方朝着她小跑过来。

"咦，你怎么在学校？"

"继续占用学校资源呀！"秋声笑得很灿烂，像一个贪到便宜的小朋友，但雁回没听懂他占用资源的意思。他又说："你刚上完体育课？袖子还是放下来，这个时候容易着凉，别感冒了。"

雁回看看自己的手臂，突然脸微微发热，赶紧把袖子放下来，满袖子是拍不开的褶痕。

秋声似乎看出雁回有些局促不安，做了检讨："我是有点啰唆。我都还不知道你的名字呢。我叫陈秋声，'树树秋声，山山寒色'的秋声。你叫什么呢？"

"我叫雁回。"

"'雁字回时，月满西楼'的雁回。"秋声爽朗地笑了，"雁字回时，树树秋声。"

雁回也跟着笑了，竟然没有一点违和感，倒像是同一个人取的名字。

"你是四中的？"秋声看到了她的运动裤上还隐约可以看到绣着"福□四中"几个字。

"是。"她嘴上回答，手却不经意地去捂了一下那几个字。这是高中的校裤，质量还可以，她一直穿着，尽管颜色已经发白。

"难怪我第一次见到你就觉得好像见过面似的。"秋声边走边说，"原来还是同县的小老乡。"

"你也是啊？"雁回吃了一惊。她的本意是自己也有第一次见面就觉得像之前见过面似的感觉，但秋声可能会错了意，也幸好他会错了意。

"对，我也是四中的。你大三，我毕业两年，那么你刚进四中的时候，我刚好毕业！很巧吧？"走到生活区与教学区的岔道口，秋声说，"耽误你回宿舍了哈。我去找下老师谈些事，晚上请你吃饭，上次去十味园刷了你的脸，省了不少钱。"

"嗯。"雁回刚答应又马上摇摇头，"我、我还有课。"

"上完课，赏个脸来吧。"秋声依旧微笑着，"我也叫文心一起。"

雁回想了想，便以沉默表示答应了。

这是第一次有异性约她吃饭。

"我们互相留一下电话号码吧，这样等下联系方便。"

报了电话号码后，电话就响了，雁回有点不好意思地从自己的口袋里拿出山寨机，还是胶皮的摁键。她保存了号码。

接下来的那一堂课教授讲了什么，雁回完全听不进去。幸好境界比较高的老师往往都是自说自话，不需要互动，仿佛并不需要人来听。

雁回不停地看手机，觉得每一分钟都过得极慢，但又特别担心，也不知道在担心什么，上牙齿不时地咬咬下唇。

刚和文心走出教室门，就看到秋声坐在花坛边低着头看手机。听到她们两个人的脚步声，他抬起头来，快速地把手机扔进口袋里："你们上完课了。"

文心向来是喜欢精心打扮的，粉色里衬外罩黑色蕾丝连衣裙，裸色绑带小皮鞋，还稍稍画了淡妆，遮住了左脸颊上的一点点小雀斑。

相比文心，雁回就显得随意了许多，但她也特意把头发放了下来，遮住一对大大的招风耳。

小时候听奶奶说，耳垂大的人有福气，但从小到大她都没有感受到福气来临过。

一路上听着文心和秋声谈笑风生，听他们聊社团，聊社交，聊专业，聊考试，雁回竟然有当电灯泡的感觉。她越走越慢，甚至想找个借口离开，正在犹豫着，秋声突然转过头来，站着等她。

"雁回小师妹，是不是肚子饿得走不动了？"秋声笑着问。

"对呀，怎么走得那么慢。"文心抱怨道。

恍惚间，雁回又想起了黎路。有一次，黎路说她不是走路而是在"爬路"。

黎路就那样不告而别了，至今没有任何联系，也没有人谈论起他，否则雁回就能从别人的只言片语里知道他的蛛丝马迹。甚至学会用计算机检索时，她第一次搜索的便是黎路的名字，然而没有一条是关于他的。

黎路消失后的大概一年里,没有人知道她强烈地想他,想起他说过的每一句话,尽管很多时候都被她的沉默给顶回去了——不是喜欢沉默,而是不知道怎么回答他的话,特别是偶尔看到他眼神瞟过其他女生时,她会气鼓鼓地一整天都不看他一眼。

但当黎路离去后,所有的不理不睬都变成了深深的悔恨。

当时似乎没有那么多交集,但是为什么感情却是这般浓烈?

那一段时间雁回会莫名其妙地掉眼泪,吃一顿饭也能走神。她多希望黎路还在她一转身就可以看到的地方。

以至于后来坐在公交车上,听广播里播放陈奕迅那首《好久不见》时,她泪流满面,哭得不能自已。擦干眼泪以后,她又问自己:真的有那么重要吗?

但时间是平复情绪最好的药材,所有的波动最终都会风平浪静,曾经的伤口都已经结了痂。突然有一天,她似乎明白了这样一个道理:

所有的不告而别,都是为了两不相干。

"嗨——"秋声看看她们两个说,"我要是有一根扁担,就挑着你们走了。"

吃饭的地点选在十味园隔壁一家叫作"菜菜香"的小炒店,可能因为是考试季,到外面就餐的人不多,所以显得有些冷清。十味园的老板提前关了门回老家了。

秋声拿起菜单,熟练地点了几个菜,然后又用开水帮两位女生烫了碗筷。

"师兄,你这么贴心,小心我要喜欢上你了。"

秋声微微一笑:"我可不想成为众矢之的,等下连校门都出不去了。"

"怎么会，谁敢这样？"文心说，满眼笑意，"我喜欢谁可和其他人无关。"

"那么多好男生围着你转，你别把别人的真心实意当过眼云烟，老盯着一棵不适合你的树。"秋声说。

文心一下子蔫了脸："可是在我喜欢的男生面前，再多的好男生我都看不见。"

正说着，一盆热气腾腾的水煮鱼端了上来，秋声搓搓手，摆出准备大吃一场的架势。

"雁回，要不要打个电话叫你男朋友过来呀？"

"我？"雁回正盯着满盆的辣椒，心里嘀咕着这一餐下去，不知道下巴会长几个痘痘，被突然一问，脸涨红了，"我……还没男……男朋友呢。"

秋声又笑了："可不要藏起来。"

"上次不是跟你讲过了，她真没有男朋友。"文心帮雁回说话了，"你单位如果有什么青年才俊赶紧介绍一个。"

秋声微微笑了一下，那个表情让雁回看呆了，仿佛似曾相识。那一刻她甚至怀疑是不是上辈子真见过秋声。

"有师兄在，到处都是阳光。"文心也笑了，"其他人在你面前都黯然失色。"

"心里没有挂碍才到处都是阳光。"秋声看着默默无语的雁回问，"你说是不是？"

雁回尴尬地点点头，实在不知道怎么说话，就像一只刚出井的青蛙听猪牛羊在谈论春风、水车还有骑自行车的孩子，更重要的是她在秋声面前有些莫名的紧张，更不懂得怎么说话了。

秋声似乎看出了雁回的紧张，捞了些鱼片往她碗里放："多吃点，这么瘦。"

雁回表面风平浪静，心里已经如巨浪翻滚。也不知道为什么要压抑内心汹涌的情感，为了不颤抖，只好放慢了所有动作，就像电影里放慢的长镜头。

回到宿舍，雁回默默地到阳台上收衣服，文胸的带子已经松了，但仍舍不得扔掉。每次洗完都赶紧挂上去，然后干了赶紧收起来，因为比起文心各式各样、五颜六色的文胸，她的就像是一群花花绿绿的小孩旁边站着一个脏兮兮的小乞丐。她不是想攀比，但自卑感就是这么一点一点堆积起来的。没有天生的自卑，只有一己之力无法改变的"不及"与无法达到的"羡慕"，日积月累，氤氲不散。

突然手机铃声响了，文心叫道："雁回，你有短信！"

"垃圾短信，不用管它。"雁回说。

"真羡慕你。心里没有人就不用在乎有没有人联系你。"文心说着，又看了一眼自己的手机，"要是这个时候师兄能给我打个电话或者发条短信就好了。我都快得手机依赖症了。"

心里有人又如何，他会发短信还是会打电话？雁回想。

"你说我如果和秋声告白，他会不会接受？"文心扑闪着大眼睛问。

"我也不知道。"雁回一边说着，一边把叠好的衣服放到柜子里。衣服不多，但一直都是整整齐齐的，从小奶奶就是这么教的，家里也总是干净利落的样子。然后她才拿起了手机，点开短信：

"雁回，我到了，谢谢晚上一起愉快地吃饭。秋声。"

雁回猛地一抬头，文心正盯着自己的手机，嘴巴喃喃道："他现在应该到了吧？要不我给他打个电话问问看，还是发条短信，这合情合理吧？"

"文心……"雁回叫了一声。

"嗯？"

"啊，我想，我想他应该到了吧。"

"你又不是他，你怎么知道？"文心说，"算了，我还是在QQ上问他吧。"

多少人都是这样，从这个联系方式换到那个联系方式，只为问同样一句话。而那句话下垫了无数想说而不敢说的言语。

"呀，他竟然主动找我聊天了！"文心突然激动地大叫起来，"你的QQ号是多少？他问我你的QQ号。"

"我以前只登过一次，号码我给忘记了。"

"什么年代了，还没用QQ，我再给你申请一个！"

"不要吧！我没电脑，手机也不方便。"

"申请一个，多方便！我帮你挂等级，要几个星星月亮都可以。"

雁回从来没有见文心这么兴奋过，就像一个吃到了喜欢的糖的小女孩。

不一会儿，文心就抄了一张纸："你的QQ号是这个，密码是这个，我去冲个澡，你可以自己改一下密码，我刚刚把你的QQ号告诉秋声了，他说一会儿会加你，你就登上去加一下。"

文心快速地演示了一遍，然后又神秘兮兮地说："他如果问你关于我的事情，你可得帮忙说点好话，坏话千万不能说。"

"知道了。"雁回突然觉得有些好笑。

"笑什么？你不懂，男生追女孩子都是先从女生身边人那里了解消息的。"

雁回登了QQ，果然头像就闪了，那个第一个加她的人备注里说：我是秋声，加一下。

再点开他的签名：心绪逢摇落，秋声不可闻。

"雁回小师妹——"刚加上好友，秋声就飞速地打了几个字，发了过来。

雁回盯着键盘，虽然计算机级别考过了，但是她对打字仍然十分陌生。她好不容易才回了几个字："师兄，你好。"

"在忙什么呢？"

"没忙什么。"

"这周末回家吗？"

"没想好。"

"一起回去吧。"

雁回都感觉到自己的手在抖了。她还没想好怎么回答，秋声又发消息过来了：

"还要打工吗？"

"不用，我打字慢。"

"没关系，家住得这么近，常回家看看吧。"

她还没想好怎么回答，他又发了消息过来："周末我们一起回去吧？"

寥寥几句话，却好像已经讲了很久，雁回隐约听见文心收拾水桶的声音，于是赶紧说："我先下了。"然后连窗口都来不及关闭，就点击了退出。

文心刚冲完澡，她一边擦着头发，一边问："你们聊什么了？

他找你问我什么事了？"

"也没说什么。"雁回回答。

文心用怀疑的眼神瞟了她一眼，随即又笑了："也不能表现得太明显。"

雁回心里既矛盾、紧张，又有一点小喜悦，仿佛阴郁了许久的天空忽然有了一丝阳光，那是天晴的迹象。

"怎么突然掉线了？"是秋声的短信。

"我刚刚用文心的电脑登的，不好意思用太久。"雁回解释道。

"嗯，明白。早点休息……"

周五上完最后一节课，雁回就背着大书包奔向了公交车站，从学校门口的公交站转车到市区的汽车枢纽站，然后再搭车回家。从枢纽站到县城的汽车站大概两个小时的路程，这段路是他和秋声共同的回家路。

秋声的单位离汽车枢纽站比较近，虽然下班晚了一会儿，但是两个人几乎同时到。秋声见到雁回，眼睛里充满了笑意。

"他真的像太阳，总是暖暖的。"雁回心里想。

秋声一把接过雁回的大书包，背在自己身上。他已经斜挎了一个电脑包，手里还提着一个红色大袋子。

"我自己背，也不重。"

"我也不觉得重。"

雁回跟在秋声身后。秋声将近一米八的个头，雁回的头才过他的肩膀，可以看到他掉在黑色上衣上的几片头皮屑。

他回头又冲她笑了。

寒　露

其实，秋声上完高中，就和爷爷奶奶搬到市区去居住了，县城的老房子里住的是伯伯一家。

父亲过世后，母亲精神状态不是太好，住了一段时间院，后来被外公外婆接回了遥远的老家。考上重点大学后，爷爷带着秋声去了外公家，外公说："她又结婚了，日子过得还可以，你们还是不要去刺激她了。"

爷爷看看秋声，秋声看看外公，都不说话了。

秋声也不常看到外公，当时外公大概有六十岁，长得十分高大，说话像是打钟一般。他有七八个子女，但妈妈是他最疼爱的一个。

外公拉着秋声的手，眼眶突然红了，嘴巴里一直念着："不该啊，不该啊！"外婆在一旁扯着大嗓门说："当年我反对她自由恋爱，在学校里谈什么恋爱，小孩子她懂什么，你就宠她，由着她去，看看现在咋样子啦？后悔吧，后悔吧！天下就没有后悔药可以吃。"外公外婆并没有因为秋声的到来而收敛争吵，反而愈吵愈烈。

爷爷知趣地带着秋声离开了，在那座城市玩了几天，然后回了家。逢年过节，秋声也会给外公外婆打个电话问候一下，但始终没有跟妈妈联系过，她也从来没有联系过自己。

秋声隐约记得父母经常吵架，但为什么后来变成这样，他没有问，也没有人说，好像不去提起就能忘记伤痛似的。

渐渐长大后，他也明白了，孩子也是父母感情的一种折射。他不喜欢谈论家庭，虽然爷爷奶奶给了他无限的关怀。

认识雁回的时候，他仿佛想起了记忆中一个伏在大人身上默默哭泣的小妹妹。他记不清她的模样，只记得她那时候很小，却很悲伤，跟那时候的他一样悲伤。不知道为什么，那模糊的记忆至今仍让他有些揪心。

这就是一见如故的感觉吧。说不清为什么，如果非要唯心，那可能真有所谓的前世因后世果吧。

说是回县城里看看，其实自己也不知道要看什么。儿时的记忆并不是那么精彩，甚至有些灰暗。父亲和母亲当年住的那个小房子一直空着，以前是宿舍，后面分给了职工，有些老旧，没有电梯，楼梯是灰黑灰黑的水泥，听说住的人陆续都搬走了，空的都租给了外来打工者。

但父亲的遗像还放在那个老房子里，每年只有到忌日，全家才会去一趟，把房子整理一遍，然后围在一起吃一顿饭，奶奶依旧会掉一些眼泪。

"车来了。"雁回说道，把还沉浸在过去的秋声拉了回来。两个人找靠后的位置坐了下来，厚厚的衣服碰在一起，秋声可以清晰地看到雁回的毛衣起了很多球，还有一双和小脸蛋不太匹配的手，手指很长，但一点都不纤细，关节上的皮满是褶皱。

"你是哪里的？"

"堤北工业区附近的。"雁回本来想回答村庄的名字，但考虑到秋声肯定不知道，于是就大概说了方位。

"我在县医院附近。"

"你是城里人？"

"算是吧。"

"毕业后有什么打算？"秋声转移了话题。他怕接下来的话题是"你爸妈是做什么的"，因为这样会让自己有点难堪，而且也会对雁回的印象大打折扣，幸而她没有问。"也没什么打算。"雁回想了想，"大概是先找一份工作能养活自己吧。也不能走得太远。"

"为什么？"

"就是觉得离家近点好。"

"也好，可以让家人照顾，也可以照顾家人。"

"嗯。"

"挺羡慕现在的你，还在无忧无虑的大学校园里。"

"我倒希望能赶紧毕业，赶紧工作赚钱。"雁回低声说。

秋声笑笑，也没说什么。两个人不约而同地把眼光投向了窗外，冬天的夜黑得很均匀，灯光也有些清冷。

秋声看着身边这个女生，她把头发盘了起来，露出大大的耳朵，侧脸的轮廓特别清晰，双眼皮薄薄的，睫毛不是很长，但长得很密。她坐着一动不动的样子，像是一棵朴实而坚强的杨树。

雁回回过头看了一眼秋声，却发现他在看着自己，脸唰的一下烫了起来。秋声假装咳嗽了一声，赶紧转移了目光，心也扑通扑通地狂跳起来。

一个多小时的时间，大部分是在沉默中度过的，他似乎不需要问太多，就能看透她的所有，而且其实并不需要问那么多，只要她坐在身边，其他的似乎都不那么重要了。

雁回全身忽冷忽热的，她不敢再转回头去看秋声，再对上一个眼神，可能自己就会完全无所适从了。

车终于停了下来，走出车门，是一个高低阶，秋声先爬了上去，伸出手想拉雁回一把，雁回却迟疑了，始终没有把手伸过去。

秋声把身上的背包又给雁回背上，手里的红色袋子也递给她。

"这么重！"雁回才知道这个袋子有五六斤，而秋声拿了一路，即使在公交车上也没有放在地板上，一直搁在大腿上捧着。

"是什么？"雁回问。

"吃的。"

雁回拿着，想了几秒钟，又推回去给秋声，但他没有接。

"我一个人吃不了，你带回去吧。你家人多一些。"

人多一些，也就是两个人，况且奶奶牙齿已经快掉光了，可能咬不动了。但她没有说。她有预感，即使她说不要，秋声也是不会再拿回去的。就当是亲人送的吧，以后有什么东西也送他，她心里想。

"我从这里走路过去，二十来分钟就到了。"

"嗯。我搭公交也是二十来分钟。"

"说不定我们同时到家。"

两个人又站了一会儿，再不走也不知道要说什么了，但还是迈不开步子，都等着彼此能再说些什么。可又过了半天，两人还都沉默着，所有的语言都在嘴边徘徊，仿佛说不完，又仿佛说一个字都是多余。

天越来越黑，周围的灯亮得越发欢畅，临近周末的夜晚弥漫着匆忙与轻松。雁回晃晃手中的红色袋子，说："那我先走了。"

秋声点了点头："小心一些，到了给我发信息吧。"

等雁回过了马路，上了公交，从车窗往外看，秋声还站在那里，往她的方向看。直到车子开了很远很远，还能看到他模模糊糊的影子。

"你赶紧回去吧。"雁回给他发了一条短信。

"好。"

秋声看着短信，脸上浮起一丝笑容。看看周围，小饭馆里都挤满了人，他还是习惯地走向车站对面的沙茶面摊。

读中学时，那里只是一个小小的煮面的锅炉，后面摆着六七张小桌子，每张桌子围着四张塑料的矮凳子。当时的摊主是一对年轻的夫妇，做面很认真，汤底很香，料虽然只有标配的豆干、豆芽、鸭血、肉丸，附加另外收费的削骨肉，但每次量都给得足足的，而且价格也不贵，三块五已经是一大盆。他们只在傍晚才出来摆摊，卖完所有的面就回家。

每次考的成绩还不错，又或是得了什么荣誉，秋声给自己的奖励便是一碗沙茶面。

但是摆一个沙茶面摊，也并不是认真经营就可以了，砸摊的事件秋声就遇到过两次。第一次是两个人，点了两份面，吃得干干净净的，然后站了起来。老板娘一边在围裙上擦手，一边走了过来，笑呵呵地叫道："总共七块钱。"

那两个人突然间一腿扫掉了旁边的一篮子豆芽，其中一个人把桌子都掀了，操起凳子往锅里砸，嘴里骂着非常难听的粗话。所有人都一愣一愣的，来不及躲闪，那两个人就骂骂咧咧地走了。

有人提醒那对夫妇赶快报警，男的叹了一口气说："没用的。"

围观的人也不少，大家七嘴八舌地讨论着，有的说可能是好吃懒做的流氓，有的说是竞争对手故意来闹事的，有的说可能老板夫妇俩得罪人了。但说着说着也就散去，留下他们夫妇收拾着摊子。

秋声默默地拿出十块钱，他身上就只有这么多，给了老板娘。

老板娘低头找钱的时候，他赶紧跑了，只听她在后面叫道："你干什么呢？"

第二次被砸，也是在傍晚，秋声刚靠近面摊，突然从背后窜出七八个用黑布蒙着嘴鼻的黄毛小子，手里操着木棍、长刀，一阵乱砸之后，面摊变得一片狼藉。老板操起一根扁担迎了上去，却被那些人围殴了一顿，他躺在地上呻吟，左腿蜷曲着。老板娘早已吓得浑身发抖，蹲在锅炉旁脸色煞白煞白的，连丈夫被打成什么样子都挪不动脚去看看了。

那些人像是经验老到的砸摊子高手，打完人，摊子也砸得不像是摊子了，就一溜烟跑了。老板娘这才哭喊着扑过来，伏在满身是血的丈夫身上号啕大哭……

从那以后，那对夫妇再也没有去摆过摊了。过了一段时间又换了一对母子，多了很多食料，有大肠、海蛎、瘦肉、鹌鹑蛋等等，但没有之前的味道了，吃的人也少。

"以前那一摊哪里去了？"秋声问。

"那男的被打傻了，哪还能出来摆。"

"打他的人抓到了吗？"

"难哪！"

阿姨见秋声没有回答，又盯着他校服上的标志，一边熟练地剪着大肠一边说："多叫同学来吃啊，我们到这里摆摊，一个晚上要交一百块的卫生费，没人的话，肯定得亏啊。"

十来年过去了，县城似乎除了楼变旧了、车变多了，也没有什么变化。卖小家具的老板还是每天都不担心家具卖了多少，总是慢悠悠地泡着茶，看着人来人往，几十年如一日。

卖沙茶面的还是那对母子，只不过儿子已经长成了青壮年胖子，可能是常年熬夜的缘故，两只眼睛似乎有些水肿，凸了出来。而母亲似乎没有什么变化，还是那么丰满圆润，如果细看，可能还胖了一些。她笑吟吟地问秋声："加什么料？"

"肉丸、豆干、鸭血吧。"

"还有呢？"

"削骨肉吧。"

"还有呢？"

"这样就够了。"

她见秋声没有再加料的意思，又问："菜是放生菜还是空心菜？"

"豆芽吧。"

"现在哪里还有人敢吃豆芽，有些没良心的用药水去泡，结果一颗老鼠屎坏了一锅粥，害得我们都不敢放豆芽了。你还是少吃为好。"她唠叨起来，"现在吃到肚子里的都是掺东掺西的，害人哪。最近猪肉也涨，猪都不给养，说是污染环境，结果嘞，听说外国那些死猪肉都走私过来了，又便宜，煮一煮，根本吃不出来，都是香贡贡。真是害死人啊。"

"好啦。"她儿子喊道，"你哦，别人说什么就是什么，然后到处传，这样都把客人给吓走了。"

"我哪有！"她还想辩，又被儿子打断："老爱讲这些有的没的！又不是所有人都这样，别因为一个人一棍子打死一堆人。这世道还是有良心的人多，被你说得太可怕，谁还敢活？"

雁回回到家，屋里黑灯瞎火，一盏灯都没有亮。她走到厨房，看见奶奶坐着烧火,背影像一个小孩子,铝锅盖斜着放,锅里的粥翻腾着冒出一捧捧的水汽。

"阿嬷!"雁回叫了一声,"怎么不开灯?"

奶奶转过头来,手里还拿着烧火棍,吃了一惊:"你回来啦。放假了吗?"

"嗯。"

"我都忘记了,过得都不知道今天是什么日子了。"奶奶边说边艰难地站起来,"我再去加把米。"她摸着墙壁,抓到一根绳子,然后拉亮了电灯,看到雁回手里的东西:"你又买什么?可不要乱花钱。我什么都咬不动。"

这样的话雁回已经听了很多遍了,为了省钱,奶奶总表现出什么都不想要的样子,然而她心里其实还是会有些渴望。

雁回打开了袋子,看到里面有一包封肉,还有各式各样的坚果,她忍不住笑了。

奶奶也走过来拿起那包封肉,眯着眼睛看了很久:"这个很贵吧?包装得这么好看。"

雁回不敢说是秋声送的,因为担心奶奶问起来,不知道该怎么解释。

吃饭的时候,还是稀饭配着腌萝卜,不过因为她回来,奶奶多炒了一个鸡蛋。

"现在坐车回来还得花十块钱吧?"

"嗯。"

"钱真是好花不好赚。不过你别烦恼,最近破烂的价格还不错,每天能卖到二三十块钱。"

"嗯。"

"你现在也二十出头了吧。"奶奶又开始絮絮叨叨,雁回知道她又要开始说什么了。

"我在你这个年纪连孩子都生了,但我知道,读书不一样,读书的时候就专心读书,不过有时间你也多多留意学校里的男孩子,谈得来也相处看看,不然等你毕业了再找对象,年龄就大了。"奶奶说,"我前几天到蔡店去捡破烂,听说有个女孩子现在都三十好几了,还没嫁出去,她阿母可是愁白了头发。这男孩子上三十都得催了,女娃三十怎么找对象呢?"

"嗯。"雁回出了声,表示有在认真听。

"咱们家就你一个女娃,我也想留你在身边,但咱家没有新房子,也没有积蓄,好人家的男孩肯定不愿意入赘。如果有人愿意娶你,你就去。你要是嫁出去了,别人家不愿意让你老跟家里人来往,你也听话一点,少回来,我现在还能吃能跑的,你别担心。还有,千万不要和婆家人吵架,什么事情都要学会吞忍。只是,我去的那天,你可得在我身边。我若去了,也不知道你舅公会不会来看看我,应该不会,等我去了,我的灵魂再去看看他。也不知道他现在怎么样。前些天我还梦到你阿母回来,跟我睡在一起。她小时候挺坏的,像个男孩子,还会跟老师打架,长大了懂事、乖了,却没什么好下场……"

"阿嫲,快点吃饭吧。"雁回催她。

霜　降

已经接近黄昏，奶奶催促雁回赶快回学校，担心天黑了路上不安全。

当年奶奶种田时，总是凌晨才跑到沟渠里，把渠道里的水引到田地里灌溉，因为凌晨的时候不需要和人相争。雁回记得那沟渠两边长满了相思树，相思树丛里到处是坟墓，重重叠叠，连蟋蟀的叫声都特别凄凉，可从没听过奶奶说怕。

奶奶还是一直催，她不知道雁回在等秋声的电话。

难道他已经自己回去了？雁回想给秋声打电话问问，但又胆怯了。踌躇之间，电话响了，果然是秋声来电话了，她赶紧接了起来。

秋声问她在哪里，打算接她一起回学校。雁回心里有些欣喜，但又慌不择词地拒绝。秋声还是执意要来，雁回说："我去四中那儿等你吧，你过来也顺路。"

电话那头，秋声无言，过了一会儿才说："好，你自己多小心一点。"

四中位于他们两家之间，也是他们人生轨迹里的交集处。

雁回坐上公交又在四中站下了车，还没看到秋声过来。她回头看看，中学的大门已经变得非常气派，足足有十米宽，是闪闪发光的伸缩门，用大理石装修的保安岗亭也是气势不凡。另外一边是一个巨大的LED显示屏,上面滚动显示的是历年来考上清华、北大的学生的名字。校门旁那一棵巨大的木棉花,在这个季节光秃秃的。当年上学时,校门还是两根石柱子上顶着一片长方形的水泥板,水泥板的边缘还镶上了印着绿色菱形图案的长条砖,还有两扇平板朴实、生着锈的铁门,秋声也曾在这个校门进出过。

进过同一扇门,走过同一段路,说不定还曾经在同一个教室听过同一个老师讲课。只不过有三年错位。

"嘀嘀嘀。"一辆黑色的小汽车停在雁回身边,只听到秋声叫道:"雁回!"

"这是我伯伯淘汰的旧车,让我练练手。"等雁回坐好,秋声解释道。

"嗯——"雁回闭着嘴巴发出声音,带着一点往上翘的尾音。

"委屈你当当新手的小白鼠了。"

雁回抿着嘴笑了,耳朵又跟着红了起来,竟然有点担心秋声会听见她那颗加大马力跳动的心脏发出的"扑通扑通"的声音。

幸好,她的坐立不安在秋声眼里,是因为自己的车技不行才导致她紧张了。

到了学校,天已经暗了,雁回拉开车门飞快地下了车,但又赶紧道了一声"谢谢",便站在车门边,一时间不知道说什么好。秋声探出头来:"我明天早上开会,现在还得回去赶一份材料,你早点休息。"

回到宿舍,文心问她:"谁送你回来了?还开车呢,那人是谁呀?"她看到雁回一脸诧异,又说:"我刚在阳台上都看到了。"

"看到了还问。"雁回说。

"没看清好不好。"文心又问,"莫非有人追你了?"

雁回收拾着包里的东西，没回答，她心里也没有答案。

文心见她没说话，又像是在自言自语："秋声师兄似乎有喜欢的人了，不然我暗示他这么多回了，他都领会不到。"雁回静静地听着，手也没停下来，看似漫不经心，其实听到秋声的名字，她的心还是动了。

"我爸动用了关系帮我把工作找好了，这周我就得收拾一下回老家去实习了。我可真不想回老家去，可现在好像不得不放弃了。如果秋声他，他给我一点点回应，哪怕只是只言片语，我肯定义无反顾地放弃一切留下来，因为我不会像赵菲菲一样，放弃这么好的一个人。"

文心絮絮叨叨说了这么多，雁回似乎就只听到了秋声和赵菲菲这两个名字，于是问道："赵菲菲是谁？"

"就这个呀。"文心点开空间相册。

里面那个眼神里透着干练、和非常著名的一位全球五百强企业的CEO握手的女性就是赵菲菲。

"以前她的相册里都是和师兄的合影，现在一张都没有了，全部是工作照了。"文心说，"听说秋声师兄的父母在他很小的时候出了意外，他是跟着爷爷奶奶长大的，在那么不幸的家庭中长大太可怜了。赵菲菲也太狠了，说甩就甩，这是我跟她不一样的地方，要是我绝对不会和他分开。"

雁回第一次知道秋声的家庭情况，竟是从别人口中得知。赵菲菲那么漂亮，跟他真的很相配。原来他喜欢那样的女生，与自己完全是两种人。

自己还曾心生欢喜，在眼神刹那交会时，还以为他对自己也有好感。

无论是和优秀且漂亮的赵菲菲,还是和多才且执着的文心相比,普通而无闻的自己到底有什么能让秋声偶生心动的一瞬呢?原来终归是自己自作多情。她突然间憎恨起没有任何色彩的自己。

晚上,秋声发来道晚安的短信,雁回看了一眼,想回复,但还是克制住了。

不一会儿,听见文心兴奋地叫起来:"师兄给我发信息了,问我们休息了没。"

雁回用被子一蒙头,没有说话。第二天醒来打开手机,还是秋声的短信:"听文心说你早早睡了,做个好梦。"

她很想问他是不是还喜欢着赵菲菲,但是说不出口。如若不是有好感,不知道从什么时候开始的每天道晚安的短信算什么?不过也仅仅是短信罢了。自己心里的翻江倒海,也许在对方看来不过只是因为她是他的"小老乡""小师妹"而已。她越想越多,想得越多就越烦躁,无法厘清自己的思绪,狂躁得像一只落入沙漠的东北虎。

可能是等不到雁回的回复,所以秋声索性一大早打来了电话:

"你昨天晚上不舒服?"

"没有。"

"听你的口气不像没有的样子。"

雁回沉默着不回答。

"难道失恋了?"

秋声像在开玩笑,又像在试探。一时间,两边的空气像是凝固了一般。如果他顺口问"喜欢的人是谁",也许雁回会忍不住说出"你啊"。但是没有,而后,又是认真的沉默。

"你赶快去上班吧,现在都快八点了。"雁回说。

雁回一整天浑浑噩噩的,晚上又早早地躺了下来,没有什么可干的，也不想干些什么。

"叮咚"一声，短信来了："我在你宿舍楼下。"

"都十点多了，你怎么还在学校？"

"我刚到。下来吧！"

雁回赶紧起来，跑到阳台上，看到秋声站在路灯下，影子很长很长。她来不及披上大衣，就狂奔下了七楼。

秋声看着她气喘吁吁的样子，问道："你是不是用跑的了？"

她点点头。

"你这两天……不太理我。"秋声说。

雁回没有回答，她不知道该怎么回答。越是喜欢越是患得患失，越是患得患失越是拘束，越是拘束越是不知道该如何开口，明明心里藏着千言万语。

"张雁回，如果你心里没有喜欢其他人的话，我们在一起吧。"秋声突然说。

雁回不可置信地抬起头，看到的是秋声真诚而又期待的眼神，脑袋仿佛瞬间成了一个蜂窝，密密麻麻的蜜蜂在里面嗡嗡作响。

这一切来得太突然。她幻想过有一天可以成为秋声的女朋友，但是她也清楚地知道那是幻想，只是怎么突然间这幻想的东西猝不及防地实现了呢？那么违背自然法则，以至于这一瞬间，她以为自己在做梦。

"沉默是答应吗？"秋声看着她那张茫然无措的脸，轻轻地问道。

"等等！"她转过身去，大口地呼吸着，感觉自己快窒息了，她的脑海里竟然浮现出了奶奶身穿大红色衣袍、头戴红色春花，开心地扶她出嫁的画面。

他刚只是说"在一起",她却想到了往后的岁岁年年。

"你……你是说真的吗?"雁回深深吸了一口气,转过身来,颤抖地问道。

秋声点点头:"那天我们一起回学校,有一瞬间,我在想,也许坐我副驾的第一个女孩就是我生命中遇到的最好的女孩。我也说不清为什么,也许是命中注定吧。"

他认真的样子,让她相信自己在经历的不是一场梦。她突然眼眶红了,嘴唇也在颤抖。"那我,那我们结婚后……我阿嬷……我可以带着我阿嬷一起吗?"她感觉自己眼泪快掉下来了,"我妈妈生我的时候过世了,我爸爸、我爸爸后来也出意外了。我还有一个亲生的爸爸,但根本没有来往。我只有阿嬷了,我嫁出去的话,我阿嬷就没人照顾了。"

他的感觉一点没错,这个单纯可爱的女孩认真得有点傻,才跟她告白,她已经想着出嫁,想着过一辈子了,这样认真的表情真的很动人。

她又絮絮叨叨地讲起了家里的情况,那也许是她心底最牢固而又悲痛的枷锁,只有不嫌弃她戴着刑具与累赘的人,她才敢坦诚地和他牵手。面对这个自卑到骨子里的女孩,秋声也忍不住红了眼眶,本想抱着她,可是看她微微颤抖的样子,他只是拉住了她的手,手心冰凉。

不知道会不会有人有相同的感受,见到那个人,无关乎时间长短,也根本来不及多想,就有了天荒地老的决心。

知道秋声有了女朋友,黄彬迫不及待地约了他们俩出来,说是庆祝。

在海边的大排档，深秋的风里带着湿冷的气息，热气腾腾的水煮鱼端了上来，秋声帮雁回盛了一大碗。黄彬自斟自酌，说道："你能看上秋声，说明眼光不错。来，咱们喝一杯。"说完，他帮雁回倒起了酒，却被秋声给挡住了。

"我想喝一杯。"雁回眼巴巴地望着秋声说。

"哈哈……"黄彬得意地仰头大笑，周围的目光全部被他吸引过来。

"好，那喝点。"秋声说。

雁回端起黄彬帮她倒满啤酒的杯子，抿了一口，然后喝了大半杯，并没有什么感觉，又把剩下的半杯喝完了。黄彬一看，这家伙能喝，又马上帮她满上了。雁回赶紧说："我会不会喝太多了？"秋声说："想喝就喝吧。"黄彬点点头："真羡慕你们。你看，不需要很多钱，不也快乐着？"

"如果有很多钱，我想会更快乐。"秋声笑道。

"你要真的那么看重钱，丁处长介绍的那个银行行长的女儿你怎么一口回绝了，就和这个小女生在一起了？"黄彬话刚说出口，立刻觉察不对，于是赶紧向雁回补充道，"我不是说雁回比不上她，如果是我，我也喜欢你。"他说到这里还故意瞟了一眼秋声，但立马感觉自己又说错话了，只好继续解释。"在社会里打滚越久，越知道纯真的可贵，那是金钱买不来却容易被腐蚀的。我多希望你永远像这时候这样，不会去问别人家里是做什么的、工资一个月多少、是什么级别、有房子吗、有车子吗、有兄弟姐妹吗。你知道问兄弟姐妹是做什么？是为了避免以后分家产。"他停了停，见雁回没回答，又接着问，"你知道秋声现在是什么级别、一个月工资多少、家里资产有多少吗？"

雁回摇摇头，这些问题她连想都没有想过，只要是他，不就很好了吗？即使身无分文，但想到能一起打拼也会觉得温暖而快乐吧。何况，他并非一无所有，而是如此优秀，优秀得让她直到现在仍时不时感觉自己在做梦。

"很好！"黄彬嘴上这么说，却是在摇头，"秋声啊，好好保护这份纯真，哥们儿这辈子是遇不上了。只是这份纯真不知道什么时候会消失殆尽。你开始找工作了吧？"

"正在找。"雁回回答。

"秋声，你也不帮帮人家小姑娘找个工作，让她一个人怎么找？现在找工作都是连三姑六婆都出动了的，没有关系谈什么好工作？你看过哪些有关系的人的孩子去卖房、卖车、卖保险的？"

"工作没有贵贱，自己找份适合的、称心如意的比什么都强，你说是不是？"秋声说。

"对，我想自己试一试。"

"好！"黄彬突然大叫一声，"为祝你找工作圆满，我决定送你一首诗，这是我曾经的暗恋对象写的，以前我觉得写得很矫情，现在想想很适合你。"

他借着酒劲，高声朗诵起来：

> 我有斗笠、蓑衣和扁担
> 挑着烟雨远方
> 不管怎样，我要启程
> 拖上抑郁的黑狗
> 及吞在它肚子里的梦想

远方很远，长路很长
两道长满了茂盛的眼睛
艳丽的嘴巴
愿你敲开的门
开门的人
都面带春风，心地善良

一阵寒风吹过，他先是打了一个寒战，又打了一个饱嗝，转身跑到路边吐了起来。

暖 冬

立 冬

　　西伯利亚的寒流就像密不透风的箭阵射向北方,不过越过高原与山脉,到达郁郁葱葱的南方时已是强弩之末,再没了之前的锐气,但还是让东南沿海的这座城市在一夜之间进入了冬天。

　　法国梧桐的叶子卷曲着取暖。凤凰树细小的叶子落了满地,像给沥青马路蒙上了一层薄薄的淡黄轻纱。这座生机盎然的城市一夜之间沧桑了许多,连灯光都有些慵懒。

　　秋声握着方向盘的双手有些冰冷,他小心翼翼地开着车,尽管冬日的清晨路上空荡荡的。

　　广播里熟悉的老声音絮絮叨叨地讲述着孩提时家乡下雪的情景,这对于从小生活在南方的秋声来说,充满了新奇。他听广播的习惯是从初中的时候开始的,这么多年来,主持人换了好几轮,尽管风格各异,但温度一直传递着。这大概就是这座城市的广播文化,薪火相传。

　　一座城市有一台像老朋友一样存在的广播,则无论路桥、楼房如何变迁,它都能让你坚定地认为:就是这里!宛如小巷子里那碗飘香的扁食,无论时间怎样流逝,味道从来不曾变过。

　　这是秋声舍不得离开这座城市的原因,当然更重要的是他的家在这里,对他最重要的家人也一直在这里。

在所有人都认为他有足够的能力到大城市闯荡并取得这个社会认可的成功时，他选择了留在家乡，也许对于别人来说是出乎意料，但对于他来说这是从出生就注定的选择。

优秀的目的并不是为了取得世俗的成功，而只是让自己有更多的选择。何况，"优秀"从来都是别人给他下的定义，对于秋声来说，自己不过是一介凡夫俗子罢了。

行驶过堤北大桥，两边窗外一片苍茫，海平面上水汽氤氲。这座具有城市标志性意义的大桥，原本两头都是泛着盐渍的农田，而今大桥一头粘着填海而起的工业区，一头挑着繁华的新城区，桥体在申报全国文明城市的时候被刷成了天蓝色，双向车道之间种满了三角梅。这个季节正是它盛放的时候，在这原本冷清的时节里，玫红色显得特别温暖与美丽。

在限速八十公里的桥上，他把时速降到了四十公里，偶尔一两辆集装箱货车从旁边呼啸而过，桥也跟着晃动。

"他还在这片海里吧。"秋声想。

"他"是秋声的父亲，建造这座桥的工程师。所以每次经过这座大桥，秋声都会刻意地降低速度。

在大桥竣工前一周，他意外坠海了，至今没有找到。

没找到，就意味着他可能没死，但这也只是活着的人的梦罢了。

他的离去给家里带来的是沉痛的打击。那个活着时似乎不像家人的人，在离去之后似乎又显得过于重要了。他的断折，也让家倾颓了。那段日子，家，是一个又湿又冷的名词，让人绝望。

从小，因为父母工作繁忙，秋声就一直由爷爷奶奶照顾着，周末的时候爷爷奶奶会带着他到父亲母亲生活的房子里。但那里，秋声从来不觉得是家。他知道父亲和母亲的感情并不好，他们只要见面，要么吵得不可开交，要么一句话也不说。父亲后来索性不回那个房子了，即使回家也是回爷爷奶奶的家。但只要他一回来，家里就是一片沉重，关起门来，谁都知道，爷爷在说他，奶奶在劝他。

奶奶跟秋声说："你爸要是回来，你就跟他说不要在外面住，回去和你妈妈住。他若不答应你就哭着求他。"

有一次父亲回来，奶奶让他把她教的话说了，父亲一把把他抱在怀里，什么话也没有说——也许那时候说了什么，但他不懂，也记不清。

只是母亲和父亲每次都如火星撞地球又或是像两座毫无瓜葛的冰山的样子，让他有时候宁愿他们永远不要见面，这样世界就能和平一些。

父亲真如秋声所愿，出现在他有记忆后的生命里的次数并不多，父亲于他似乎可有可无，却又是秋声人生中的奢侈品。

对父亲的回忆只能到此为止。因为不论如何思念，都要波澜不惊，让所有的事情都由他人去言说，不去深究，不去追问，这是对活着的人最好的对待。

人生而不能选择自己的父母，所以即使是这样似乎从来不曾让他感受到家庭温暖的父母，他也从未抱怨过，抱怨只是徒增不快罢了。

"叭——"旁边的大卡车冲他长按着喇叭，他恍然惊醒，自己在不知不觉中占用了两个车道，他赶紧转动方向盘，回到其中一个车道上，随着车子的惯性，本来在眼眶徘徊的泪珠滚了下来。

下桥拐向工业区的马路，路两边是像复制粘贴一样的一栋栋通用厂房，风吹日晒，外墙的颜色已经旧了。工业区的路四通八达，再往东五分钟车程便是工业区与村庄的交界，远远就看到雁回站在那里，四处张望着。她穿着及膝的墨绿色毛衣，围着亮黄色的围巾，一点都看不到冬天的厚重感。她朝秋声挥挥手,然后奔过来,拉开车门坐了进来,随身带着一股寒气。"这温度变化太快,冷死了。"她说。

秋声摸摸她的手,像刚从冰箱里取出来一般,于是把暖气又开大了些。

"现在是上班时间,村里到处都是人,你开车的时候慢一点。"雁回的声音有些颤抖,双手放到嘴边哈气。

这是一个城乡接合部,村里的主干道是一条勉强算得上两车道的水泥路,路边摆满了各种小摊,将道路挤得只剩下一辆车宽,两边的小贩们忙碌而精准地操持着生意,再加上匆匆赶着上班的人,开着车简直寸步难行。路的两旁是密密麻麻的六七层高的民房,和所有城中村的房子一样,一个窗户便是一户人家,隔墙就能听得到打呼声,而随处可见的垃圾堆就像是城中村的标配一样。

雁回怕秋声找不到路,于是早早地就站在村口等他。

雁回仿佛看出了秋声在想什么,说:"虽然脏乱些,但总比以前工业区还没开发时来得好,以前村里连个小卖部都没有,买包盐都得跑到隔壁村的小卖部。"

"脏乱也是一种特色。"秋声回答。

车终于停到了雁回的家门前,在四周都是几层高的楼房的映衬下,这座石头砌成的平房显得有些特别。在这拥挤的村庄里,它前面还有一个宝贵的院子,院子的一角堆满了纸箱、铜铁和塑料,但没有凌乱的感觉。

一位驼着背的瘦小老人站在大门旁,羞涩而不自然地笑着,她的牙齿掉得一颗都不剩了,笑起来像个开心的婴儿,爬满皱纹的脸仿佛一张没有悬念的问卷,上面写满了风霜。她发白的头发梳得整整齐齐,挽了一个小小的发髻放在脑后,上面还别了一朵用铜线串上红色小珠子做成的花儿，特别显眼。枣红色的大棉袄套在她瘦弱的身上，再加上直筒的黑色布裤，看起来有些不合身，但有一股善良、亲切、纯朴、温暖的气息。

秋声挺起胸脯，快步走近，响亮地叫了一声："阿嫲！"

老人盯着站在眼前高大的秋声，又眨了眨眼睛，突然像在跟旁人说话一样："这不是开仔吗！"刚说完，又摇摇头，喃喃道："我眼花了，看成开啊。老翻颠，开啊去了好几年了。"她念完才又赶紧唤道："进来坐，进来坐。"

这就是目不识丁、靠着捡垃圾养活她孙女的老人。

秋声跟着她蹒跚的脚步跨入大厅，可能因为周边都是比这石头房子高的民房，所以十几平方米的大厅里光线不是很好。作为地板的砖已经褪去了红色的"皮"，只留下粉色的布满小坑的"肉"，但很干净。两边的房门对着大厅，上面还挂着小碎花的门帘。厅的右边是方形的杉木饭桌，上面盖着红色的塑料罩子；左边是一条三人座的黄蓝相间的条纹布艺沙发。正中间是供着观音菩萨、土地公、灶君公三尊佛公的中案桌，桌的右上角有三幅遗像，因为光线不好，秋声看不清脸孔，但已能大概猜出他们中应有雁回的父亲、母亲。他们的前面是一个已经积满香脚的香炉。中案桌的左边是一个一米高的小木桌，上面摆放着一台"大屁股"的电视。

奶奶看到秋声眼神扫过那些遗像，念叨着："他们都早早地去了，待在那儿比较轻松。"眼神和秋声对碰的时候，她赶紧把目光收了回去，嘴巴一咧，又露出光溜溜的牙床。

关于秋声，她经常听雁回说起，不过大部分事情她听不懂，只知道他有一份稳定的工作，家庭和雁回类似，从小父母就不在身边，受爷爷奶奶照顾长大，而且爷爷奶奶也都有正式的工作。何谓正式的工作,以她的理解应是和春山一样的,在城里分了房子,有稳定的工资,老了有退休金。只是想到春山,她总得深吸一口气,不说也罢。

雁回说,秋声对人很好,这就够了。但她还是担心,当年国强一开始对莲绣也很好,好到所有人都以为他们可以和大部分夫妻一样,一起过完一辈子。

"秋声。"她轻轻地唤他的名字,叫得并不是很利落,"你家里人有同意你娶我家雁回吗?"

"我跟他们提过,他们充分尊重我的想法。"秋声说,"之前想带雁回一起回去,但她还是想等您见到我后,再跟我回去见我阿公阿嬷。"

奶奶抿着嘴笑了:"我也是,只要回仔喜欢,我都可以。"

"阿嬷,谢谢!我和雁回说好了,到时候我们和您一起生活。"秋声说着,去拉她的手——已经瘦得皮包骨,像晒干了的树根,手指变形,就连指甲也没有一个是完整的。

"我老了,脏兮兮的,随便过过就可以,不能给你们年轻人添乱。"她说着,却想起了莲绣,眼眶红了。

"不管怎么样,都要带您在身边。"秋声说。他知道雁回内心深处的担忧,眼前这位瘦小的老太是她最深的牵挂了。

"不用,不用。"她摆摆手,"我就跟老木头没什么两样,在哪里都可以,你们好好的就行。"其实她虽然嘴上这么说,但心里已经乐开了花。她想了想又说:"你们有地方住吗?人家说借人死不借人生,有地方住就不用怕了。"

"我们就住在这里!"雁回说道,"离上班的地方也近。"

奶奶心里高兴,忍不住想笑,但是又担心笑起来不好看。

本来秋声来之前她还担心了一夜,只要一闭眼就能看见当年的莲绣，说好的"半来脚去"，两边照顾，最终也只有莲绣向着母亲。

那时候，工业区还没开发，村里人还是以种田为生，她起早贪黑地种了不少蔬菜，就等着长成了拉到菜市场上卖些钱，给莲绣添补添补。但她不会骑车，那一筐一筐的菜还是得莲绣回来帮她载到菜市场去卖。去菜市场的路上有一个坡很陡，总得下车推，可是莲绣从来舍不得花两毛钱请在路边等着做这门生意的人帮忙推一下。卖完菜回来天才刚亮，她又要赶回婆家煮饭、做家务，即使怀孕了也是如此。有时候蔬菜滞销，莲绣回来晚了，回去还要被含笑数落一番，国强也没有给过她好脸色。

所以后来她深深地懊悔，自己不应该种那么多菜，让莲绣回来帮忙，这样做不过是增加莲绣的负担，害得她既要干娘家的活，也要干婆家的活，更惹得婆家对莲绣深深地不满。

往事不要再提。

如今终究是结出了希望的果。

"让雁回读书是对的，自己拼死拼活也是值得的。读过书的人不一样。"她心里想。她帮秋声倒了一碗开水，笑吟吟地望着他："我哥也是读书人，雁回爸也是读书人，你也是读书人，读书人好，读书人好。读书才有前途，不用做苦工。"其实她是觉得读书人温和、心慈，但她所知道的词汇没能表达她的感受。

她还是笑着，似乎也没有什么需要知道、需要再问的了，也不知道要问什么，她能担心的都已经被消去了。

雁回早已在厨房忙上了，烧火的灶不早点做饭，怕是赶不上"城里人"吃中饭的时间。阿嬷走进来熟练地从翻腾的锅里捞了一碗白米饭，她没有牙齿，天天喝粥，捞起的白米饭是为了给中案桌上的"人"吃的。

米饭放到遗像前,再摆上三双筷子,点上两炷香,她嘴里念念有词,秋声隐约听到大意应该是请他们一起来吃饭。雁回也跟着点了香,并递了两炷给秋声。

虔诚地祭拜过后,秋声毕恭毕敬地向前将香火插到香炉里时,才看清了遗像上的人,从右往左分别是:

张大海、张莲绣、张荷开。

当秋声的眼睛定格在最左边的那幅遗像上时,突然脑袋里一片空白,香火掉下来的香灰落在他的手背上,还带着热度。

他不敢相信眼前遗像里的人竟是自己的父亲,那还是父亲而立之年的样子,浓眉大眼,含着笑意,依稀可以看到细细的胡子。他从来没有见过这样的父亲,和那个回家时从来都是耷拉着脑袋、表情沉重的父亲判若两人。

往事一幕一幕,在他刻意模糊的记忆里越来越清晰。

阿嬷不知道秋声为何僵在那里,絮絮叨叨起来。

"死了一二十年了,很年轻就都死了。绣仔生回仔的时候就死了,才二十多。开仔死的时候也才三十多一些。两个人都没福气,不能活久一点,要是能看到回仔成人多好。"奶奶念着,也许这些话她已经念过很多遍,所以表情特别平静,"绣自己早走了,也不去投胎,非要等开仔,把开仔也带走了。开仔刚死那会儿,绣托梦给我说对不起我、对不起回啊。开仔站在旁边不说话,我问他:你走了,你父母怎么办?你们的儿女怎么办?他一声不吭就给我跪下了,拉着我的手一直哭一直哭。直到鸡啼的时候两个人才走。"她说到这儿停顿了一下,又继续说"回仔从小就过得苦,要是娶了她,两个人要相好,互相忍耐,再怎么样都不要离婚,离婚害死人哪。"

小 雪

  秋声的爷爷退休了十来年，和其他爱回忆从前的老人不同，他从来不说过去，有空的时候还是喜欢读书、看报。他说话不快，但沉稳有力，头发有些花白，整个人依旧十分精神。

  对于秋声此前提出的申请调回县城工作的想法，他没有反对，老伴却十分担忧。他还劝她："年轻人有自己的想法是好事。现在和我们以前不一样，以前的人总想着往大地方走才有机会，现在愿意到基层工作的年轻人不多，只要肯打拼，到处都是广阔的天地。"

  秋声也跟他提起过女朋友的事情，他看起来很高兴："农村的女孩子能够考上重点大学非常不容易，肯定得家长明理、孩子懂事。两个人合得来最重要，你们好好相处。"

  只是听说女孩子家境不好，父母早逝，他内心也有过矛盾，这样的家庭多多少少对孩子是有负面影响的，自己的孙子不也是如此？外表看起来阳光灿烂、谈吐有度、彬彬有礼，私下的他却经常沉默。可能气味一致的人更容易互相吸引，所以他会喜欢上和自己一样境遇的女孩。

  爷爷是这么想的：就让他们互相取暖吧，也许这样的温暖能够慢慢化解孩子在心里结的冰。老伴儿听说了女孩的情况后一直想反对，因为她总认为以他们家的条件，完完全全可以找到一个家境更好的女孩。只是秋声的坚定和爷爷的支持，让她这个失去了儿子的母亲心软了，另外，她也相信秋声这个从小到大都懂事得让人心疼的孩子。

秋声和爷爷是爷孙，也像父子。秋声从小就不问父亲的事情，但现在他有些无奈地举着手术刀重新挖开了陈年的伤口。

秋声坐在靠近茶几的地方，烧了水，把茶泡上，茶香四溢。红木沙发早已铺上了金色的软垫，阳光洒进大厅，几幅书画十分显眼。这房子住了许多年，虽然面积不大，装修也普通，但是奶奶把它布置得简单而又温馨。

爷爷刚睡完午觉走出来，眼睛里还有一丝困意。"小生回来了。"他总是唤秋声的小名。

"阿公起来了。"秋声倒上一杯茶端放在爷爷面前。

爷爷抿了一口："这茶贵吧？"

"还可以。"

"烟酒茶这些东西是无底洞，专宠人，宠坏了容易忘本。别太浪费了。"

从前送他这些东西的人不少，但他总是以各种理由婉拒。自己却经常跑到小店里去买些普通的茶叶，用他用了二三十年的茶水壶泡上一泡，这已经让他十分满足了。用他的话说，"有茶味就可以了"。

这样的茶，他舍不得喝，但秋声会给他买。以现在的物价，以他曾经的级别，似乎喝这样的茶很正常，但他却不。

"你申请调动的事情怎么样了？"

"这次刚好有一个交换名额，我报名了，应该问题不大。"

"往市里调的人多，往基层的人少，也算是运气。"爷爷说，

"到了基层,事多,人杂,心胸要放宽一点,凡事少计较,不可以貌取人,凡事也不要只看表面。有句话叫作'世风之狡诈多端,到底忠厚人颠扑不破;末俗以繁华相尚,终觉冷淡处趣味弥长',有些无关原则的事情吃点亏没事。"

"我知道了。"秋声点点头。

"你找了对象,你阿嬷念着让你带回来瞧一瞧。她还是老思想,总想着快点开枝散叶,儿孙满堂,还想要看看人家家庭情况什么的。我觉得没什么必要,你中意就好,决定结婚就要好好地过一辈子,不要折腾。现在虽然时代变了,农村地方还是相对保守一些,有些该坚持的原则还是要坚持,千万不要伤害了人家。"爷爷说得不缓不急。

"当时这些话我爸听进去了吗?"秋声突然问。

"他啊……"爷爷可能没有想到秋声会突然提起荷开,到嘴边的茶又放下了。他眼睛盯着茶盘,深深地吐了一口气。

大部分的人总是免不了走过一段晦暗的日子,这大概是上天造人时刻印在每个人的宿命里的吧。

在曾经动荡的岁月里,春山一家人辗转到了矿山,在那里开启了一段本不在规划里的人生。

春山曾经想过一走了之,但消失不会让一切变好,那只是自我解脱的自私的抉择而已。于是他决定向着太阳,让灼热的阳光刺激他的眼球,不眨眼也不退缩,无论刻在宿命里的是什么,都阻挡不住生命的前行。

他把小儿子荷开托付给了春云,毕竟荷开太小了,经不起奔波。重要的是风雨飘摇时,只有春云那简陋的家看起来是最合适的港湾。一来,张厝地偏,人心质朴,春云只生了个女儿,说抱养了个儿子,谁都愿意相信。二来,若自己以后真不回来了,荷开也就给了春云,且春云心软,对孩子也好,是不会舍得荷开吃苦的,虽然有些苦不得不吃,但也好过看不到希望地跟着自己。三是这个时候也只有春云愿意收养荷开了,春云永远是那个把他当最亲的人的人。

他何尝不知道,这个日日埋头苦干,完全没有自我的妹妹,其实也是有信仰的。

她信仰的是她的哥哥。

春山带着家人到了矿山,男人们挖石头,女人们捡碎石块再打成小石子,小孩子们帮忙装运。这是一项艰苦而又危险的工作,经常发生事故,所以他小心谨慎,并不是因为自己有多怕死,而是一家老小都指望着他。当一个人有了保护家人的使命,他会变得更加勇敢和坚强。只是偏僻的矿山,补给也是艰难的,天天只能喝些米汤就点盐巴。那段时间,全家人都饿得脱了形,两个孩子的四肢都像擀面棍似的。本来圆润的婉玲也因为得了胃病,瘦得两只眼睛凸得像要掉下来。她三天两头胃痛得直不了身,只能蜷曲着在床上呻吟。

在矿山那么多年,女儿和当地人结了婚,全家回城的时候她怀着身孕,丈夫本就疼她,担心她抛家弃子返城,更是对她无微不至,好得让她舍不得离开。他永远忘不了那天,女儿和女婿跟了几里路,哭得喘不过气来。女人这一辈子有个能疼她、有担当的丈夫就足够了,如果还有其他的就算是锦上添花了。儿子读书不多,回来后到企业当了工人,现在也是一个小小的技术骨干。

当时在音讯鲜少的矿山,他第一次收到荷开的来信,知道他考上了大学。他蹲在刚炸开的石坑旁，周围的空气还是热的，揣着信抱头痛哭，周围的人还以为炸死了人。

他高兴得几天都没有睡着，谁也不知道他哭了多少次。当回城的风声越来越近，他冲动得什么都不管了，无论如何要去学校看荷开一眼。

春山终于去到了荷开的学校。荷开站在自己面前，长得比自己还高、还壮硕，有一张坚定而自信的脸，响亮地叫了一声："阿爸！"

春山拍拍他的肩，心里有千言万语却说不出一句话来。

父子俩并肩走在校园里，正是繁花盛开的季节，味道浓得呛人眼睛，于是两人都红了眼眶。

"爸，我现在改回姓陈了。"

"你姑姑养你那么多年，你应该问问他们的意见。"

"不论姓什么，他们也都是我的父母。"荷开说。

"这是应该的。"

"不，你没懂我的意思。"荷开说，"我想和莲绣结婚，到时候两边的父母一起养。"

"你和莲绣说好了？你姑姑同意了？"

"没有，但我心里早就这么定了。"

"那也要莲绣肯嫁给你。"

"我若娶莲绣，她绝不会嫁给其他人。"

春山看着荷开认真的表情突然笑了："自我感觉这么好？"

"我想过很多次了，我娶莲绣，这是回报她和姑姑最好的方式，反正养子和女儿结婚也是一件自然的事情。下次回去我就跟她说，毕业后娶她刚刚好。"荷开说这话的时候，眼睛里闪着兴奋而得意的光。

荷开的直截了当、快人快语倒是随了婉玲。春山想，能把荷开养大，这些年春云肯定又吃了不少苦。他深深地吸了一口气，又轻轻地吐出来，仿佛这些年吃的苦就这样蒸发了。

然而，谁也没有想到这样认定的事情突然有一天就改变了，对于自信满满的荷开来说，这无疑是沉重的一击，他一直认为自己和莲绣是会在一起的，不会有意外。可是，就是这憧憬了许久的美好生活，本来像一块坚硬的钢板，而今猝不及防碎成了片。

春山回到矿山，已经嗅到了回城的气息，他的心情是明媚的，但荷开的信却又让他阴郁起来。

爸：

　　下雨的天空终于要晴朗了，你们很快就能回来吧？这样的日子我憧憬了很久，而今将要实现，我应该满怀欣喜、欢呼雀跃，然而我却像背负着另一副沉重的枷锁，所有的呐喊与挣扎都是徒劳。

　　不知道您是否收到莲绣要结婚的消息了，可能还没有，所以现在的您肯定很吃惊，也肯定在一瞬间就想到了那个狂妄自大的儿子，而后充满了同情吧。

　　以前我说要娶莲绣，以为自己是圣人，是君子，是敢于承担责任的大哥，现在才彻底明白，那些不过是因为喜欢她而找的借口，为自己名正言顺地喜欢她找一个冠冕堂皇的理由。然而最后不过是一场自以为是的暗恋而已，她终究是将我当作哥哥看待的。

此刻，我若回去，跟她说："我喜欢你，你不要嫁给别人，等我回来娶你！"会是怎样？我恨不得已经这样做了。

可是，爸，现在的我却只是躺着，一点行动都没有，包括吃饭、睡觉、刮胡子，像患了不治之症的病人一样。我要怎么做才能从这突如其来又不知道要盘踞多久的阴影里走出来？

我什么也没做，我什么也做不了。

外面不知道谁在念着拜伦的诗：

"如果我们再见面，事隔经年，我将何以贺你，以眼泪，以沉默。"

如我。

开

春山心里隐隐感到不妙，给他写了回信。

开：

收到信时，你妈妈和哥哥正在收拾回家的行李。你姐姐选择留下，只要她幸福，不论多么不舍与不甘，我们都支持她，家里随时欢迎她回来。

我们即将开始新的生活，包括你。

我也曾有过这样的私心，你或是你哥哥中能有一个娶莲绣，这样我们可以一起照顾你姑姑一家。所以当你和我谈起你有和她结婚的打算，我心里是一种前所未有的喜悦。你是一个有责任心、有孝心的孩子，你姑姑虽然不识字，但把你教育得很好，当然她也教出了善良、乖巧、让你动心的女儿，如她年轻的时候。

在农村，决定结婚是人生中最重要的事情，一旦决定订婚、结婚，两个家庭、两个人的名声就全部都扯到一块了。以你姑姑的性格，她绝不会让莲绣心不甘、情不愿地嫁人。所以，很大的可能是莲绣愿意的。

你没有做出冲动的举动，证明你已经考虑到这些问题了。你应该想过如果你跟她告白，万一她的心真系他人所属，尴尬的亲情如何维系？如果她也喜欢你，悔婚了，今后他们一家在村里如何立足，以你的能力能否现在将他们带走？

但无论如何，作为父亲，我无条件地支持你所有不顾一切的勇敢或者是深思熟虑后的畏缩。

末了，再允许我多说一句，如果你想给一个人幸福，而她又已经拥有，那么把这份爱恋与遗憾留在心中，用另外一种方式给她最好的对待，也许也是一种选择。有些人一辈子不能成为夫妻，但他们的心和心之间没有距离，他们知道用什么样的方式才是对彼此最好的。

不能在身边给你安慰，但感同身受。

父

再收到荷开的回信，已经是回到县城之后了，是矿山的朋友转寄过来的。

爸：

我想我也会结婚生子，但心里会永远给她留一个位置，因为她曾经给我无限快乐，虽然今后也将赐予我无尽的悲伤。这是失去给予我最沉痛的领悟。

我会尽量克制，像以前一样。不，还是尽量暂时少见面，因为我怕难过得不能自已。

她说她人已经住进了对方的家里，但姑姑说要等你回去再办婚礼，我也理应回去，因为我还要充当捡扇子的角色，因为我是舅子。但我还是不回去了，请二哥代劳吧。

我喜欢她这件事，你会帮我保密的。

开

信很短，字迹也十分潦草。

莲绣结婚的那天，穿着大红色的套裙，头上戴着镶金丝的红色丝巾。春云和大海搀扶着她跨上了烧着木炭的小香炉，踩在竹编的小椅子上站稳了，咬了一口老人夹过去的一块肥滋滋的笊篱肉，然后春云用一根细细的红线在她脸上刮了几下，算是净面了。

等莲绣下了竹凳子，大海乐呵呵地笑着，春云却泣不成声。李婉玲过去拍拍春云的背，轻轻地说："好了，好了。绣仔嫁的是同村的，以后还能天天见面，跟没嫁出去一样的。"她又把头转向莲绣："你阿母这辈子拖磨，身体不好，只有你这个孩子，要是搁以前，早就要把你送人，再去抱养一个过来，人家说只有抱养的女儿招赘了才能称为媳妇。你阿母舍不得把你给别人养，担心你受苦，你以后要好好孝顺她。有什么需要跟我和你大舅说。荷开仔也算是你的亲哥，以后兄妹还要互相扶持。"

莲绣本来一直强忍着眼泪，一听荷开的名字，顿时泪水控制不住哗啦啦地流了下来,但谁都以为那是出嫁的习俗,说哭得越伤心,娘家越兴旺。

虽然嫁的对象是同村人,但也按照习俗找了一辆"新娘车",就像是古代的辇车,只不过把马匹换成了自行车。春云端着一碗水往车顶泼去,而后,莲绣从小窗户里扔出一把小扇子,受荷开嘱托的二哥立刻奔过去捡了回来。

那是缘分从此散了吗?

"阿公,茶凉了。"秋声的声音把春山的思绪从莲绣结婚的那一天拉了回来。秋声重新帮他换了一杯茶:"我爸当年不怎么听劝吧?"

"劝也劝过,说也说过,但是就像碎了的玻璃碴,别人怎么修,也回不到完整的一块了。他是你姑婆养大的,跟你姑婆很亲。他想回去照顾好你姑婆一家,也是孝心。"

"姑婆是张厝的吗?"

"我带你去过很多次,你那时候还小,我以为你可能不记得了。当时你姑婆一家子很疼你,你一去便抱着你舍不得放,你绣姑还瞒着婆家人偷偷到小店里赊了几颗糖给你,后来啊……"春山欲言又止,顿了一下,转了个话头,"后来啊,那边听说开发了,大概和原来更不一样了。"

秋声对爷爷说的那些确实没有印象,他想问一些问题,但还是改成了陈述的口吻:"后来我们再也没有去过张厝,姑婆也没有来过家里了。"

春山又微微呼出一口气,眼神里都是回忆。他把那些信从小皮箱里取出来交给秋声的时候,眼眶又红了,脸上的肌肉在微微颤抖。他把儿子的秘密交给了孙子,这样这么多年来压在他一个人心头的石头似乎多了一个人来承担。一是秋声已经长大,有足够的力量与理智来分担;二是这么多年来,秋声鲜少谈起自己的父母,春山知道,越是不愿意提起越意味着伤痕太深,也就越痛。而今他自己主动谈起,为何不干脆坦诚相告?

只是自己能给的答案,只能到此为止,后来发生的那些事情,想知道的人未必能得到答案,有些事情或许本身就是模糊的。事到如今,已然是这样的结果,宛如一团解不开的麻,何必再去捋。

捋不清如何,捋得清又如何?

所以秋声说他的对象是春云的孙女时,他愣了好一会儿,然后望向在厨房忙碌的婉玲。

大 雪

气温稍微回升了一些,但工业区里散发出的化学元素的味道,让春山明显感觉到呼吸有些艰难。

听着旁边路过的公交车广播报了站:"张厝到了。"他环顾四周,愣了一下,原本熟悉的张厝已经变了模样,以至于他没有认出这片有位故人的土地。

下了车,秋声领着他到了一处低矮的房子前,条石的墙、条石的屋顶,都说石头不老,现在却也泛了黄,沾满尘土。

那个腰已经弯成了七十五度的瘦弱老人挑着扁担正准备出门,她一眼就看到了秋声和春山。那一刹那,扁担顺着她的肩滑了下来。

"云哪!"春山叫道。

那久违的熟悉的声音像是一个高手点了她的穴,让她无法动弹,眼泪像夏天午后的雷阵雨顿时从她苍老的眼角滑落。

秋声帮她把扁担放到一边,她才抬起手肘擦眼睛,浅蓝色的衣袖上一片潮湿。她还跟小时候一样,总爱用衣袖擦眼泪。

春山走到她跟前:"我来了。"

"阿哥!"

三言两语,旧事浮现。

春山还清晰地记得到堤北大桥引魂时,昏倒了几次的婉玲看到春云时,指着她,用尽全身气力,咬牙切齿地骂道:"荷开就是你害死的!"此前婉玲劝不动荷开回家,也不知道责骂过春云多少次。春云低着头随她任意发泄,偶尔解释一句:"阿嫂,我劝他了。"劝到最后,婉玲气急败坏,断绝的话说得有多难听,伤害就有多深。

婉玲的身体从荷开死后垮塌得特别快,加上之前在矿山上累积的病痛,她再也无力去牵扯其他事情,于是办理了内退,一面养病,一面照顾秋声。

莲绣的死也让梦兰承担了失职责任,加上与荷开之间的事情,让她心力交瘁。她越是歇斯底里地责怪荷开,荷开离她越远。可能因长期压抑,不堪重负,她在精神病院治疗了一段时间。真正让她崩溃的是知道了荷开的死讯,她不哭不闹,所有人都以为她对他已经心灰意懒,生死无感。然而并非如此,她变得爱说话了,见到个人就拉着说个不停,连同她的病人;到后来连走路也自言自语,整日整夜不眠不休地喋喋不休……

她想必是爱荷开的,只是她的尊严比爱还要坚硬,掩盖了所有为爱要付出的妥协。

"我们之间走到这一步,我也有一半的责任。我对他的要求太多了,明明知道他大部分都做不到。"临走时,梦兰对春山说。当时清醒的她还是那么漂亮、知性,岁月没有在她脸上留下痕迹。

多少年没见面了,眼前这个比自己小这么多的妹妹却像一个老大姐,记忆不安分地一边搜索着她以前的样子,一边拿着布袋针扎着春山的心脏。

"我劝他要回去,后来我赶他他也不走。他说等绣仔生完孩子他再回去,可是绣仔生孩子的时候就去了。他回来倒在床上好几天,一粒米都没吃。你当时过来也看到了,像要死掉一样。后来他还是去上班,但他就是不回自己家。阿嫂来说我,他也看到了,我跟他说你有孩子、有妻子,不回去,所有人都会怪我。但他不听我的。"春云一直慌忙地解释着,就如同当年一样。

"我都知道。"

"我劝绣仔要忍,不要离婚,可是他们就是不听话。如果不离婚就各有家庭,或许绣仔能活,开仔也能活。"春云哽咽着,"死了是比活着轻松,但忍一忍就过去了。阿哥,你心里怪我吧?"

春山摇摇头:"孩子大了,想过自己的生活,路都是自己走的,人各有命。"他知道春云从一开始就不停地在解释,他知道她担心他责怪,他知道她心里比谁都难过。抬头一眼看到了大厅里荷开的遗像,他的眼眶又红了。

"你不怪我就好,我怕你怪我。如果你也跟我断了,我就没有亲人了。"

是啊,不怪,这么多年来却一次都没有走动过。然而她仍当他是她的亲人,仿佛他的所有不理不睬都只是因为去了杳无音信的远方,而今是个归人。

一二十年,荒芜的只是时间。

"荷开天不亮就帮我载甘蔗去六店市场卖,卖完回来去上班,上完班又直接到地里帮我干活。他自己也是在水泥地里滚,回来还怕我累,我经常想,亲生的孩子都不一定这么孝顺。他对绣仔也好,像亲哥一样。以前绣仔经常说嫁人要嫁像他哥这样的,我何尝不想要这样的女婿。每年绣仔忌日,他都要大哭一回。咳!绣仔如果活着能再嫁,他肯定也高兴。"

"你也是当他亲生的疼着。"春山说。

"他也当雁回是亲生的。雁回的名字也是他取的。"

"秋声的名字也是。他虽然读工科,但爱读书,文章也写得好,喜欢从诗句里去取一些字眼。"

"秋声以前叫小生来着。"

"那是小名,就像农村叫云仔、山仔一样的。"

春云似懂非懂地点点头:"我乍一看秋声和开仔像,现在看久了,还是和梦兰像些。"

"长相是还过得去,人也正直。"

天渐渐地黑了,婉玲已经打了好几个电话催他们回家了——出门的时候,秋声说带爷爷坐他的车到处转转,让爷爷指导他开车。

春云跟着他们到了门口,眼角的泪还没有干。春山催她进去,她还是站着不动。

直到秋声把车开出去了远远的一段距离,从后视镜里还看到她站在那里,小小的。

又经过堤北大桥,已经从桥头堵到了桥尾,车灯红红的一片。

"现在无处不堵。"秋声抱怨了一句,眼光瞥了一眼爷爷,不知什么时候他已经泪流满面,呜咽声越来越大。在封闭的车厢里,除了哭声和眼泪没有其他,听不见车窗外夜幕降临、灯火璀璨的喧哗。从未见过他如此撕心裂肺的样子,他刚刚肯定忍了很久,然而回家这不长的距离是否足够他把十几年积压的情绪宣泄完?

"春云苦啊,我不敢问她这些年过得怎么样,她老得我差点都认不出来啊。她可是我最亲的人啊!"

说到亲人，在陈厝那间已经倾颓的老房子里，早已没有了他们的踪迹。

春水和上娥结婚了，寄希望于儿子成婚以后能够"改邪归正"的腰治又失望了一回。春水还是每天到处溜达，上娥说他，他骂得比她还凶，动不动就赶她回张厝。

"生了孩子就好了。"腰治劝着刚怀孕的上娥，"咱们女人家的愿吃愿做，管他爱怎么样，再怎么说他也是个男人。"

都说前三个月要多注意，但上娥还是每天天不亮就下地干活了，一百多斤的地瓜也是挑着一路小跑。回到家春水还是叼着卷烟，坐得跟个大爷似的。上娥忍不住说了他几句："整天什么都不干，哪里拿东西来填肚子？"

"干你祖宗，你是干了多少活来管你老爹！"

"你祖宗在那里，去干啊。"上娥指着摆在中案桌上的遗像，说道。

春水满脸通红，一脚踢了过来。上娥重重地往地板一倒，挣扎了半天爬不起来。这一次孩子没了。

第二次又怀上，腰治又到处去打听哪里有白公鸡，准备买过来炖给她吃，村里想要男娃的人家每一户谁不是到处去寻白公鸡！可是鸡还没找到，又流产了。是因为生产队刚在田里撒了药，可没人知道那药挥发得快，孕妇不能靠近，她在那里锄了半天的草，回家就不行了。

连续两次小产，过了一两年也没有再怀上，春水对着她便是冷嘲热讽："咳！拿了个有形的鸡蛋去换了只不会生的母鸡。"上娥也不想理他，她知道他说的"有形的鸡蛋"指的是春云，随他说去，万一吵起来又要赶她回娘家，自己哪回得去，家里只有一间房，住哪里？再说自己父母已经死了，回娘家无非是回大哥大嫂家，怎能长待，无处可去的人有个遮风挡雨的地方就该满足了。

有一次，收工得早，上娥见人都回去了，假装在地瓜地里小解，伸手刨了些土，挖出一个拳头大小的地瓜。提裤子的瞬间，将地瓜偷藏在腰间。

路上有个大婶看到她扶着肚子，还笑她是不是有了，她没应。这些天，腰治天天煮的都是猪母草汤，根本就喝不饱。她经常还不到吃饭时间就饿得四肢发颤，但又怕别人说她偷懒，还是咬着牙干活。拿个小地瓜充充饥，否则明天可能都拖不动犁了。

刚走到家门口，就闻到米汤的香味，但大门掩着。"人都在还关门？"上娥纳着闷，伸手把门推开了，里面是惊慌得张大了嘴巴、来不及将碗藏起来的腰治和正端着大碗、嘴巴上粘着米粒的春水。

"你今天怎么这么早回来！？"腰治见她没回答，随即又说，"春水说他肚子饿，我就给他煮了些米，你也不早点回来，都被他吃光了。锅里还在煮猪母草，我去下把盐，一会儿也能吃了。"腰治说着，眼神瞟了一眼春水，他伸出舌头把嘴边的米捞进了嘴里。

上娥再怎么直肠直脑也明白了这是怎么回事，她径直走到房间里，拿出地瓜，在裤子上随便擦了擦，狼吞虎咽地啃了起来。想到自己和男人一样犁田、打谷子、挑粪水，能拿九个工分，一年到头却吃不到一粒米；腰治算是老人，帮人打打下手，能评个五六个工分已经不错；而春水连五个工分都是勉强，还经常找事不出工。她想到这些，牙齿就恨得痒痒的，地瓜不大，一会儿就啃光了。

第二天广播一响，上娥还是照常出工。刚到地里，生产队队长就过来了，把她拉到一边说："有人说看到你偷了生产队的地瓜。"

"我没有。"

"真没有？"

"没有。"

"不承认我也拿你没办法，但是下次不能再这样了。"生产队队长唠叨了句，"我看你挺老实，怎么嫁给春水后也变得手脚不干净了？"他见上娥低着头不说话，又说："咱们这儿年年超支，大家都吃不够，如果大家都再往家里拿，那可更不够分了。你家春山在城里，天天有米吃，就没拿一些回来给你们？"

说到米，上娥又想起了捧着大碗吃饭的春水，原来米都让他们母子给偷偷煮了吃了呀，可这些话说出去多难听。她默默地在心里想，怎么兄弟俩差距这么大，不像是同一爹娘生的。春山进了城就当了书记，春水三不五时地花几个小时跑到城里找春山要吃的要穿的要花的，不给还赖着不走。

谁也没有想到看起来粗粗壮壮、像个男人的上娥会突然间死去。那天，她中午收工回家，刚踏进门就对着腰治说："胸口很闷。"然后用右手轻轻拍了下前胸，在门槛上坐了下来。

腰治想可能是因为天气热，便给她倒了一碗水，端到她旁边，却发现上娥脸色不对劲，有些发青，再去摇摇她的肩膀，只见她眉头紧锁，眼睛也没睁开。腰治大呼一声："水啊，赶紧来！"但没有人回应。她慌手慌脚地跑到外面，呼叫道："有人没啊？有人没啊？娥啊晕倒了，有人没啊？"

相邻的几户人家都围了过来，有人说赶紧送去医院，有人说估计来不及了，还有人说赶紧到宫里头磕头烧香。村里的赤脚医生也来了，掰开上娥的眼睛看看，又摸摸她的脉搏，摇摇头说："心脏停了。"

腰治这下子傻了，怎么刚刚好好的一个人，突然间就死了。叫人去找春水回来，快到傍晚了还不见人，倒是春山和婉玲赶到了。

"你看没了，没了。春水去哪里再找媳妇？早知道她要这么早死，就把媳妇仔留下来给春水啊。苦命的春水啊！"腰治一边啜泣一边说，"你当时说得把春云嫁出去，现在春水怎样办，怎样办？"

"她人都没了，你还在担忧春水……"

春山话还没说完，婉玲拉了拉他的衣襟，示意他不要再说了。

等春水不知道从哪里喝得醉醺醺地被抬着回来，春山一巴掌甩了过去，却还是没有把他打得完全清醒。在一旁的腰治叫道："都已经无缘无故死了一个，你还想再打死一个呀！"

"这是因为死了他的妍头。"春水吼道。

"夭寿哦，讲这种话！你是不是畜生！"腰治朝他的背扇了一下，又对着婉玲说，"他喝醉乱讲，你千万不要生气。"

"我没醉！"春水又叫了起来，"我是酒后吐真言！"

春山又一巴掌甩到他脸上，婉玲赶紧住抓春山："他疯了，你也跟着疯了吗？你打他有用吗？"

"谁疯了？谁疯了？你才疯了！"春水凑到婉玲耳边大喊大叫。

草草地把上娥的后事料理完毕后，一把时代悲剧的烈火也烧到了春山的头上。最先去举报春山的人恰恰是春水，他去告发春山曾经偷过别人家的土豆瓜果，而后有心人更是火上浇油，再往后就是群起而攻之。

"谁叫他老打我骂我，我就让他看看被打被骂是怎么样的！"

"你会不得好死。"腰治指着春水骂得声音都分叉了，"你连你大哥也害！"

这也许只是气话,却烙在春水的宿命里。

等春山平反回来,家里只剩下腰治一人了。她坐在老房子破旧的门槛上,一手拿着长长的细竹竿,一手抓着谷壳,奋力地把谷壳扔得远远的。三四只翅膀刚长齐的小鸡迅速围了过来,一只虎视眈眈的公鸡畏惧于竹竿,在一旁伺机行动。恍惚间,春山以为看到了阿嫲。

"春山哪,你回来了。"腰治看到春山,挣扎着想站却已经站不起来,"我以为等不到你了。"

春山过去把她扶起来,她的全身瘦得只剩下一副骨头了,头发已全白,满脸是深褐色的斑块。

"好在你还活着,不然人家说我和你阿嫲一样克夫克子。"她说着,眼泪掉了下来,"水仔死得很不值,你若在,他就不会落得这地步。"她没有问他这些年过得怎样,他也不想再说。

"我听说了。"

"他就是想要个女人,见到女孩子漂亮,就想去跟人家好,哪知那孩子不愿意,他又硬要,结果别人一喊,几个人围过来就把他给打了。他回来时人还好好的,就肚子上乌青了一大块,还吃了一大碗面汤才去睡觉。第二天我去叫他起来,才发现鼻子和耳朵都流血了,人没气了。那赤脚医生说是肝脏破裂。都说恶人有恶报,这死孩子就是造了太多孽,才不得好死,不得好死啊。"腰治说着,用手去擦眼泪。她是真的老了,话说多了,气都喘不过来,但她还是继续说:"还不如当初把媳妇仔留着,留着多好啊,她又乖又能干活。"

"她现在怎么样了?"春山问。

"我不知道啊。她怨死我和春水了,就上娥出殡时她和大海来过,春水死了,她一步子没有走到,说是大海病了,来不了。我要是死了,你得去劝劝她,让她来送我一程,毕竟我养她养到嫁人,我心里也是疼她啊。可她若不来,我又怪谁呢?"腰治说,"听说她女儿要出嫁了,不管她到时候请不请我,我都要去随个礼,她再怎么怨我,也是我养大的。"她停了好一会儿又说:"我真要去找你阿爸了。咦,你这脸上怎么有一道疤?"

腰治终于发现春山的脸上有伤疤,从耳朵一直到眼角。

"炸山的时候被飞起来的石块割到了。"

"这要是割到眼睛不就瞎了?"

春山没接话,过去的已经过去了。

冬 至

世间难以捉摸的东西很多，血缘是其中之一。

它可以让人无私地付出，甚至付出生命，但有时候又变成累赘，甚至是仇恨。

铁牛看到雁回穿着豆青色的工作服，骑着一辆银色的电动车迎面而来，心里想：这孩子比以前漂亮多了，眉宇间简直是她母亲的翻版，但鼻子和嘴巴一眼就能看出国强的印记。在同一个村子里，他知道她从小到大不知道帮忙干了多少活，读书找工作也没有让家里人操过心。现在开始上班赚钱了，春云的日子应该好过起来了。一想起含笑之前见到她，一口唾沫、一个白眼，嘴里还骂着："替人死的。"他便觉得脸简直没地方放。

他冲着她摆出了笑脸。雁回有些意外，在村里人的闲言碎语中，她也知道自己和那家人的关系。他们从上到下，平时看到她要么视而不见，要么一副苦大仇深、恨不得掐死她的节奏。这时候的微笑总感觉有不同寻常的意味。

是的，她并不了解铁牛的心思。

他寄予厚望的金孙越来越让他失望，他甚至开始怀疑那孩子不是国强亲生的。

堤北大开发时，以他当了多年队长，以及大儿子"继任"村支书、村长所掌握的资源优势，他的家族成为村里的大户之一。也是在这个时候，国强原来的单位改制，他顺势下岗，领了一笔不少的补偿金，在村里面翻盖房子，开起了第一家超市。起初的几年赚了不少钱，于是国强在县城里买了几套房子，老婆孩子全部进了城，拿到了城市户口。他老婆每天打扮得漂漂亮亮，没事就打打麻将。原本只是圆润丰满，现在腰上的赘肉已经快垂到屁股了，一走路，全身的肉跟着抖动，也是"风情万种"。孩子珍宝虽然在县城最好的学校读书，但是成绩却总是垫底，花不少钱请了家教，最后连普通高中都没有考上，随随便便上了一所中专，刚上第二年就把一个小女生带回家了。那女生瘦瘦小小的，头发染成了五颜六色，一双大眼睛占据了四分之一张脸，一边的耳朵上穿着三四个耳环，说话嗲声嗲气的。还没交往半年，两个人闹分手了，原因是珍宝又看上其他女孩子了。那染发女孩又哭又闹，说自己已经怀孕了。但珍宝对她不理不睬，一副你爱怎样就怎样的态度。女孩子天天在他家里哭，也不上学也不搬走，把珍宝闹得不敢回家。最后还是国强陪着她去把孩子拿掉，再赔给她一笔钱，算是帮儿子擦了屁股。

好歹读完了中专，睡过的女孩子估计有一卡车了。国强想，珍宝这时候出社会还是得当产线工人，哪有什么前途，于是又拿出一笔钱把他塞进了大专，希望他好歹拿个大学文凭。有时候别人家也会故意说："听说雁回考上重点本科了。"含笑眼珠子向上一挑，露出白眼："女人再怎么厉害撒泡尿能上墙吗？"

只是国强和老婆个头都不小，这珍宝却长得像豆芽菜一样，细细黄黄的，样貌也不随爹妈，特别是鼻子又弯又长地镶在小马脸上。穿着二十七码的牛仔裤，一大截裤管都在地上磨着。

国强偶尔也会说："越长大越不好看。"他老婆叫道："都怪小时候他阿嫲太宠了，天天给他吃零食、吃激素，吃成这样子。"国强想想也是，含笑都舍不得这孩子下地，到哪里都抱着，直到连抱着脚都可以粘到地了还总抱着。

日子过得越是顺心，越可能是老天故意设下的圈套。

珍宝大专毕业了，国强又找人把他弄进了一家事业单位当个临时工。一来工作稳定，说出去也体面，反正家里也不需要他赚钱；二来接触的人多，再找个机会考个正式编制，只要不犯什么原则上的错误，一辈子算是可以了。但好不容易塞进去的工作，他没干一个月就走人，说临时工总感觉低人一等，被呼来唤去，不想待了。从此以后他天天窝在家里，吃饭、睡觉、打游戏。

以前超市生意好，国强还请了两三个小妹帮忙；现在外来人多了，竞争对手也多了，一条街上有十来间大大小小的超市，生意冷清了不少，就把小妹辞了，自己一个人看店。要不是房子是自己的不用交租，可能每个月还要亏不少钱。

铁牛看他生意不好做，家里又有两个吃喝玩乐的，心里有些不平衡，他不止一次对国强说："你得让珍宝去工作，不然金山银山都会被吃空的。咱们家几代人从没出过像他那样的。"

国强连理都懒得理，因为他自己也管不动儿子了。

有一天，铁牛拿了一份报纸给国强，国强接过来一看，标题是《含辛茹苦十六年方知宝贝儿子非亲生》。

"你给我看这个干吗？我不是你亲儿子啊？"

铁牛又把报纸夺了回来："我说的是你儿子。"他重新看了一遍，总觉得那孙子哪里怪，但就是说不出来。

"你一家三口靠这超市，现在赚的都不够花的吧？城里那几套房子的租金也不怎么样吧？要不是前些年积攒了一些，我看你们迟早得饿死。前几天我听人说看到珍宝在小飞家打牌,小飞家是什么地方,好几代都是开赌场的,全县出名的哪。从他爷爷那时候到现在,你说已经害死了多少人了,今年单单从他那出来直接跳楼的我看不止两个了。你再不管他,你全家都得赔给他。"

"我的话他要是肯听就好了,我一说他,罗红就得跟我翻脸。"

"你说说你,也不管管罗红,她那样像女人吗?"

"她不是女人能生出珍宝?人家老家的女人就是不用干活,你不要老用你张厝的规矩来套她,她就是不愿意干,你再说她,我俩又得吵架。"

说到罗红,铁牛更是看不顺眼,进了门以后从来没叫过他们老两口一声爸妈,这就算了,结果还天天板着一张脸,自从搬去城里,几乎再也没有回来过。说是外地人,也没见过她回去又或是她家人来过。听说连衣服都得等着国强回去帮她洗。而且村里早都传开了,说她以前是做婊子的。

一开始铁牛也试探着问罗红以前是做什么的。她操着一口地方口音说:"问你伢子去。"铁牛只好去问儿子,国强不耐烦地吼道:"你又听外面的人说什么了,她干什么的不也给你生了孙子吗?"

"我看珍宝,越看他越不像国强。"铁牛忍不住对含笑说了。

"你这人就是多疑。他个子小点又怎么,就允许人高马大的才算你家亲生的啊?你是巴不得他不是亲生的吧?你看看你这张破嘴,别到处去说,那破麻云会笑死你。"含笑年龄越大,嘴巴越锋利了,特别是每次提到春云,都要加个"破麻"。铁牛说不过她,独自回到房间郁闷地躺着。

他有些失落，之前莲绣生的孩子一出来就送了出去，也不知身在何处、是生是死，即使知道在哪里，自己又有什么脸面认亲。现在若对雁回低三下四地好，估计她也不领情。当年，春云凑不够钱给雁回上高中，破天荒来找国强借钱，还没开口，眼泪先流了下来，国强冷冷地应道："当时离婚不是很嚣张，现在一毛钱都别想。"

若不是走投无路，春云是绝对不会找上门的。铁牛反省着，当时春云是符合低保户申请条件的，但是他以名额不够，把她删掉了。

含笑见铁牛一言不发地进了房间，也跟着进去："你整天愁眉苦脸的，到底是被谁给下了迷药。下午我去找神婆问问。"

"我快被国强一家烦死了，你不要再去搞乱七八糟的。"

"你不就是怀疑吗，现在技术也发达，花些钱去验一验。不然你这样老是吃不下、睡不着的，会落下心病。"

"我看成，你去跟国强说说，你说的话说不定他能听进去，他现在见到我都烦了。"

含笑找到国强，超市里一个顾客也没有，他正在玩斗地主。她用商量的口吻跟他说道："你爸现在整天无精打采的，老怀疑那珍宝什么的，你就让他去做个验证，让他安心。不然我担心这个老头子早晚得让这个心病害死。"

国强无所谓地点点头："你们爱怎么验怎么验。"

但是当结果摆在他面前时，他自己也傻眼了，连口水顺着嘴角淌下来都没有察觉，愣是撑了几分钟，"啪"的一下瘫在地上。

怀疑成心病，确定了也成病。

罗红打电话给国强，是含笑接的。

"怎么还不回来？热水器都坏了三四天了，叫人来修一下。"

罗红的声音还是那么尖锐，"珍宝信用卡到期了，你得赶紧去还，不然有失信记录可就麻烦了。还有城西那套房子的租金到期了，你去催一下，别让他们白住了。回来顺便帮我带包夜用的……"

含笑咳了几声，罗红才意识到电话那一头不是国强，问："国强呢？"

"你个破麻！"含笑骂了句就挂了电话。她回头看一眼躺在床上一动不动的国强，狭小的胸怀里升腾起巨大的火焰。当年计划生育抓得紧，国强又是有正规单位的人，生了一个男孩，就有人来催他们去结扎。那罗红傲得跟个老佛爷似的，硬是不去，最后还是国强去结扎了，现在竟然出了这事！

罗红经不住儿子的折腾，还是心急火燎地回张厝来了，人还没进屋子，声音先到了："还不赶快把珍宝的信用卡给还了！"国强斜眼一看，突然从床上一跃而起，一拳往她的头上砸去："臭婊子！"

"我是婊子，你也是嫖客啊！"罗红被打得莫名其妙。

国强根本没有给她感受疼痛的时间，又一把抓起她刚烫得像泡面的头发，然后往墙上撞去，幸好她现在体积庞大，重心也稳，马步一扎，国强也挪不动她。

"你整死你前妻，现在又看上哪个婊子想整死我是不是？"罗红死命地挣扎着，只感觉自己头皮好像被撕裂，好不容易才从国强的手里挣脱。她看到国强手里抓着一大把头发，怒火一下子被点燃，张牙舞爪地冲向他，两个人又扭成一团。

含笑本来站着观虎斗，见两个势均力敌，赶忙奔过去助国强一臂之力。铁牛也想上前踹罗红两脚，但想到会违背男人不能打女人的准则，也就作罢了。

就像刚学技能的小狮子一般，三个人一番滚扑撕咬后，都没力气了,满地的头发、碎布以及血迹。罗红趴在地上哭得歇斯底里,一边哭一边诅咒:"张国强你死无人葬的、得病没药医的、死了不能超生的,你竟然打老婆,怎么还不快去死!"

"不要脸的婊子,跟别人生的儿子让国强帮你养,还要吃不做,当你们佛祖供着!"含笑坐在地板上,满脸的皱纹挤成了一堆,拳头时不时地捶在罗红身上。

"你们母子俩滚吧,我不要你们了。"国强怒吼着。

"哪有这么美的事情,白养他们二十几年,吃的穿的全部赔回来。"含笑咬牙切齿。

"她哪来的钱,花的全部是国强的钱。"铁牛在旁边插口道。

罗红听他们说话,也终于明白了是怎么一回事。说实话自己当初做的就是那一行,孩子是谁的她也不太清楚。但那一段时间国强频繁地找她,是他的可能性最大,况且当她试探着告诉他时,他并不像之前的那些人一样要么甩脸给钱让她去流掉,要么翻脸不认人,反而是兴奋地把她养了起来。

"当初也是国强求我生下来的,说要是个男孩就娶我。他也没有说一定要是他的!"罗红扯高嗓门说,只觉得满嘴都是腥味,往外吐了一口,一颗牙齿和着血和唾液掉了下来。

"我杀了你!"国强一听,理性全失,疯狂地往她背上踢了一脚又一脚,她大红色的上衣上满满的脚印。

"打死我,打死我!你杀了两个老婆,你这辈子也别想再娶了。"罗红索性仰躺着,袒胸露怀地迎接他的踢打。

小　寒

吃过午饭，阳光进了家门，离中案桌只有一步之遥。

春云把铺了软垫的躺椅移到阳光的末梢，斜躺着，再盖上新买的蚕丝被，满足地闭上眼睛，全身每块曾经超负荷的骨头都一下子放松了下来。原以为她要睡着了，没想到嘴巴里轻轻地念叨起来：

"绣仔、开仔，你们安心吧，我和回啊现在都很好。回仔上班领工资了，刚毕业领的钱不多，但比我天天出去拾破烂来得轻松许多，至少不用风吹日晒的。她让我不要再出去捡垃圾，让我好好待在家里享福。你们看我身上盖的这被子是小生买的，别看薄薄的，很暖和，我从来没有盖过这么好的被子。前几天，他们还带我去装牙齿了，花了好多钱。能活到今天真好！如果能活到他们结婚那天，我这辈子真的没有怨叹了。人家说姻缘天注定，如果你们有保佑，就保佑回仔和小生仔一生相好、无灾无难、快快乐乐。绣仔，你要保佑你舅舅、舅妈身体健康，吃到一百岁。以前你舅妈骂我，我跟你哭过，但你不要记恨，是因为开仔走了，她太伤心了。开仔对你也好，说句实话，你们小时候，我还想过你俩要是互相中意，干脆在一起好了。但如果那样的话，现在哪有回仔和小生，嘻嘻。雁回真是命好！小时候我就说她耳朵大命好，她还不相信，嘻嘻。咳！不过永和和美香日子过得苦。美香得了癌症，听人说医不好了，还在医院住着，都花了几十万了。那些钱大部分是借的，你们说靠永和以前开拖拉机能有多少钱？现在拖拉机也不能上路，田地又被征走了，想种田都不行，当时土地卖得也便宜。现在永和也老了，哪有工厂愿意收他打工？两个小孩还没有结婚，人家一打听家里有个癌症病人都不敢跟他们结亲，实在是可怜。美香她老母天天哭，天天哭，我去找她坐了几回，一直说她想死在美香前面。咳！怎么好人命都不长？你们走后，也就她和永和还会来关心雁回。你们如果知道，一定要保佑她，看看能不能好起来。现在医药费也真是贵。前些天租在村头的一个外地人，听说也是因为得了病，钱都治病花光了，又受不了痛，自己喝农药死了，吓得整栋楼的人都搬光了，也不知道农药是哪里买的。你说我们以前哪有这种病？现在什么东西都有了，什么病也都来了，想想真是害怕。所以我跟雁回说要照顾好身体，钱赚多赚少不重要，身体要是垮了，人难受又多花钱。我们以前是不做事不行，不做事得饿死，又没有什么知识，只有性命一条，只能靠磨损性命来赚钱，不像我阿哥。他前些天过来，肯定是瞒着你舅妈过来的，坐了一会儿就匆匆忙忙回去了。十几年没见，他还是那样。以前他还住在城里，我捡破烂时有几次捡到他家附近，躲在一个拐角，偶尔能看到他，但不能让阿嫂看见。开仔，你阿母都怪到我身上了，她恨透我了，她总说是我从中作梗，让你有家不想回，你也知道这真是冤枉我了。后来听说他们到了市里头，我就看不到了。咳！说没烦恼，想到阿嫂也是烦恼，我就担心她反对秋声和雁回。还有她这些年身体不知道好点没有。有时候我想带点土鸡土鸭去给她补补，又不敢，怕她还在生我的气。现在时间过去那么久了。但不管怎么样，他们永远是我的阿哥阿嫂，他们以前对我的好，我也不会忘记。开啊，不是我说你，再怎么说阿姑对你再好都是应该的,你那么对你父母和梦兰,真的是……我不能再说你了,不然所有人都骂你,我心疼。前些天那个国强被抓去拘留了几天,说把他老婆打得还挺严重的,他儿子回来把他的超市砸得粉碎,很多人去看,我可不想去。含笑这几天也不出来到处哒哒叫了。铁牛有时候还会到咱们院子进来看看,我都不理他,想到当初就想流眼泪啊。我真是老了,还讲了这么多,回仔说我是唾液说不干的老阿嬷,上次阿哥来了,也说我变得爱讲话了。人老就爱念,每一个老人都这样,以后你们老了就知道了。咳!我又忘了,你们哪会老,永远都那么少年……"

阳光把她全身都晒得暖和了,才慢慢地离去。她睡着了,微微张着嘴巴,睡得很安详,像一只捕了一夜老鼠的猫,在天亮的时候心满意足地享受着心无挂碍的睡眠。

不知道睡了多久,隐约感到有人在叫她。她迷迷糊糊中微微睁开眼睛,面前站着几个人围在她身边。

"阿姑!"

叫她的是春山的儿子远道,她没有认出来。她想起身,但骨头并没有那么听话,又可能身体还在沉睡。远道过来扶她,她愣愣地问:"你是谁?"

"他是远道。"春山回答,"我叫他带我和婉玲来家里看看。"

春云揉了揉眼睛,才看清穿着深灰色套裙,外罩着卡其色毛呢大衣的女人是婉玲。她比以前瘦了不少,但依旧白皙,脸上也有些细纹和斑点,头发烫卷了。

"阿嫂!"她一下子清醒了,"你来了。"

李婉玲点点头。春云看她不说话，赶紧说："我去烧水。雁回买了用电的烧水壶，一会儿就烧好了，不像以前烧柴的，不卫生。"她边走边念叨，脸上挤出一点笑容，春山看得到她脸上的皱纹在发抖。

"阿姑别忙，我们就坐一会儿。"远道说。

"这天冷，喝点茶好。"她说话的时候没有回头，但声音里已有悲伤的味道。

李婉玲也跟在她身后进了厨房，四周的墙壁已重新粉刷过，柴火堆放得整整齐齐，灶台擦得干干净净，灶台的右边还砌了一个小池子，水管从低矮的窗户引进来，新装的水龙头也是锃亮锃亮的。在门边放着一张不大的桌子，春云看她眼神瞅着桌子上刚买没多久的电磁炉和烧水壶，连忙说："这是雁回买的。烧水壶简单一些，电磁炉还不太会用，上面写什么，我看不懂也看不清。"

春云接完水，只把水壶放到底座上，就走开了。婉玲走过去帮她摁下开关，指示灯立刻亮了起来。

春云尴尬地笑了一下，露出了和年龄不太符合的白色牙齿。她心里仍然害怕，因为这么和颜悦色的婉玲她很久没有看到了，好几次梦里，都是她狰狞的面孔。

她又看到婉玲的眼睛盯着自己的脚，讨好地问："这棉鞋子冬天穿着暖和，你要吗？下次那个卖鞋的再挑过来叫卖，我给你买一双。"

"不用，我鞋子很多了。"婉玲说。

春云这才看到她的脚上穿着一双黑色中跟皮鞋："你这双鞋子很好走路吧？"

"还可以。前年和春山去欧洲旅游的时候买的。"

"哦！"春云点了一下头，欧洲是哪里她也不知道，但应该是个很远的好地方。

"雁回去上班了吗？"

"她早上就出门，有时候中午回来吃个中饭，但大部分时间还是在公司吃，要等六点多才能到家，冬天日头短，回来都暗摸摸的了……"

"我听小生说了。"婉玲打断了她的话，"她小时候我见过几次，现在要是在路上遇到肯定也不认得了。"

春云又点点头："长大了。"

"听说学习成绩挺好的。"

"哪有。小时候吊儿郎当的，不爱上课，考不及格回来还怪老师不会教，跟绣仔一个模样。上到初中后才像变了个人似的，每次考试都是第一名。上到高中，交不起住宿费，每天骑个脚踏车来回，风里来雨里去的，高考前几天还发烧了，能考上大学，也是她爸保佑。"

"她跟开仔太像了。"婉玲叹了口气。

"开仔当时考了全县第一名，雁回差远了。"

说完两个人都沉默了，春云转过去拭了眼泪，侧对着婉玲。

"这些年你吃了很多苦。"婉玲说。

"人活着，不都得这样？"春云说，"我看上去都比你老十岁有了。"

"这些年我也不好过，神经衰弱，胃病也难治，没一天精神是好的。"

"咳！"

"当初我确实说了很多气话。这段时间春山和小生一直在劝我，说事情过去就过去了。现在两个孩子合得来，想结婚，我再阻拦，也是不明理的事情。小生也说了，不管怎么样，他一定要娶雁回。他那固执的脾气和荷开一模一样。"

春云听着，刚擦完的眼泪又流了出来，她永远忘不了当时婉玲指着她的鼻子说"这辈子田无沟水不流"的情景。

"我们已经老了，再活也不会太长，既然两个年轻人已经下了决心，我也不想再去干涉。想到荷开和梦兰活得那么痛苦，婚姻中合适才是最重要的。所以我请你将我以前说过的气话忘掉，同意他们两个人的事情，算是亲上加亲。开仔和绣要是知道了肯定也高兴。"

李婉玲说完，转身走出了厨房。

她当时想不明白为什么荷开会赖在张厝不回家，她曾经怀疑过不只是和梦兰不合这么简单的原因，但她所能想到的也只是春云的唆使——她想和她争儿子。她也想过以春云的性格可能性不大，但是为了得到儿子，有些人什么都做得出来。春山向着春云，她从跟春山认识起，心里就十分了然。荷开死后，她以死相逼，威胁他如果再和春云一家有任何交往，她立刻自杀。春山虽然不再去找春云，至少在自己的眼皮下没有发现过，却定期请人寄钱给她。那个人却把钱给了婉玲，因为他知道如果被发现可能更加不可收拾。这笔钱，婉玲收了起来。也不知道春山什么时候知道钱并没有到春云的手里，就不再寄了。但谁都没有去捅破这层纸，因为最终可能两个人都下不了台。

秋声告诉她，打算结婚的女孩子是张厝的。她心里想，只要不是春云家的就可以。没想到，恰恰是。

"事情都过去这么多年了，你儿子死了，春云的儿女也死了。当年如果不是春云，荷开也许早就死了，你还能有小生吗？你想想，可能她的痛苦是你的两倍，她既是阿母又是阿姑。"春山说，"你养他几年，她养他几年？"

"我们已经老了，下一代人如果欢喜，还有什么要记恨到死的？春云是个什么样的人难道你不清楚吗？她从小到大都怕跟别人争东西，就算自己吃土，也不敢去开口找别人要吃的东西。你骂她、责怪她，她有顶你、说你了吗？这件事本来就是荷开自己太过于执着，你又何必迁怒于春云？"

直到那时，婉玲才明白自己也许是出于母性的嫉妒——明明是自己的儿子，为什么偏偏和春云更亲？

可能时间久了，伤痛的已经不是伤痛的本身，而是伤痛的记忆。连平时跟她不怎么亲的媳妇都来劝她了。"妈！以前的事情就过去吧。以前大家是一家人，现在他们在一起，我们又是一家人。也许是注定好的，荷开如果在，他肯定也高兴，有人帮他照顾他生前想要照顾的人，不是挺好的吗？现在想想，当年阿爸如果娶了阿姑，不就什么事都没有了吗？"媳妇话刚出口，就感觉自己好像说错了什么，赶紧补了一句，"说不定当初荷开就是喜欢莲绣，才会执着地守着她放不下的家人呢。"

"真是胡说八道。"婉玲瞪大了眼睛，"几岁的人了还想到什么说什么。"

晚上睡觉时，婉玲突然问："你说当初荷开是不是喜欢莲绣了？"

春山假装睡着了，没有应她。

又听到她轻轻叹了口气，自言自语："这孩子不该啊……"

大　寒

放了寒假的中学，有种寺庙的肃杀，空气里少了青春的味道，多了一些引人深思的沉静。

秋声和雁回跟门岗打了招呼，门卫大臂一挥："进去吧。"爽快地放行了。大概十年前他们还怯怯地称呼他"叔叔"，而今尊敬地叫他"大哥"。

到以前上课的教室看看，而今已成了堆放体育课用具的仓库；小小的图书馆多加了一道铁门，其实里面大部分是参考书和杂志。学校并没有多大变化，连树也看不出来它们还有生命、还在成长。在四百米的跑道上绕了几圈，两个人的影子在下午四点钟的阳光里，淡淡的。

"孩子与成人之间只隔了一个暑假。在高中时代刻苦听话、怀着梦想的孩子，踏上离家的征程去往了大学校园，开始接受成人规则的教育，以便走入社会。如此看来，以追求梦想为标志的中学年代，不过是为了前往社会的学前班。"秋声有些感慨。

"很多人说怀念读书的时光，我并没有。我的学习生涯就像这冬天的草坪，一点生机都没有。甚至希望这样的日子赶快过去，让我一下子变成大人，有能力去赚钱、去分担。"雁回说，"当时每一天都过得好着急。"

秋声笑眯眯地望着她:"不去怀念也好,就全神贯注地去走从现在开始的每一步路。"

"也不会有比那时候更为艰难的路。你肯定不一样。"

"没有一个人的人生会和别人一样,但所有人都有烦恼。"

"哦?全国优秀毕业生也会有烦恼?"

秋声还是笑着,不置可否。他高考的分数远远超出了重点线,然而还是选择了离家近的大学;大学毕业后,也是选择了离家近的地方工作。有时候家是坚强的后盾,但更多的时候,家是你迈不开步子奔跑的理由。

当时,学校里的所有荣誉他几乎都拿过,一方面是因为自己的勤奋和优秀,但要说拔尖,其实自己比不上那几位总是占据成绩榜前几名的哥们儿。更重要的是因为爷爷曾是市教育部门一把手,他身上自然多了关注,也多了很多机会,连书记见到他也永远都是笑眯眯的。但刚上大学的第一个月,他就看到新闻,书记因侵吞公款和索贿出事了。

"你还记得王书记吗?"

"你是说王宏?"

"对。"

雁回摇摇头:"名字很熟悉,但对他没什么印象。我刚进高一的时候听说学校有几位领导被带走了,其中还有一位是全国优秀教师,上过电视。从前因为看过那位优秀教师的报道,我差点立志当教师。"

"那是我读书时候的年段长,在教学上十分优秀。但凡事总有两面,因为优秀,所以趋之若鹜的人多了,没有把持住也就危险了。"

雁回想起了升入高中时的情形。以前与她成绩不相上下的一个女同学离四中录取线只差了两分，在知道分数的第二天，雁回就看到她大清早骑着自行车到附近的台资工厂去排队等着招工了。而高中的班里却有一些中考分数远低于录取线的学生，他们是怎么进来的，雁回当初并没有多想，只是现在想起来，应该和被带走的那几位校领导有关。

　　"你千万不要起贪念，害人害己。"

　　"现在跟以前不一样了，贪念被锁在笼子里。"秋声笑道。

　　"我不要什么大富大贵，够吃够穿、健健康康就好了。"雁回说，"像现在这样我已经很满足了。"她挽住他的手臂，头靠着他的肩膀，接着说："之前我以为我们可能要做回表兄妹了。"

　　"要有信心。"

　　"你没有担心过吗？"

　　"没有。"

　　"为什么？"

　　"因为已经认定了要在一起。既然那是结果不是前提，那就不管遇到什么问题都努力去解决就好了。"

　　"讲得风轻云淡的。"

　　秋声并没有像表面上说得这么坦然，那一阵子他瘦了一圈。有一次半夜给雁回打电话，她迷迷糊糊接通了，他却只问了一句："有睡着吗？"

　　"我阿嬷说她想开了，但我想冰冻三尺非一日之寒，要想解冻也非一日之功。以后她要是说一些不好听的话，你就装聋作哑，我也会尽快买房自己住。"秋声想了想，又说，"突然感到经济压力好大！干脆我上门好了！"

"这想法不错。买房子的钱可以让我们把房子翻新了，盖个五六层，我们住顶层，一楼给阿嫲住，她老了爬楼梯不方便，剩下的全部出租，让阿嫲坐着收房租。以前阿嫲特羡慕别人家有房间出租，她说如果有钱就盖一栋房子，弄三十个单间，一个月里的每一天都有房租收。"

两个人都忍不住笑了。

不知不觉，操场上多了一个跑步的人。他上身穿着灰色长袖T恤，下身是黑色运动短裤，腰间还系着白色的长袖外套，从他们两个人旁边跑过。在雁回回头的那一刹那，他也回头了。

"你……你怎么在这里？"雁回惊讶得有些结巴了。

他变得壮了，头发理得很短，比记忆里的他成熟多了。他把系在腰间的衣服重新穿回身上，走到雁回面前："好久不见！张雁回。"

她一下子不知道该怎么回答，挽着秋声的手早就抽了回来。如此突然，毫无征兆，她紧张得有些无所适从，一边搔着耳垂后边，一边说："你……你跑步啊！"

"是同学吗？"秋声笑着问道，伸出手与他握了一下，"我是陈秋声。"

"我叫黎路。"

"他……他是我高中同学。"雁回有点受不了自己结巴了，但就是控制不住，"这、这是我……我……我……男朋友。"她又指指秋声说，故意把男字说得又轻又快。

"你们也到学校转转吗？"

"是……是，你怎么在这里？"她又问了一遍。

"我下学期开始要在这里教书了。"黎路说。

"你当老师吗?"她感觉自己吃惊的表情有些夸张,但已经收不回来了,"你教什么?"

"英语。"

那个当年连英语卷子题目都看不懂的同学要当英语老师了,雁回心里想着。

"能回自己母校教书很有意义,很羡慕。"秋声看着局促不安、不知道怎么答话的雁回,赶紧补了句话。

"其实我在这所学校待的时间很短,不像张雁回是个好学生。我也没有想过自己有机会能够回来。高中时我去了美国,但对这里印象很深刻。"黎路说话的时候,眼睛盯着雁回,"反正是美好的回忆。"

哦,原来他真是出国了。

黎路从衣服的口袋里掏出手机:"手机号码留我一个,到时候好联系。"

雁回把手伸进口袋,秋声已经掏出自己的手机,说:"来,我记一下。"

黎路笑了笑,报上了电话号码,却没有要求秋声回拨,只是说:"不打扰你们了,随时联系。"然后挥了下手就跑开了。

雁回目送着他跑远,等把目光抽回来,发现秋声正盯着自己,于是又继续结巴道:"太、太久没见了,太、太意外了。"

"我知道。"他张开一只手搂住她的腰,突然觉得她傻得可爱,刚刚她就像一个情窦初开的高中女生,脸红扑扑的,说话还舌头打结。

雁回边走边又回头看了一眼黎路:"我刚刚好紧张。"

"嗯,看出来了。"

"我说话还结巴。"

"嗯,听见了。"

"我脑袋一片空白。"

"嗯,大概猜出来了。"

"我没想怎样。"

"嗯,你又不能怎样。"

"就是太突然了。"

"还在想……是谁说不怀念读书的时光,每天都过得很着急的?"

"如果不是突然见面,我根本就忘记了。"

"哦?这句话的意思是你曾经……"

"没有,没有。"她连忙甩甩头。

"没有很多,有一点点。"秋声说。

她莞尔一笑,脸红得像颗柿子:"如果早点遇到你,还有谁什么事?"

"怪我喽?"

"嗯!"

她点点头,靠得他更紧了,就像一只撒娇的小羊羔。似乎很长时间不再想起的那个曾经念念不忘的人,猝不及防而且简单明了地出现在眼前,粉碎了她曾有过的所有幻想。

冬季的天黑得特别快,刚还在院子里打扫边边角角,一转身,什么都看不清了。

"都暗摸摸的了,还不回来?"

春云念叨着，从口袋里掏出老人机，摆弄了很久，还是拨不出一个电话；回到房间里拿起小本子又看了一下雁回的电话号码，几个数字来回摁了几次，还是没打成功。

"这机子是不是坏了？"她自言自语。

若不是秋声说这机子可以和阿哥联系，她也没有想过要用，因为学起来实在太麻烦了。

春云听到外面似乎有人在叫她，扶着墙走了出来，一看却是含笑和铁牛。

"云啊，吃饭了没？"含笑问。

春云立即脸色一板，装作没听到，转身进了大厅，他们却跟了进来。

"都快过年了，回仔还没休假吗？这么晚了，还没回来吗？今天不是礼拜六吗？"铁牛问道。他问得很关切，和含笑两个人自己坐到沙发上，左看右看，上下打量着房子。

"你还是那么爱干净，房子收拾得这么整齐。这爱干净就是天生的。像我家那大媳妇，整天闲着也不愿意整理房子，到处都是乱七八糟的，要是有客人来，我都觉得丢脸。"

春云还是不应他们的话，径直走到中案桌前，从抽屉里抽出两炷香。铁牛两口子对视一下，便不说话了。等春云把香插进香炉，含笑又开口了："云啊，听说雁回找对象了，还是个公务员呢，命真好！"

"对啊，我看过背影，长得很直，走路也是昂头挺胸的。"铁牛附和道。

"是大学同学吧？真是了不得啊，两个都是大学生。"含笑满脸堆笑，好像夸的是自己的孙女。她又招呼道："云啊，你煮饭了吧?坐下来跟我们说说话,别进进出出的,看你腿脚也不利索。"

刚说完,一束车灯从院子里照进了大厅,三个人便齐刷刷地往外看。

铁牛和含笑赶紧起身到门外,看着雁回从副驾驶座下来。她穿着套头的酒红色大毛衣、棕色的短靴,灰白的围巾裹住了半张脸。

"回仔,你回来啦。"含笑亲切地唤道。她看到秋声,又连忙说:"这就是你对象吧?"

秋声看着雁回一声不吭,再看看含笑那皮笑肉不笑的样子,心里立刻明白了这可能就是"那户人家"。

他们进了屋子,"那户人家"的人也跟进了屋子。

"雁回,昨天我去看你爸了。"铁牛说。

"我爸在那里!"雁回指着荷开的遗像。

"是、是。但我说的是你国强爸,他可能回不来过年了。"铁牛一脸忧伤。

雁回不想再跟他多说话,假装没听见,走开了。

"荷开待你如亲生没错,但国强再怎么样也是你真正的父亲。"含笑说。

"对啊!他整个人瘦得不成样,他肯定是得和那婊子离婚了,但也得赔不少钱。"铁牛摇摇头说,"他说他打算把城里的两三套房子都留给你。家里这边的超市关了出租出去,租金到时候也给你,你结婚的时候他打算再买一辆车给你当嫁妆。"

呵呵,车子、房子、票子,这些曾经梦寐以求、奶奶当年再怎么恳求也无法获得的物质来得这么突然,可是如今她却没有那么想要了。

铁牛见她没反应,又继续说:"他要那么多钱也没有什么用,无非也是为了下一代。他当初太不懂事了。不管之前怎么样，雁回你都是我们的孙儿。"

"你就过年的时候去看看你爸，他在看守所里不好过。"含笑说着，眼眶也红了，"当初谁对谁错也不要去计较，你们都是大学生，都是有文化的，应该会懂得那时候的观念就是那样，我们也是担心被嘲笑、担心抬不起头啊。"

"对啊。"铁牛附和着。

他俩你一言我一语地搭着，许久之后，却发现没有人理会，面面相觑后，又站了好一会儿才走。

没有哪一条法律规定说谁一定要原谅谁，如果一定要违心地原谅，还不如小气地不宽恕。只愿所有的大度与宽容都给了值得爱与守护的人，善良的你也许会经历苦难，但不会失望。

三个人围着饭桌，喝着柴火烧出的浓稠的粥，配上奶奶自己腌的咸萝卜条，连心里都觉得清澈了。

"怎么又滴水了？"奶奶摸摸自己的头发，抬头看看屋顶，条石之间已经湿了一片，"我去拿脸盆接水。"她扶着桌子站了起来。"天冷，屋顶缝又变大了。倒春寒时的阴雨下得整天滴答。"她边自言自语边往门外走去。

"阿嫲，我阿公说准备回陈厝把老房子翻盖了。"秋声说。

奶奶似乎没听清楚他的话，回头问道："你说什么？"

秋声笑着摇摇头，想起了前些天爷爷说，春云在陈厝没睡过一天好觉，所以打算回农村家里以春云的名字申请翻盖那破旧的老房，然后把她接过去住，专门给她一个温暖的房间，让她舒心地住着。也许对于年老的他来说，这已是余生最大的愿望了。当然，也许这些话爷爷亲口对她说会更好一些,他想。

"不知道为什么,我想起了穆旦的一首诗。"秋声看着奶奶的背影突然说。

"是什么?"雁回问。

> "但如今,突然面对着坟墓,
> 我冷眼向过去稍稍回顾,
> 只见它曲折灌溉的悲喜
> 都消失在一片亘古的荒漠,
> 这才知道我的全部努力
> 不过完成了普通的生活。"

(完)